この溺愛は極上の罠

Maki & Daiki

日向そら

Sora Hinata

EB

エタニティ文庫

目次

この溺愛は極上の罠

一

ずっしりと重いボストンバッグを肩にかけて、マンションの階段を上(のぼ)っていく。

築二十九年の団地型マンション。その三階にある我が家の玄関前にようやく到着し、鍵を開けて中に入ってから、ボストンバッグをどんっと上がり框(かまち)に下ろした。中身はほぼ野菜。別名、田舎(いなか)の愛である。

ここが一番家の中で寒いから、しばらく置いていても問題はないだろう。

誰もいない家の中はしんと静まり返っていて、室温も外とほぼ変わらない。ぶるっと身体を震(ふる)わせ部屋に駆け込むと、さっそくファンヒーターのスイッチを入れた。

機械音と共に出てきた熱風にほっと一息つく。座り込みたいのはやまやまだけど、もうひと頑張りして隣の和室に入り、隅っこにある小さなお仏壇を開けた。その前の座布団に正座して手を合わせる。

「ただいま帰りました。……って、今ごろ向こうでお父さんと仲よくやってるかな？」

仏壇の前に置いたスナップ写真に収まった、満面の笑みのお母さんとばちっと目が合う。まるで『もちろんよ！』と言っているような気がして、私は小さく笑った。

私、堤真希は都内のアパレルショップで働く販売員である。メイク映えはするものの素は地味な顔で、身長は百六十センチ。職業上太らないようにはしているけれど、ここ最近は忙しさやらなんやらで、痩せているというよりやつれている感がある。

ショップのスタッフには仕事に生きていると言われていて、実際、彼氏はいない。仕事柄休みが不定期で、副店長という役職上残業も多いため、彼氏を作る暇があるなら一分でも多く寝ていたいのだ。二十五歳にしては枯れている自覚はある。

けれどそんな忙しい中、私は長期休暇をもぎ取り、子供の頃に亡くなった父の田舎へと行ってきた。それにはもちろん理由がある。

半年前に母を病で亡くしてから始まった一人暮らしにも、少しずつ慣れてきた。最近ようやく気持ちの踏ん切りがついた私は、父の眠るお墓に母の納骨を済ませてきたのだ。そして、夜行バスでたった今戻ってきたところである。

ぎりぎりまで叔母さんに引き留められてしまったので、休みはもう今日しかない。

帰ってきたばかりだけど、ボストンバッグの中に入っている分も含めて洗濯物が溜まっている。それにいまだ手つかずのお母さんの遺品も、できれば納骨を済ませた勢いに乗って整理してしまいたい。

「よしやるか！」

わざと声に出して気合を入れる。だけどその前にきちんとお仏壇に手を合わせようと蝋燭に火を灯し、お線香を立てたその時――インターホンの音が静かな部屋に響いた。

何だろう？

宅配便の受け取り予定はない。時々、お母さんと仲がよかった近所の人がお裾分けを持ってきてくれることはあるけれど、大体は夜だ。

……勧誘とかセールスだったら嫌だな。

せっかく絞り出したやる気に水を差された気分で渋々と立ち上がり、キッチンの壁に備えつけられているインターホンの受話器を耳に当てた。残念ながら古いマンションなので、カメラ機能はなかった。

『突然申し訳ありません。乃恵さんの古い知り合いなのですが、亡くなったと伺って訪問いたしました。お線香をあげさせていただけませんか？』

顔を確認できないのが惜しいくらい、爽やかな男の人の声だった。朝の情報番組に出演しているアナウンサーみたい。

「えーっと」

返事に困って言い淀む。

乃恵というのは母の名前だ。だけど母の知り合いにしては声が若すぎる。

……うーん、母の職場だったホームクリーニングのお得意様かな？　母が亡くなった直後は他のスタッフに聞いたり、年賀状の住所を頼りに訪ねてきてくれる人もいたので、来客自体はそれほど不思議じゃない。

でも、そういうお客さんはみんな女の人だった。だからそれほど抵抗もなく家に上がってもらっていたのだけど。

……とりあえずチェーンをかけたまま、どんな人か確かめよう。

見るからにヤバそうな人だったら、申し訳ないけれど誰か一緒にいる時にでも出直してもらおう。

幸い私はコートを着たままだ。今から出かけるふりをして断れば不自然じゃない。

ちなみにうちの扉のドアスコープは、何が原因なのか分からないけれど覗き込んでも真っ黒なのだ。一人暮らしになってしまったし、ここくらいは直すべきだよね……

鍵を外し、チェーンが届く範囲までそっと扉を開いて外をうかがう。すると、その隙間を覗き込むみたいに少しだけ首を傾けた男の人と目が合った。

うわ……

ポカンと口を開けたまま、目の前の男の人の顔をまじまじと観察してしまう。

モデルのように整った彫りの深い甘い顔立ちに、細いんだけど適度に鍛えていることが分かる身体。それを包む見るからに仕立ての良さそうなスーツには皺一つなく、塗装の禿げた安っぽい鉄の扉との違和感が凄かった。

屈み込んだ体勢で身長百六十ぴったりの私と目が合うということは、身長も相当高いはずだ。

お母さーん！　なんかイケメンが訪ねてきたんですけどー!?

思わず心の中で母に助けを求める。

一体どこでこんなイケメンと知り合う機会があったというのか。母の交遊関係が謎すぎる……！

「こんにちは。乃恵さんの娘さんの真希さん……だよね？」

そんな美形が扉の隙間でニッコリと笑う。受話器越しの礼儀正しい挨拶とは随分違うフレンドリーさで名前を呼ばれて、一瞬知り合いかと首を捻ったものの……いやナイ！

こんなイケメンとどこかで会っていたら、問答無用で脳みそに刻まれるはず。

「不審者じゃないからね？　身元確認のためにどうぞ」

いや、不審者にしては顔が上等すぎるから！

そう心の中で突っ込みつつも、すっかりイケメンのペースに巻き込まれて、隙間から差し出された名刺を受け取ってしまった。名刺はお洒落なデザインで、しかも顔写真つきだ。

「ハフノン・マネージメント……え、常務……!?」

役職の高さに思わず驚く。イケメンさんは失礼すぎる私の反応を気にした様子もなく、笑みを深めてその続きを引き取った。

「相良大貴と申します」

名前まで格好良い……そんな明後日なことを考えていると、相良さんが再び口を開いた。

「乃恵さんには子供の時、とてもお世話になったんだ。……そうだ。パンケーキの味は変わってなかったのかな？　他の料理も美味しかったけど、あの味だけは未だに忘れられない」

突然出てきた『パンケーキ』なんていう可愛らしい単語に戸惑ったけれど、恐らく母の知り合いだということを証明するために言ったのだろう。彼が懐かしむみたいに呟いた『パンケーキ』は、確かにお母さんの得意料理の一つだった。その辺のお店が出すものよりふわふわで美味しくて、私も子供の頃は、よくせがんだものだ。

お母さんの仕事は基本的にホームクリーニングだったので、料理はよほど仲のよい派遣先でしか振る舞ったことがないと言っていたような……

戸惑ってすぐに返事ができなかった私に、相良さんは一瞬俯いて、すぐに顔を上げる。そしてきゅっと眉尻を下げて、困ったように首を傾げた。

「……お線香だけでもあげさせてもらえない、かな？」

さっきまでとは違う、遠慮がちな声だ。その様子に気まずさというか、申し訳ない気持ちが湧いてきて、私は数秒間悩み——結局、我が家へと招き入れることにした。

何かしらの犯罪目的だったとしたら顔写真入りの名刺なんて渡さないだろうし、パンケーキなんて内輪話、出てこないはず。

それに何より、手料理を振る舞うほど仲がよかったお家の息子さんだ。しかもイケメン……面食いだったお母さんだから、お線香をあげてもらったら喜ぶに違いない。

相良さんにお客様用のスリッパを勧めて、仏壇がある和室へ案内した。

途中で某高級果物店のロゴシールが貼られた盛籠を渡されて、その豪華さにフリーズしかけたものの、なんとか和室に辿り着く。

そのまま果物籠を供えて、お線香の箱を分かりやすい場所に出しておいた。

相良さんが仏壇の前に座るのを確認してから、私はお茶を淹れようと、そっと部屋を出てキッチンに入る。

お茶かコーヒーか紅茶……何がいいかな。

いっそ本人に聞いてしまおうと、コーヒー豆の袋を手にして和室を覗き込んだ。

先程と変わらず仏壇の前に座っている相良さんは、もう手を合わせてはおらず、じっと母のスナップ写真を見つめている。俯いているせいでその表情は見えないけれど、なんとなく雰囲気が重いような気がして、声をかけるタイミングを逃した。

……ホント、どんな知り合いなんだろう……

ふっと相良さんが視線を動かし、静かに私を見る。決してやましいことはない……けれど、何故か私の方が焦ってしまう。思わず身体を後ろに引いた途端、相良さんはさっき挨拶してくれた時と同じ、爽やかな微笑みを浮かべた。

「あの、お茶とコーヒーと紅茶。どれがいいですか」

和らいだ空気にほっとし、手にしていたコーヒー豆をかかげて本来の目的を果たす。

相良さんはすっと立ち上がると、私の方へ歩み寄ってきた。

案内していた時は後ろにいたから見ていなかったけれど、やっぱり身長が高い。天井までの距離が明らかに近くて、鴨居に頭をぶつけないか心配になる。

「じゃあコーヒーをもらえるかな？」

思ったよりも近い距離で止まった彼から漂ってくる、爽やかだけど甘い香水の香りに、ちょっとどきりとする。

「あ、はい」

話す時に少し顔を傾けるのは癖なのだろうか。こうやって目を合わせようとするのは、身長の高い彼なりの優しさなのかもしれない。

あ、瞳の色が薄い。

玄関では逆光だったから気づかなかったけれど、自分とは明らかに違う、黄色がかった薄茶色の瞳に驚く。……ハーフとかクォーターとかなのかな？　彫りも深いけれど、外国人！　という感じがしないのは、私とさほど変わらない髪色のおかげだろう。とはいえ地味というわけではなくて、彼の場合はそれが親しみやすさとなっている。

思わず観察していたら相良さんの目がやんわりと細まって、唇の端が上がる。きっと見られることに慣れているのだろう。そんな笑い方だった。

この人モテるだろうな。ハーフだとしたら最強モテ要素が追加されて、逆に大変そう。

「じゃあ、あの……ダイニングテーブルで座って待っていてくださいね」

食卓はお客様に勧める場所ではないけれど、ソファなんて置いていないし、小さな炬燵しかない。それだとスラックスが皺になりそうだし、何より近すぎて私が挙動不審になってしまう。

手早くコーヒーを淹れて、少し緊張しながら相良さんの前に置く。自分のコーヒーも置き、向かい側に腰を下ろした。

「乃恵さんが亡くなったのを知ったのは、つい最近のことなんだ。……急に来てごめんね」

なんとなく気まずい空気の中、先に口を開いたのは相良さんだった。

「あ、いえ。こちらこそお知らせできなくてすみません」

「ううん。僕も全然連絡を取ってなかったから。えっと真希さん、……ふふ、なんかしっくりこないな。僕、子供の頃は君のことを真希ちゃんって呼んでたんだよ」

思いがけない言葉に驚いて声を上げる。

「私と会ったことがあるんですか？」

え？　本当に？　いつ？

「覚えていなくて当たり前だから安心して。真希ちゃんが二歳くらいの頃だったかな。当時真希ちゃんのお父さんも相良システム――うちの実家がやっている会社なんだけど、そこで技師として働いていてね。乃恵さんもその関係で、うちのお手伝いさんとして三年働いていたんだ。本当に時々だったけれど、真希ちゃんを連れてきてくれて、一緒に遊んだこともあるよ」

「二歳！　え、じゃあ相良さんのお家ってホームクリーニングの派遣先じゃないんですか？」

すっかりそうだと思い込んでいたのでびっくりした。それに私が二歳なら二十三年前だ。覚えているわけがない。

でも、確かにお母さんがホームクリーニング会社に勤め始めたのはお父さんが亡くなってからだったから、時期的には合わない。

相良さんは頷いて、昔を思い出すように目を細めた。

「僕もまだ小さかったし、詳しくは分からないんだ。でも、派遣で来ていたわけじゃないと思うよ。今も実家では何人か働いてもらっているけど、住み込みでも通いでも派遣会社を通さずに直接雇用契約を結んでるから」

住み込みの家政婦さんって……

あまりの世界の違いに言葉を失う。しかも何人もいるって、どこの貴族？

目の前の人物はそんなお家のお坊ちゃま。……いや、そのわりには気安いけれど。

「イギリスから父に嫁いできた母も、明るく朗らかな乃恵さんのことをとても信頼してたんだ。母は身体が弱くてね、それを支えて僕の面倒を見てくれたのが、乃恵さんなんだよ」

「へぇ……」

確かにそうやって面倒を見てもらったなら、記憶に残るかもしれない。家政婦っていうよりは乳母とかシッターっていう感じだったのかな？

そう考えて首を捻る。

でも、それって逆の立場だって同じことが言えない？

お母さんだったら大きなお屋敷に勤めていたことも含めて、『若い頃、天使みたいな可愛い子のお世話をしていたのよ～』って話してくれそう。天使みたいな、っていうのは私の想像だけど……相良さんの顔立ちなら子供の頃もさぞ可愛かっただろうから。

……今度、お母さんと仲がよかった叔母さんに聞いてみようかな。

三年も勤めていたのなら知ってるかもしれない。

「乃恵さんはあの頃の僕にとって……第二の母同然の存在だったんだ。だから、いつか会ってお礼をしたいと思っていたんだけど、まさか亡くなっていたなんて、本当に驚いた」

相良さんは笑みを浮かべながらも、懐かしむような悼むような表情で語った。

そして俯いてしまい、表情が見えなくなる。

「あの、相良さん」

私は少し考えてから、相良さんの名前を呼んだ。顔を上げた彼の目元はほんのり赤くて、ちょっとだけ幼く見えた。

「――母は亡くなる直前も笑顔で『幸せだった』って言っていました」

これは自分の死を悲しんで泣いてくれる人がいたら伝えてね、と母に言われていた言葉だ。

お母さんは声すら出せない痛みに耐え、笑って亡くなった。あの言葉がなかったら、私は今もずっと『ああすればよかった、こうしておけばよかった』なんて後悔し続けていたかもしれない。

この言葉は本当に魔法みたいに作用する。それを聞いたみんなが、『乃恵さんらしい』と笑ってくれるから。

……彼にも、魔法の言葉は効いてくれるだろうか。

テーブルに置いていた拳を握り締めて、再び俯いてしまった相良さんの表情をうかがうことができないまま、長い沈黙が続いた。

私も黙ったまま、手つかずだったコーヒーにポーションを落として口をつける。

ちょっと温くなってしまったけれど、お客様用のカップで飲んでいるおかげか、いつもより美味しく感じる。それともイケメンと一緒だからかな……

カップの縁の向こうで、相良さんはまだ俯いている。

……泣いてくれているのかな？

泣くほど母を悼んでくれる人がいる、という事実にもらい泣きしそうで困るけれど、娘としては誇らしくもあった。

「コーヒー、冷めたので淹れ直してきますね」

相良さんが落ち着くまで席を外そう。

いくら母親のように慕っていた人の娘でも、いい大人が泣き顔なんて見られたくはないだろうし。

そう考えて立ち上がり、手つかずのカップを回収するべくそっと手を伸ばした。――が。

急にその手を掴まれ驚く。ぱっと見下ろした相良さんの顔には、表情らしい表情は浮かんでいない。まるで人形のような硬質さにぎょっとした。

「交換しなくても大丈夫だよ。気を使わせてごめんね」

びくっと大袈裟に固まってしまった私に気づいた相良さんは、すぐに手を離して謝る。

「……いえ」

びっくりした……！

突然掴まれたことにも驚いたけれど、それより相良さんの指がひどく冷たかったことにびっくりした。確かに今日は寒いけれど……冷え性なのかな？　それともファンヒーターの設定温度が低すぎた？

それに少し……怖かったような……端整な顔立ちだから余計にそう思えたのかもしれない。

「……」

立ったままなのもおかしいので自分の椅子に座り直すものの、なんだか落ち着かない。手に彼の手の冷たさが伝わってきた気がして、テーブルの下で温めるように擦る。

相良さんはコーヒーに口をつけ、「美味しい」と言ってくれた。

「真希ちゃんは、仕事は何をしてるの？」

「アパレルのショップで働いてます。あ、ちょっと待ってくださいね」

慌てて私も鞄の中にある名刺ケースを探り、ショップの名刺を差し出す。

受け取った名刺を見た相良さんは、感心したみたいに呟いた。

「その若さで副店長なんて凄いね」

「いえ、アパレルショップですし、スタッフの人数も少ないですから」

謙遜ではない。お店のお客さんの年齢層にもよるけれど、アパレルショップでは二十代の店長は珍しくない。副店長ならなおさらそうだし、中には十代で店長という猛者まで存在する。

「むしろ相良さんの方が凄いですよ。常務だなんて」

「友人と立ち上げた会社なんだよ。人がいなくて役職を割り当てられただけだから」

創業メンバーか！　さらに凄いな……！

もう溜息しか出てこない。私と三つ、四つしか年齢は変わらない感じなのになぁ。

こんなにスペックの違いを見せつけられると、年収はいくらなのかなーなんて下世話なことまで考えてしまう。ちなみにアパレルは昔はともかく、今やファストファッションに圧されて、薄利多売の氷河期なので、お察しください……

相良さんは一旦カップをソーサーに戻す。それから透き通るような瞳を私に向けて——意外な言葉を口にした。

「真希ちゃん。乃恵さんがいないなら、君に恩返しをさせてもらえないかな？」

「はい？」

驚いて反射的に返事をしたものの、数拍置いて思いきり首を傾げる。

え、なに？　今なんて？

戸惑う私に、相良さんは綺麗に笑ってみせる。今日一番の眩しさに気圧され、若干引いてしまった。

「自己満足だと自分でも分かっているんだけど、どうしても気持ちが収まらなくて……だから乃恵さんの娘である君に恩返しをさせてもらえないかな？」

『恩返し』――なるほど、そう言ったらしい。

随分真面目な人だ。……うん。鶴も真っ青の義理堅さ！

ようやく頭が理解し始めた。

でも恩返しとか……いや、ナイナイ。今、何時代って話だから！

相良さんがさっき説明してくれた話から察するに、多感な子供時代にお世話をしてもらった母に恩を感じているのだろう。とはいえ、それが母の仕事だったのだ。母と相良さんがどんな関係を築いたかは知らないけれど、お給料はもらっていたはずだし、それに対して恩返しをしてもらうのはおかしいと思う。何より……

「母は母で、私は私ですし……」

お母さん本人にというならともかく、私に返すというのはちょっと理解できない。

「あの、お気持ちだけで十分です。きっと母も、こうして相良さんが仏壇にお線香をあげに来てくれたことを、喜んでいると思いますから」

実際、さっき頂いたお供えの果物すら、あの小さな仏壇には不相応だ。メロンは和紙で包まれていたし、りんごもラ・フランスも見たことがないくらい大きかった。フルーツは好きなので嬉しいけれど、一人で食べきれるかどうか。余ったらご近所さんへ野菜と一緒にお裾分けして、お店のスタッフにも持っていこう。

現実逃避気味にそんなことを考えていると、相良さんが困ったようにきゅっと眉間に皺を寄せた。

「それじゃ僕の気が済まないんだ。……そうだ。なにか必要なものはない？　こう見えてもそれなりに収入はあるから遠慮しないで？」

大丈夫、どう見ても高収入にしか見えないから！　そして、そんないいことを思いついた！　みたいな笑顔で言われても……

いつまでもにこにこしている彼は、どうやら冗談のつもりではなく本気らしい。

悪い人ではないと思うんだけどな。なんでも買ってあげるなんて、歴代の彼氏からも聞いたことがない素敵なセリフだ。でも実際に言われると、嬉しくなるよりも先に裏があるんじゃないかと勘ぐってしまう。

「本当に結構ですので」

このままだと平行線になりそうだったので、若干強めの口調でしっかりと断る。

　すると相良さんは俯き加減になり、きゅうっと眉尻を下げて物言いたげな瞳を向けてきた。

「……本当になにもない？」

　そう言って、より悲しそうな顔をする。漂い出した悲壮感が半端ないプレッシャーとしてのしかかってきて、私は言葉に詰まり慌てて首を振った。

「いや!?　あの、そういうことじゃなくてですね!?　あ！　じゃあ、お盆とか！　気が向いた時にでもここへお線香をあげに来てくれませんか!?　きっと母も喜ぶと思います！」

　焦って言葉を重ねていた途中で思いついて、そのまま口にする。

　でも苦し紛れにしてはいい考えじゃない？　本当はお墓参りをしてもらえたらいいんだけど、お墓がある田舎は遠い。その点、この家に一年に一、二回来る程度ならお互い負担にはならないだろう。だからとりあえず、その罪悪感をぐりぐり抉ってくるオーラをしまってください！　美形ってやだ。どうしてこんなに困り顔に破壊力があるの。まるで私が意地悪をしているような気になる……。

「そんなことでいいの？」

「もちろん！」

　間髪を容れずに即答する。

十分です。むしろ過剰です。四畳半の隅っこの小さな仏壇で申し訳ないくらいです！

「お母さん面食いでしたから、相良さんみたいなかっこいい人に一年に一回でもお線香をあげてもらえたら、小躍りして喜ぶと思います！」

うん、私が色々もらうより、絶対その方がいい。

ここは譲らないぞ、と気合を入れて正面から相良さんを見れば、私の勢いに驚いたらしい彼は、ぱちぱちと目を瞬いた。わあ、長くて濃い睫毛――なんて羨んだ瞬間、何故か相良さんが派手に噴き出す。

「え？」

戸惑う私を前に、彼は口元を押さえて下を向く。だけど肩が震えているから、笑っているのは丸わかりである。

「っく……ごめん。……小躍り、確かに乃恵さんならしそうだよね。それにかっこいいと思ってくれてありがとう。面と向かって言われると照れるけど」

よほどおかしかったのか、相良さんは口元に拳を当てたまま顔を上げ、何故か最後にお礼を言った。そこで私はようやく自分の失言に気づく。

……しまった。焦りすぎて心の声までダダ漏れにしてしまったらしい。

恥ずかしさに熱くなる顔を逸らす。

というか、相良さんは笑いすぎ！　かっこいいなんて言われ慣れているのだろうから、そこはスルーするのが紳士じゃないですかね……！

それにしても、俯いてしまったから一瞬しか見えなかったけれど、顔いっぱいで笑っても相良さんは美形だ。むしろちょっと幼くなって可愛らしさがプラスされている。いわゆる、きゅんとしてしまう笑顔とでも言うのだろうか。……自分で言っていて恥ずかしいけど、これ以上的確な表現が見つからない。

でもまぁ、すました顔よりはこっちの方がいいな、と思う。

おかげで、今まであった相良さんに対する妙な気後れ……というか、緊張感がなくなっている。

和んだ空気の中で電話番号の交換をして、スマホをテーブルの上に置く。同じタイミングで自分の腕時計を見下ろした相良さんが、すっと立ち上がった。

「お線香だけって言ってお邪魔させてもらったのに、長居しちゃってごめんね」

「あ、いえ。こちらこそお構いできなくてすみませんでした」

定型文みたいなやりとりをして玄関まで見送る。靴を履いてもう一度振り返った彼は、窓から差し込む逆光が眩しかったのか、微かに目を細めて私を見た。

「……？」

「じゃあまた近い内に」

ニッコリと笑みを浮かべて別れの言葉を口にした相良さんに、一瞬違和感を覚える。

妙に空いた間も気になるけれど、近い内って？　あれ、もしかしてお盆以外にも来ようとか思ってくれているのかな？

それを確かめる前に扉が閉まり、後にはあの甘い香りが残る。相良さんが階段を下りる音が遠のいていったのを確認してから、私は首を傾げた。だけどすぐに言葉の綾だろう、と思い直して溜息をつく。

「はー……なんか凄い人と知り合いになっちゃったなぁ……」

なんともいえない高揚感と脱力感。やらなきゃいけないことは山ほどあるのに、やる気が出ない。

イケメン、というか相良さん恐るべし……。部屋に入ってもらった時は、本当に緊張したもんなぁ。後半、特に私の失言で笑ってくれてからは、随分マシになったけれど。

もう何もかも面倒になって、お昼ご飯はカップ麺で済ませる。

そして溜まっていた洋服を洗濯機に突っ込んで、洗い終わるのを待つ間にお母さんの遺品の整理に取りかかった。

お知らせ音が鳴り洗濯物を干してからは、叔父さんが持たせてくれた野菜を小分けにして、ご近所さんにお裾分けへ向かう。人当たりのよかったお母さんのおかげで、今も何かと気にかけてくれる人が多いのでそのお返しだ。喪服のクリーニングは明日、仕事に行く時に持っていこう。

一通り片づけを終えて一息ついた頃には、窓の外は暗くなっていた。取りかかり始めたのが遅かったのもあって、すでに夜の八時だ。もうちょっと余裕があったら、もらった野菜で常備菜を作ろうとか、雑誌の新刊をチェックしようとか思っていたのに、そこまで手が回らなかった。まぁ、突然の来客もあったことだしね。そう考えたら上出来だろう。

それにしても明日から出勤かと思うと気が重い。

「つかれたぁ……」

最後は掃除機をかけて処分する段ボールを玄関まで運び、凝り固まった腰を指で押しつつ、電子レンジでカフェオレを作る。

和室に行って、ちょっと温めすぎて膜が張ってしまったカフェオレを炬燵の天板に置いた。炬燵布団に脚を突っ込み、寝転がって思いきり身体を伸ばす。

ちょうど視界に入ってきた豪華な果物籠に、あれもなんとかしなきゃなぁ、とぼんやり思う。

あまりにも立派すぎてそのまま飾っているけれど、お裾分けするなら早くバラさなければ。

うとうとしていたらいつの間にか本格的に眠っていたらしい。夜中に目が覚めたものの、あまり寒くないのをいいことに、私はそのまま炬燵布団を顔まで引き寄せて眠り直してしまった。

　そして案の定——

「身体痛い……」

　翌日。今日は一週間ぶりの出勤だというのに、炬燵で眠ってしまったので身体のあちこちが痛い。

　前日だって夜行バスで仮眠を取っただけだし、ちゃんと眠らなきゃ体力にもお肌にもくる年齢なのに、痛恨のミスである。

「しかも変な夢まで見ちゃったし……」

　腫れぼったい瞼を擦りながらそう呟く。私の中で昨日訪ねてきた相良さんのことがよほど印象に残っていたのか、夢にまで出てきてしまった。そのせいで眠りが浅くてすっきりしない。

　その夢もお母さんと私と相良さんの三人で、お母さんが作ったパンケーキを食べているだけっていうよく分からない内容だった。

　でもお母さんが生きていたら実現した光景だったかもしれない。小躍りこそしなかったものの、満面の笑みを浮かべていた夢の中のお母さんを思い出して、朝からちょっと切なくなってしまった。

欠伸をしながらシャワーを浴びて、髪を巻いて緩くまとめる。社割で買った春物のワンピースを身に着け、クマを隠すために念入りにメイクをすれば出勤準備完了だ。

季節はまだ冬だけど、お店で取り扱っている商品の半分はもう春物だ。店員としてお店に並べているアイテムを身に着けないといけないので、寒いけれど仕方がない。コートの上からストールを羽織ってなんとか寒さを誤魔化す。

鏡の前で前髪を弄り、髪の毛のカラーはもうちょっと明るい色がいいな、と流行の色とのバランスを考える。そして茶色のショートブーツに足を突っ込み、いつもより早い時間に家を出た。

電車に揺られて到着したのはお店の最寄り駅。

まだ早いので周囲のお店は閉まっている。それでも灯りが落ちたままのディスプレイのボディや雑貨をチェックしつつ歩く。うちのお店がある通りはレディース中心のアパレルショップが並んでいて、なかなかの激戦区なのである。ライバル店のセール情報や、新商品の入荷被りのチェックは欠かせないのだ。

そんなことをしながらようやくお店の前に到着すると、スタッフの麻衣ちゃんが扉の鍵を開けているところだった。彼女はアルバイトさんだけど、私の次にこのお店に長く勤めている頼れるスタッフなのである。

「麻衣ちゃん、おはよう」

「わっ真希さん！　おはようございます！　そっか、今日から出勤でしたもんね」

驚いた様子で振り返った麻衣ちゃんは、納得したように頷いて「お帰りなさい」と言ってくれた。

「ただいま。長いお休みもらってごめんね。お土産(みやげ)買ってあるからみんなで食べて」

某銘菓の名前を口にすれば、甘党の麻衣ちゃんははしゃいでお店の中に入っていく。もこもこのショートファーのアウターを羽織(はお)っているから、まるで子犬みたいだ。可愛いなぁ、と年寄りめいたことを思って目を細めてしまう。まぁ、この店の女の子の中では私が最年長だし、実際麻衣ちゃんはまだ二十二歳と若くて可愛い子だ。

連れ立って更衣室兼、スタッフルームに向かう途中で、麻衣ちゃんが思い出したように立ち止まり、声を潜(ひそ)めて教えてくれた。

「そういえば最近、店長がずっと出勤してるんですよ。スッゴイ機嫌悪くてピリピリしてるから、新人が怖がって大変です。オーナーも来なかったし、やりたい放題ですよ」

「あー……そうなんだ。お疲れ様」

またなにかあったのかな。そう心の中で呟いて、こっそりと溜息をついた。

アルバイト時代からなにかと私を可愛がってくれたこのお店のオーナーは、六十過ぎの素敵なマダムだ。

四年前までは売場には出ないものの店長として毎日お店に来ていたので、つき合いも長いし、その人となりもよく知っている。だけど、オーナーは私が専門学校を卒業し、アルバイトから正社員として雇ってもらった年に、店長業を甥である今の店長に譲ったのだ。ついでにアパレルで働いたことのなかった店長の補佐として、私は副店長という肩書を頂いたのである。あの頃に戻れるのならば、微々たる役職手当に釣られて簡単に頷いてしまった自分を、殴ってでも止めたい……

「あーいつもみたいにサボって来なきゃいいのに。うわ、噂をすれば」

「あぁ、堤さん。やっと来たんだ」

車の鍵を指で回しながらお店に入ってきたのは、噂の店長だった。お店のスタッフにはその傍若無人ぶりから、蛇蝎の如く嫌われている。

それにしても、また車で来たな。お客様用の駐車場だっていうのに。

「おはようございます。長いお休みありがとうございました」

休みの日数を巡って店長と揉めたことを思い出して、溜息をつきたくなる。ちなみに休みを許可してくれたのは、ちょうどその時来ていたオーナーで、渋る店長を叱り飛ばしてくれた。

「リフレッシュできてよかったね。店はその間大変だったけど」

溜息混じりのあからさまな嫌味に、隣で麻衣ちゃんが顔を引き攣らせたのが分かった。

もちろん私もむっとしたものの、いちいち反応はしない。溜まりに溜まった有給消化も兼ねていたし、そこまで言われる理由はないのだけど、反論すればするほど面倒くさく絡んでくるのだ。彼への対処方法はたった一つ。受け流す。それ以外はない。

「私の休み中、なにかありましたか?」

「……あー、まぁ、ここじゃあな。ちょっと店長室に来て」

そう命令されて、私まで感情を顔に出してしまいそうになった。経験上、こんな感じで呼び出しを受けて聞かされるのは愚痴しかない。正直そんな無駄な時間を過ごすなら、バックヤードの在庫をチェックして、ディスプレイを見直して発注をかけたいのに……

「分かりました。コートと荷物を置いたらすぐに伺います」

「早くね」

私の顔も見ずにそれだけ言って、店長は奥の部屋に入っていく。そこはもともと店長室ではなく、問屋さんやメーカーさんとの商談やスタッフ同士のミーティングに使っていた部屋だった。けれどいつの間にか店長がパソコンやらソファを持ち込み、私物化してしまったのだ。

「あー無理！　腹立つわー。オーナーの甥だからってなんであんなに偉そうなんですかね!?」

扉が閉まってから麻衣ちゃんは鼻息を荒くして憤る。せっかくの可愛い顔が台無しだ。

まぁまぁとそれを宥めて、今度こそ更衣室に向かう。

ロッカーに鞄をしまって、紙袋からお土産のお菓子を出してテーブルに置く。大きめの付箋に『みんなで食べてください』と書いて蓋にぺたっと貼りつけた私は、麻衣ちゃんに小物の在庫チェックをお願いしてから、店長室に足を向けた。

「遅いよ、堤さん」

開口一番そう言われて、溜息をつきたくなる。

謝りはしたけれど、気持ちが伴っていないのが分かったのかもしれない。私を見た店長はソファの背にだらしなく凭れかかり、大袈裟に溜息をついてみせた。そして前に座るように言われる。いつもは立たせたまま話すのに珍しいなと思うと同時に、長くなりそうな予感にげんなりする。

上着脱げばいいのに。せっかくの高いスーツが皺になりますよー。

店長が着ているのはイタリア製の某有名高級スーツである。裏地も見ていないのに何故分かるのかと言うと、本人がスーツはそれしか着ないと日頃から口にしているためだ。

……そういえば相良さんは、高そうなスーツを嫌味なく着こなしていたなぁ。

背景をヨーロッパの街並に変えれば、そのまま広告になりそうな完璧さだった。

まぁ、アレと比べるのはさすがに可哀想だよね。スーツに着られている感じすらしている店長を観察しながら、心の中でそんな感想を抱いた。

「……ちゃんと聞いてんの？」

「え、あ、はい！」

しまった。ぼうっとしていた。

慌てて返事をした私に、店長は胡乱げな視線を向ける。私がもう一度謝ると、少しだけ気が収まったのか、芝居がかった動作で肩を竦め、再び口を開いた。

「オーナー代わったから」

「……あー……はい、……え!?」

自動的に相槌を打つだけのマシンになりかけていた私は、だるそうに放り投げられた言葉をキャッチし損ねた。慌てて拾い上げた内容に驚いて店長の顔を見れば、丁寧かつ嫌味っぽく、同じ言葉を繰り返される。

「オー・ナー・代・わっ・た・か・ら」

……オーナーが代わった？　嘘。

反芻して言葉を失う。

「どうしてですか!?」

「売ったんだよ。叔母さんが。この建物と店の権利書を」

思わず腰を浮かせて叫んでしまった私に、ようやく満足したらしい。店長は唇を歪めて鼻を鳴らし、組んでいた脚を外した。

「ほんっと勝手だよな。俺が聞いたのも三日前！　なんで急に、って聞いても奥歯にものが挟まったような言い方ばっかりでさぁ。突っ込んだら身体の調子が悪いって部屋に籠って、それっきり」

「でも！　そんな急に決まることじゃないですよね？　お店の権利を譲る手続きとか、色々時間がかかるんじゃないんですか？」

「だからそういうの全部聞いても、ちゃんと答えないんだって。逆に堤さんさぁ、なんか理由聞いてないの？　叔母さんと仲よしじゃん」

きっと長期休みの件で庇ってもらったことを当て擦っているのだろう。ぐっと言葉に詰まる。

「……いえ、何も聞いてません」

「そうなんだ。意外と堤さんも叔母さんに信頼されてなかったんだね」

ぐさっと突き刺さるけれど、店長だって同じ立場なのだ。あらかじめ言ってくれなかったのはやっぱりショックだけど……やむを得ない事情があったんじゃないかな、と思う。

オーナーはそういうことも含めてきっちりしている人だったから。……ただ、その事情がなんなのかは想像もできないけれど。

「いっそ騙し取られたとかだったら納得できるけどさぁ。なんでこんな大事なこと、店長である俺に相談もしないで決めたのか、ホント理解できないよ」

店長の物騒な言葉にぎょっとしたものの、その可能性もなくもない気がしてくる。だって、服が大好きなオーナーは、このお店を大事にしていた。なのにお店を手放すなんて、ピンと来ない。オーナーはこの辺りの地主さんでもあるし、お金に困って売り渡したという可能性も低い。

さっき私が言った通り、お店や土地の権利の手続きもあっただろうから、半月前ここで顔を合わせた時には、すでにお店を譲ることは決まっていたはずだ。それなのに私や店長に黙っている理由なんてあるだろうか？

「堤さん、反応薄いよね。なに、もしかして冗談だと思ってるの？　別にそれならそれでいいけどさ、堤さんが恥を掻くだけだし。あぁ、でも今日のお昼にその新しいオーナーが挨拶に来るから、今日休みの子達も含めてスタッフ集めといて」

騙されたかどうかは分からないけれど、オーナーが代わったのは確からしい。さすがにスタッフ全員を巻き込んで冗談でした、なんてことは許されない。

「てっきり俺に譲ってくれるもんだと思ってたから、今まで我慢してたのに」

本格的に愚痴り出した店長の話は、右から左へと流しつつ考える。オーナーに直接電話してみようかな。でも店長が言った通り、代わることも言ってもらえなかったのだから、迷惑に思われるかも……、でもそれならそれでお詫びをするとして、今までお世話になったお礼だけでも伝えたい。

「オーナーは、今どうされているんですか？」

「あー今日から友達の家があるヨーロッパに旅行だって。こんなに引っ掻き回して優雅なもんだろ？　ホントもうボケちゃってんじゃないかな。よっぽど楽しいのか、何度も電話してるけど全然繋がらないし」

あまりの言いようにむっとしたものの、一つ深呼吸して心を落ち着かせる。

海外に行っても使える携帯はあるだろうけど、オーナーがそれを持っているとは限らない。

とりあえず電話してみて……ああ、もう。納骨も終わってようやく色々落ち着いたってほっとしたところだったのに、まさか休んでいる間にオーナーが代わるなんて思いもしなかった。

でもどれだけ動揺していても副店長である以上、私は困惑するに違いないスタッフのフォローをしなければならない。オーナーが代わるってことは、スタッフの削減なんかもあるのだろうか。赤字ではないけれど、ただでさえここ数年の売り上げは伸び悩んでいるし……嫌だな。みんないい子なのに。

というか、一番お給料が高いであろう店長や、そこそこもらっている副店長の私のクビの方が危ないかも。

うわ、ここに来てまさかの職を失う展開⁉　一人暮らしに突然の失職は死活問題だ。

「あの、新しいオーナーってどんな人なんですか」

私の質問を今更と感じたのか、店長は鼻白み、「さぁ?」と軽く肩を竦めた。

「俺もこの前電話で話しただけだから顔は知らないけど、声は若かったな。名前は――なんだっけ。スマホに登録しておいたと思う」

そう言って脚を組み直し、隣に置いていた鞄を探り始める。

……呑気だなぁ。身内がお店を騙し取られたとは思えない態度だし、騙された云々はやっぱり店長の勘違い? そもそも店長は自分の進退にも関わるって分かっているのかな? 今まではオーナーの甥だからって許されていたことが通らなくなるってことなのに。

あれ、そう考えるとそこまで悪い展開じゃない……? って違う! お世話になったオーナーが辞めてしまったことを喜ぶとか、なんて恩知らずなんだろう!

オーナーごめんなさい、と心の中で謝罪したところで、ようやく店長が鞄からスマホを取り出した。画面をタップしていた彼がぴたっと指を止める。そして思い出したように「そうそう」と頷いた。

「相良。相良大貴」

相良……

そう反芻して――私は耳を疑った。

「初めまして。相良大貴です。アパレルは本当に素人なので、教えていただくばかりかと思いますが、よろしくお願いします」

わぁっと女の子達の黄色い声が上がる。お昼近く、突然の呼びかけだった上に時給は発生しないにもかかわらず、ほぼ全員が集まってくれたので、お店の中は賑やかだ。お客さんがちょうどいなくてよかった。

相良さんの隣に並んでいる店長は、超仏頂面である。

まぁ若い女の子はイケメンが大好物ですからね……

昨日見た時と寸分変わらない、眩しいくらいの相良さんの美貌に溜息が出てくる。

店長から名前を聞いたものの、同姓同名の別人という可能性もあったので、実際に顔を合わせるまでは信じ難かった。だけど約束の時間に現れた新オーナーは、間違いなく昨日、我が家を訪ねてきた『相良大貴』その人だったのである。

「堤さんもよろしくお願いします」

「よ、……よろしくおねがいしマス」

動揺が思いきり声に出てしまった。詰まって抑揚がおかしくなった挨拶に、麻衣ちゃんがぷっと噴き出す。

「真希さん、緊張しすぎですよぉ。まぁイケメンなんて、この辺じゃ見ないですもんね！」

「あ、ははっ、つい」

悪気のない麻衣ちゃんに乗って笑ってみせたものの、未だ事態を処理できない。

そして麻衣ちゃん、自分はイケメンだと思っている店長をさりげなくディスるのはやめよう？　ほら、ますます顔が強張っちゃってるからさ！

でも本当に相良さんがオーナーなの？　偶然？　いやまさかそんなのありえる？

さっきも思ったけれど、お店と建物の権利者の変更なんて、昨日の今日でできるものじゃない。偶然だったとしても、じゃあどうして昨日お線香をあげに来てくれた時に言ってくれなかったのか疑問が残る。店名が入った名刺を渡したのだから、気づかない方がおかしいだろう。

……今すぐ問い詰めたいけれど、ここで話せば集まっているスタッフにも聞かれてしまう。店長の口ぶりからして、新オーナーと知り合いだと知られたら、物凄い因縁をつけられそうだ。

それにさっきの女の子達の反応から考えるに『仲を取りもってください！』なんて頼まれて、ややこしいことになりそう。そして恐らく、さっき挨拶した感じでは相良さんも私と初対面の体でいく気なのだろう。

「現場は堤に任せているので、何か質問があれば彼女に聞いてください。堤さん、オーナーを案内してあげて」

挨拶（あいさつ）もそこそこに店長は、そそくさと自分の巣、もとい店長室へ戻っていった。

その背中を見送った相良さんはちょっと困ったように笑う。

彼の笑顔に、側にいたスタッフの女の子が、きゅんっとした顔になったのが分かった。

罪作りな相良さんにまた溜息をつきたくなる。この人が来る度（たび）に、女の子がソワソワして仕事にならなそうだ。

「……どこから案内しましょうか」

スタッフの手前、動揺は隠して平坦な声で尋ねる。

相良さんも「仕事の邪魔をしてすみません」と前置き、すぐに本題へ入った。お互い昨日と違って終始敬語で、間合いも仕事相手らしいものだ。

どこか白々（しらじら）しさを抱えつつ、私は言われるまま各売場を案内していく。

「二階もあるんですよね？」

一階の案内を一通り終えたところで、相良さんは視線を上げてすぐ側の階段を指さした。

大きな螺旋（らせん）階段の半分まではボディを置いて、ディスプレイとして使っているけれど、その先はスタッフオンリーのプレートとチェーンをかけて立ち入り禁止にしている。

「昔は二階も売り場として使っていたんですが、売り上げが下がったので縮小しようと閉鎖したんです。今はほぼ倉庫になっています」

様子をうかがいながらそう説明する。やっぱり相良さんが、昨日のことについて触れる気配はない。ああもう！　気になるんですけど！

「そうなんですか。見ても構いませんか？」

「はい、定期的に掃除はしていますし大丈夫です」

表面上は淡々と返して、キャッシャーの後ろにある二階のブレーカーに手を伸ばす。だけど手前に積んでいる荷物のせいで、微妙に届かず踵を浮かしかけたその時、後ろから大きな手が伸びてきた。

「これですか？」

背中に覆い被さってくる微かな重さを感じてから一拍後、昨日も嗅いだあの爽やかだけど、どこか甘い香りに包まれる。

「……っ！」

背後の存在にぎょっとして、飛び上がりそうになるのを必死に堪えた。

かろうじて首だけ上下に動かして返事をすると、相良さんがブレーカーのスイッチを押し上げてくれる。

「じゃあ行きましょう」

「あ、ありがとうございました……」

すっと身体を離して階段に向かう背中を慌てて追うものの、未だ心臓がうるさい。

……びっくりした。いや、うん……ときめいたとかじゃなくてね！　あんなに男の人とくっついたのなんて久しぶりだったから、ちょっとびっくりしてしまった。

まぁ、満員電車で似たような状況はあるけれど、それと一緒にするのは違うだろう。

……いやいや、だからそんな場合じゃないってば！　と、相変わらずドキドキしている胸をぎゅっと押さえ、自分を叱咤しチェーンを外す。そのまま先に階段を上がって照明のスイッチを入れた。

壁に寄せた棚と、壊れたハンガーラック、季節限定のショップ袋の段ボールを置いているだけなので、全体的にがらんとしていてどこか黴くさい。

「下と同じ間取りなんですね」

相良さんはくるりと部屋を見回して、納得した様子で頷いた。

「もったいないですね。この辺りは賃料が高いせいか小規模のお店が多い中で、こんなにスペースがあるのに。扱っているブランドにはベーシックなデザインも多いですし、品揃えを多くした方が客足も伸びるんじゃないかと思うんですけど、どうですか？」

「え？　あ――そうですね……」

さっきの衝撃から抜け切れず返事が遅れた。慌てて仕事モードに頭を戻して、言われた内容を考える。

一店員としては、商品が増えるのは単純に嬉しい。せっかく来店してくださったお客さんを品切れでがっかりさせたくないし、現状ではカラー展開の多い商品が出たとしても、定番色しか発注できないことも多いからだ。ただ副店長としては売れ残りリスクを無視できない。

正直にそう言うと、相良さんは少し考えるように形のいい唇に拳を当てた。

「在庫を抱えるのが不安なら、半分賃貸にして、軽いスナックが食べられるようなカフェに入ってもらってもいいかもしれませんね。滞在時間も延びるだろうし、配置を考えれば、ここから商品も見える造りにできるでしょう」

それはきっと店の子も喜ぶ。この辺には手頃にコーヒーが飲める場所がないって言っていたし。

なるほど、カフェか。ここ最近ショッピングモール内に、カフェが併設されたアパレルショップも増えてきたよね。……うん、悪くない。

「いいですね！　でも、できればカフェはうちから出した方がよくありませんか？　ユニフォームはなしでソムリエエプロンだけにして、うちの商品を着て接客してもらった方が宣伝になるだろうし」

「確かにその方が、ショップの雰囲気が伝わるからいいですね」

頷きながら、カフェのスタッフを引き受けてくれそうな子を頭の中でピックアップしていた途中で、はっと気づいた。

今、二人っきりだ……！

「あ、あの」

「椅子やテーブルの備品は心当たりがあるから任せてくれますか？　ああ、一応店長にも話を通しておきますね」

「え、あぁ……、そ、そうですね……」

きっ……聞けない。そうよね、だって仕事中だし。

「真希さん！　すみません、お電話です！」

不意に一階から呼びかけられて慌てて返事をすると、相良さんが腕時計を見た。

「私も一緒に下ります。案内ありがとうございました」

彼はそう言うと、先導するように階段を下りていく。

階段の途中まで来てくれていたスタッフが、ちょっと頬を染めて相良さんに会釈してから、私に電話の子機を差し出した。

『お世話になっております。先程発注していただいた分の──』

受話器を耳に当てるものの、自然と視線は相良さんを追いかけて店の奥へ向かう。恐らく店長にさっきの話をしに行ったのだろう。

教えてもらった欠品商品を頭に叩き込み、代替品を再注文して電話を切る。そして更衣室に駆け込み、ロッカーを開けて鞄を引っ掴んだ。

キャッシャーにいたスタッフに聞けば、相良さんはもう店を出たらしい。

「ごめん！　一番外で取るから何かあったら電話して！」

ちなみに一番とはお昼休憩。二番は夜休憩で三番はトイレだ。

店を出て左右を見回し、この通りでは珍しいスーツの背中を見つけて追いかける。

「相良さん！」

足を止めた相良さんに、私は首にぶら下げていたネームプレートを頭から引き抜きながら詰め寄った。

「どういうことなんですか⁉　相良さんが新しいオーナーなんて」

私の勢いに怯んだ様子もなく、彼はゆっくりと身体ごと振り返った後、肩で息をする私を見て苦笑した。

「ごめんね。驚かせちゃって」

そりゃ驚きますよ！

「お家を訪ねて名刺をもらった時に気がついたんだけど、驚かせようかと思って」

え、そんなノリ？

くすくす笑う相良さんに複雑な気持ちになる。あの時言っておいてくれれば、いくらか心の準備ができたのに……！

私は胸を押さえて、息を整えてから口を開いた。

「私、オーナーが代わるって全然聞いていなくて」

ちなみに店長室から出た後、すぐにオーナーへ電話をかけてみたものの、呼び出し音もなく留守電に切り替わってしまった。一応『またお電話します』とだけメッセージを入れたけれど、店長の『信頼されていない』っていう言葉が引っかかって、何度もしつこくかけることはできなかった。

「そうなんだ？　以前から話は進んでいたんだけどね」

相良さんはそう言って肩を竦めてみせる。どこか白々しく聞こえるのは気のせいだろうか。

「あの……」

中途半端に呼びかけたものの、次の言葉が出ない。悩んで黙り込んでしまった私に、相良さんは穏やかに微笑んだまま言葉を重ねた。

「前から本業のコンサルとマーケティングの総仕上げとして、アパレルをやってみたかったんだ。今この業界は失速しているから、業績を右肩上がりにできたら本業の実績になるし……あの店は帰りに寄れるくらい家に近いしね。ああ、ここからも見える。あそこの十二階だよ」

釣られるように見上げた彼の指の先には、駅直結のマンションがあった。お店のポストにも何度か広告が入っていたから知っている。確か完成したばかりで、一番狭い部屋でも億に近かったはずだ。分かっていたけれど、やはり本物のお金持ちなのだと改めて思う。

「立地的にも、規模や環境条件的にも、ちょうどいい物件だったんだ」

相良さんは全く自慢することもなく、目を細めてそう続ける。

……いや、うん。マンションの値段はとりあえず置いといて。

本業の一環としてお店を買い上げたってことなんだよね？　そうか、そういう人も服屋のオーナーになるんだ。私はずっとアパレル一本で来たから、知識も視野も狭くて恥ずかしくなった。

「本当に凄い偶然だよね。僕もあんまりびっくりしたから、どうせならサプライズにしようと思ったんだけど、オーナーが代わることを知らなかったなら、悪いことしちゃったね」

「いえ……」

言われなかったのは、こっちの事情だし……

オーナーのことを思い出して少し暗い気持ちになったその時、相良さんが何か思いついたように声を上げた。

「もしかすると乃恵さんが引き合わせてくれたのかな」

「え？　あ、そう、かもしれませんね……？」

不意に出てきたお母さんの名前に一瞬驚いたものの、そもそもこの人との出会いのきっかけは、お母さんだった。

「それとも、いっそ運命にしてみる？」

……ん？

軽い口調で言われた内容を反芻して、私は眉を顰めた。

何か含みがありそうな視線。つ、と一歩近づいて顔を覗き込んできた相良さんは、ふっと声を立てて楽しそうに笑う。その綺麗な笑顔に、何故か肌がゾクリと粟立った。

「黙り込まれると悲しいな。僕はそうだったらいいと思ってるのに」

距離を詰められ、明らかに甘い声音で囁かれて、目を瞬く。

──ちょ、突然何を言い出すんだこの人！

運命なんて甘い言葉が自分に向けられたものだとは思えなくて、一瞬思考が停止してしまった。しかも、ここ真っ昼間の道のど真ん中！

相良さんの淡い色の瞳に、驚いた私の顔が映っている。それが分かるくらいに距離が近い。

そんな二人の間に、シンプルな携帯の呼出音が響いた。メールだったのだろうか、相良さんは鞄から取り出したスマホの画面を一瞬だけ確認して、ポケットにしまい込んだ。

「じゃあまた明日。しばらくは毎日顔を出すつもりだから、よろしくね」

さっきとは違う、万人受けする爽やかな微笑みでそう言い残し、踵を返す。

「あ、ちょっと……！」

相良さんはあっと言う間に人混みの中へ消えていき、私は完全に置いていかれてしまった。しばらくその場で立ち尽くしていた私は、後ろから歩いてきた人にぶつかって舌打ちされる。

「す、すみません」

ふらふらと道の端っこに移動した後、店から一番近いコンビニに寄り、二階のイートインスペースで味のしないサンドイッチをもそもそと食べる。

その間にようやく頭に血が巡ってきて、状況を把握できた。

——からかわれた。それはもう盛大に。

「〜〜〜〜っ！」

運命とか、そうだったらいいとか！　なんであんなナチュラルに言葉にできるんだろう。

えっ、口説かれている？　なんて一瞬でも思ってしまった自分が恥ずかしい。あれだけイケメンなら黙っていても女の子は寄ってくるだろうから、私なんか口説く必要なんてないはずだもの。さっきまで相良さんに見惚れていたうちのお店のスタッフにだって、モデルみたいにスタイルのいい子や、可愛い子が揃っている。

オーナーのことを黙っていた件といい、もしかして軽い性格なのかもしれない。もしくは、百歩譲って過剰なリップサービス……。ある意味、そっちの方がタチが悪い。

相良さんにもイラッとするけれど、それより何よりイイ歳なのにさらっと流せず、小娘のように固まってしまった自分に腹が立つ！　あー……、三十分前に戻りたい。そうしたら『何言ってるんですか。お店の若い女の子だったら真面目に受け取っちゃいますよ？』なんてクールに言い放ってやるのに！

「しかもオーナーについて、ちゃんと聞けなかったし」

誰もいないのをいいことに、ぽそりと呟いてカウンターに肘をつき、溜息を漏らす。

そして手早く昼食を済ませ店に戻ると、店長から命令されて、残ってくれたスタッフと一緒に二階を片づける。恐らく先程のカフェスペースの話を店長も承諾したのだろう。

掃除している間に小耳に挟んだところによると、今日来たバイトの子達にはきちんと時給を支払うように、と相良さんから店長に指示があったらしい。

ただでさえイケメンぶりにそわそわしていた女の子達の彼への評価は天井知らずで、話題は新しいオーナーのことばかりだった。

そして——勤めるお店のオーナーという絶対的な位置に立つ彼に、私はこれからいい意味でも悪い意味でも、振り回されることになるのである。

二

「ありがとうございました」

最後のお客さんをお見送りしてから、お店の扉にクローズの札をかける。時刻は十九時を過ぎたところで、ビルの合間に見える夜空には、綺麗なお月さまが浮かんでいた。

お給料日前の閑散期だからスタッフの数を減らしたのだけど、別口の来客が多かったせいで今日もなかなか忙しかった。

昨日の言葉通り、今日も相良さんは店に顔を出した。

一緒にやってきたのは、改装工事の業者さんだ。二階に作ることになったカフェスペースのため一緒に来ると、あらかじめお店の方に連絡があったのである。

なかなか仕事が早い……なんて感心してしまう。急遽二階に作ったミーティングスペースで、その業者さん二人と、相良さんと私と店長の五人で打ち合わせをした。

昨日の今日だから、隣に座った相良さんに私はかなり身構えていたけれど、本人はいたって普通の態度だった。最初から最後まで仕事の話で、私にも意見を求め、まとめてそれで終了。

そしてそのまま業者さんと一緒に店を出ていったのである。それはもう、こちらが拍子抜けしてしまうほどあっさりと。

ちなみに、バレンタインが近いからと、スタッフ全員に有名ショコラティエの限定ショコラを差し入れするという心遣いもあった。

……相良さんの好感度はきっと天井をぶち抜いてしまったのだろう。スタッフのSNSグループでは、新オーナーについてハートつきのコメントが飛び交っていた。ヤバい。彼女達があの甘いマスクを巡って争い始めないことを祈ろう。

夕方休憩が取れなかったので、空腹を誤魔化すために私も綺麗なプラリネチョコを一ついただいたのだけれど、凄く美味しかった。ほろ苦くて甘いチョコレートの味を思い出しながら、最低限まで照明を落としてレジの金額を確認していると、奥から店長がやってきた。

「ねぇ堤さん、まだ終わんないの？」

「……もう少し待ってください」

あからさまに不機嫌な声音で尋ねられて、心の中で溜息をつく。最終確認をして手早くポーチに現金をまとめて、今日の売り上げを店長に預かってもらう。

「お疲れ様でした」の言葉に「遅い」という性悪な返事をした彼を、心の中で舌を出して見送った。

基本的に一日の売り上げは、こうして毎日、夜間金庫に持っていってもらうことになっている。

そして何故ここまで店長の機嫌が悪かったのかというと、打ち合わせの前に相良さんから車で来ないでくださいね、と注意されたからである。恐らく業者さんが駐車場に車を停めた時に気づいたのだろう。

注意とも言えないくらいのやんわりとした口調だったのに、店長は完全な膨れ面（つら）だった。まるで叱られた小学生みたいな態度にも呆れつつも、私は心の中で拳（こぶし）を握りしめていた。

よっし！　私がいくらお客さん用の駐車場を使うなって言っても、聞かなかったんだよね！

さすがにオーナーに言われたら停めなくなるはず。相良さんがオーナーになってくれてよかったと、初めて実感した。

しかし――案の定というか、その後の店長は打ち合わせ中も終始苛々（いらいら）していて、投げやりだった。それはもう業者さんが苦笑してしまうほどで、これが身内と思うと私も恥ずかしくなってしまったくらい。その分、相良さんが愛想よく穏やかに進行してくれたので、打ち合わせそのものに支障はなかったけれど。最後には予算の範囲内で、大体のイメージを詰めることができてほっとした。

新設するのはカウンターと簡易キッチン。ダクトの問題があるので、工事には一か月ほどかかるらしい。営業許可証の取得や食品衛生責任者の講習を受けてもらうスタッフのスケジュールなんかもあるので、ちょうどよかったかもしれない。

更衣室で着替えて最後にお店の中を点検して回る。今日のバイトのシフトは六時までだったので戸締まりは一人だ。しんと静まり返った店の中は、ちょっと不気味である。

「……早く帰ろっと。今日の晩ご飯は何にしようかな」

わざとらしいくらい大きな声で独り言を呟く。一度怖い、と思ったら普段見慣れたボディすら怖くなるのだ。

足早にドアに向かおうとしたところで、鞄の中のスマホが鳴った。ぎくんっと跳ねた心臓を落ち着かせてから、ポケットのスマホを取り出して固まる。

「……げ」

見下ろした画面には相良大貴の名前と、どこかの海のアイコン、メッセージのお知らせ通知が表示されていた。

夕方の打ち合わせついでにメッセージアプリのIDを交換したのである。

どうせ電話番号は知られているし、と諦め半分で教えたことを今更悔やんでも遅い。

『家に戻ってきてから気づいたんだけど、車のキーが落ちてなかった？　多分二階だと思うんだけど。まだお店にいるなら見てきてもらえないかな？』

「車のキー？」

その内容を最後まで読んで、若干拍子抜けして呟く。

落とし物、か。……びっくりした。

うん、昨日から私はちょっと身構えすぎだ。

会議で使ったテーブルの上には特に何もない。机に手をついてテーブルの下を覗き込んでみるけれど、何も落ちていなかった。

「ないなぁ……」

最後に相良さんが座っていたパイプ椅子を引いてみる。すると座面に渋い茶色のレザーのキーケースがあった。

拾い上げて柔らかいレザーをひと撫(な)でして驚く。ブランド名はぱっと見て分からないけれど、物凄く手触りがよい。

キーの刻印は日本の有名自動車メーカー。外国産の左ハンドルが似合いそうな風貌だったから、意外に感じた。

だけど相良さんってば、見かけによらずおっちょこちょいだ。車のキーを落とすなんて、仕事に響かなかったのだろうか。

「ありましたよ、っと」

ちょっと迷って一言だけ送る。

するとまたスマホが鳴った。

『悪いんだけど、取りに行きたいから待っててくれないかな？』

「えー……」

読むなり思わずぼやいてしまう。

夕方休憩をチョコ一個で済ませてしまった私の空腹は、もう限界である。

何分くらい待たなきゃいけないのかな、と、スマホの右上に表示された時刻を見て、すぐに思いついた。

駅前のあのマンションなら、ここで待つより私が持っていった方が早いんじゃないかな？　どうせ駅までの通り道だし、玄関先で渡してさっさと帰ればいい。それに相手はオーナーである。下手に逆らってクビにされたら困る……っていうのは言いすぎだけど、最低限の心証は守っておきたい。

『持っていきましょうか』

そう伝えると相良さんは迷ったのか、少し時間を置いて『いいの？』と返してきた。

「『どうせ通り道ですから』っと」

そう送信すれば、今度はすぐにマンション名と部屋番号が返ってくる。

私は車のキーをポケットにしまい込むと、電気を消してから階段を下り、お店を出て駅に向かった。

いつもの癖で他のお店のショーウインドウをチェックしながら歩けば、あっという間に相良さんが住むマンションに到着した。

目の前にどおぉんとそびえ立つ伏魔殿(ふくまでん)……いやいや高級マンション。そんなに階数はないけれど、外壁やデザインが豪華だ。

乳白色(にゅうはくしょく)の大理石が敷(し)かれたエントランスに入り、部屋番号を入力して呼び出しボタンを押す。すぐにスピーカーから相良さんの声で返事があり、名乗る前に濃い木目の自動扉が開いた。

戸惑っている私へ『どうぞ』と言った後、通話が切れる。

……これは持ってこいと？

インターホンのスピーカーからは、もうウンともスンとも聞こえない。恐らく向こうはカメラで私の姿を見たのだろう。

というか、ここまで取りにきてくれたらいいのに。

そう思って口を尖らせたものの、もう一度呼び出しボタンを押す勇気はなく、私は閉じかけた扉に急(せ)かされ、その中に身体を滑(すべ)らせた。

広いロビーには上品な装飾品とソファセットが置かれていて、まるでホテルみたいだ。

私が住む築二十九年の団地型マンションとはエライ違いである。

私はすぐに開いたエレベーターに乗り込み、十二階のボタンを押した。

囲われた空間にちょっとほっとしたのも束の間、驚くスピードで目的階に着いてしまい、気持ちを落ち着かせる時間もなかった。

部屋番号を確認しながら歩いていく。扉と扉の間隔がやたらと広くて遠い。

ようやく目指していた部屋に辿り着き、インターホンを再び押すと、こちらが話す前にガチャリと扉が開いた。

「こんばんは。真希ちゃん」

……廊下と玄関の明暗差も手伝って、相良さんに後光が差しているみたいだ。

端整な顔立ちに浮かんだ神々しい笑みを拝みたくなる。三日連続でもこの美貌には慣れない。美人は三日で飽きるとか言うけれど、あれはきっと嘘だ……

一言くらいの嫌味は許されるだろう、なんて思っていたのに、圧倒されて言葉を呑み込んでしまった。

アースカラーのざっくりとしたセーターにチノパンという普通の格好なのに、脚が長いためか恐ろしく格好よく見える。至近距離だけどいつもの香りはなく、その代わりに、物凄く美味しそうな香りが鼻をくすぐった。

うわぁ、今から晩ご飯かな。いい匂い……！

途端に空腹を思い出す。

早く帰って夕食にしたい……そうだ、叔父さんの野菜を使わなきゃいけないし、鍋にしよう。

鳴りそうなお腹に慌てて力を入れて、相良さんにキーケースを差し出した。

「ありがとう。助かったよ」

私からキーケースを受け取った相良さんは、それを玄関の小物入れらしき引き出しにしまった。

そして再び私に視線を戻す。

「お礼って言えるほどのものじゃないけど、よかったら晩ご飯を一緒に食べていかない？」

「……え？」

さすがにこの状況で、「喜んで！」なんて言えなかった。

昨日、相良さんにからかわれたことは忘れていない。そんな男の部屋に無防備に足を踏み入れるほど馬鹿ではないのだ。たとえさっきから空腹を刺激するこの匂いが、どれだけ美味しそうでも。

「いえ。お構いなく」

「スタッフの女の子に、今日は忙しかったから、真希ちゃんが夕方の休憩を取っていないって聞いたんだ。お腹空いてない？」

やだ。一体いつの間にそんな話をしたんだろう？

「きっと食べてくれると思って二人分用意したんだけど……無駄になっちゃうな」

そういうのは作る前に、あらかじめ聞いておいてくれませんかね!?

だめ？　と顔に書いてあるような悲しげな表情に、ぐっと言葉に詰まる。物凄い既視感。だけど今度こそ、ここで負けてはいけないと視線を逸らした。

「あの、ダイエット中なので夜は抜くことにしてるんです。こんな時間に食べちゃうと太りますし、……はは」

なんとか角を立てずに断ろうとした私に、相良さんは小さく首を傾げる。

「ダイエットの必要は感じないけどね。……うーん、じゃ、この手は使いたくなかったんだけど」

相良さんはそう言うと、意味深な視線を向けてきた。ニッコリと笑う彼の背中に悪魔が見えたのは、多分気のせいじゃない。

「オーナー命令って言ったらどうする？」

思わず固まってしまった私に、相良さんは笑みを深くする。

オーナー命令、って……？

「はい!?」

逆らったらクビってこと!?

ぱっと頭に浮かんだ『無職』という言葉のダメージが大きすぎて、言葉が出ない。

ぽかんと口を開けて茫然としている私の顔があまりにも間抜けだったせいか、相良さんは口元に拳を当てて、くくっと喉の奥で笑う。そして上機嫌でくるりと踵を返し、私を室内に促した。

「どうぞ」

「……あ」

事態が呑み込めないまま明るい玄関に眩暈を覚えていると、相良さんに「こっちだよ」と声をかけられる。

足元に用意されていたスリッパに、最初からそのつもりだったのか、と今更気づく。

どこだ。どこで私は選択を間違った？　面倒がらずにお店で待っていたらよかったの？　それともマンションのエントランスに着いた時に、もう一度呼び出すべきだった？

「……」

ああもう！

ヤケクソ気分でふわふわのスリッパに足を突っ込み、相良さんの後を追う。

油断しちゃ駄目だ、と自分に言い聞かせながら廊下の奥の扉を開けた途端、とてつもなく美味しそうな匂いが胃を直撃した。

「あまり料理をしないから、美味しいかどうか分からないけど」

扉の前で立ち尽くす私にそう言って、相良さんはキッチンスペースに入っていく。

かっこいいオープンキッチン……そして立派なソファが二つ並んでいるにもかかわらず、まだ余裕のある広いリビング。

え、あの壁かけのテレビ、何インチあるの。後ろにあるのはホームシアター的な……？

そんな風に油断していたせいか、結構な大きさでお腹が鳴った。

「……っ」

ばっとお腹を押さえるものの、後の祭りである。

そろりと相良さんをうかがえば、ばっちり聞こえたみたいで彼は口元を手で覆って俯いていた。その肩は細かく震えている。……恥ずかしさに軽く死ねるかもしれない。この前も思ったけれど、今日で確信した。相良さんは絶対笑い上戸だ。

「……っ、たくさん食べてね」

隠しきれない笑いに声を震わせてそう言った相良さんは、黄金色の焼き目も美しく香ばしいグラタンをダイニングテーブルの中央に置いた。

恥ずかしさに顔を赤くしながらも、吸い寄せられるようにテーブルに近づいた私は、そこに並ぶ料理に思わず歓声を上げる。

サーモンと白身魚のカルパッチョに彩(いろど)り豊かなサラダ、華奢(きゃしゃ)でお洒落(しゃれ)なカトラリーとランチョンマット。ホテルのケータリングですか？　と聞きたくなるような、綺麗かつスマートな食卓に、生唾を呑み込んでしまう。

「これ全部作ったんですか……？」

「サラダは千切って和(あ)えるだけだし、作ったって言えるのはラザニアくらいだよ」

なるほど。真ん中で一際私のお腹を誘惑するのは、グラタンじゃなくてラザニアだったらしい。

確かに、透明の耐熱皿の側面は綺麗な層になっていた。

イケメンで料理が上手くてお金持ちとか、これが噂(うわさ)のスパダリか。再び拝みたい気持ちになったけれど、目の前のこの人は、オーナーの地位を利用して私を脅(おど)した極悪人である。

「最初はシャンパンでいい？」

「シャン……」

お洒落(しゃれ)だ……！　未だに飲み会の乾杯は生ビールなことが多い私は、そんなところにも慄(おのの)いてしまう。

お酒は嫌いじゃないけれどあまり強くないので、できれば遠慮したい。でも断るのも角が立つし、多分シャンパンくらいなら平気だよね？

「大丈夫です。あの、何か手伝いましょうか」

とりあえずそう申し出てみる。だけど「もう終わったから」と断られてしまった。それどころかグラス二つとボトルをテーブルに置いた相良さんは、私に椅子を引いてくれる。

わあ、ジェントルマン……

「さぁ食べよう」

にっこりと微笑まれて、目の前のグラスにシャンパンが注がれる。見たことのない高そうなボトルだ。

「乾杯」

目の高さまで上げたグラスの向こうの相良さんは笑顔だった。

初めて会った時から、彼は常に微笑んでいる。いつも笑っている人の方が怖い、って何かで読んだことがあるけれど、相良さんもそういうタイプな気がする……

しかも、さっきみたいに脅(おど)されても、笑顔で冗談めかすせいでイマイチ危機感が持てないのだ。これは逆に危険かもしれない。なぁなぁのうちに思惑通りに動かされて、意識しないままにズブズブと深みに嵌(はま)ってしまいそう……やだ怖い。

「乾杯」と、とりあえず同じ言葉を返して様子を見る。相良さんがシャンパンを口にしたのを確認してから、私も舐めるように口をつけた。空きっ腹に炭酸はキツイかと思ったけれど、むしろ食欲を呼び覚まされて、またお腹が鳴りそうになった。

「頂きます」

手を合わせて、相良さんを盗み見しつつ、取り分けてもらったサラダをぱくりと口に含む。ちょっと変わった色のトマトの酸味と、野菜のシャキシャキ感とフライドオニオンの香ばしさ。そして野菜独自のささやかな甘味を上手く引き出す、ゆず風味のドレッシングが堪らない。

うわぁ、駄目だコレ。美味しすぎてほっぺたが落ちる！

「美味しい……」

「そう？　よかった」

ドレッシングも手作りだと聞いて、心の底から感心した。相良さんは女子力の高さすら私とは別次元にいるのだな、と色んな意味で諦める。

つい無言でがっついてしまい、相良さんがフォークを持つ手を止めて私をじっと見ていることに気づくのが遅れた。彼は私のグラスにシャンパンのお代わりを注いでくれた後、ふふっと小さく声を立てて笑う。

「幸せそうな顔して食べてもらえて嬉しいよ」

「……こんなに美味しいもの食べたら、誰でも幸せになりますよ」

ちょっと悔しい気分でそう言えば、少し間を置いた後、相良さんが「……ありがとう」と照れた顔で頷いた。珍しい表情を、おお、と観察していたところ、さりげなく顔を逸らされてしまう。

残念。さっきの悪魔的な微笑みとは違う自然な笑顔でよかったのに。この笑顔を見るのは二回目だ。この前も思ったけれど、いつもこんな風に笑う方がいいと思うんだけどな。顔が整っているから、あんまり綺麗に笑われると緊張するのだ。

ちなみに、美味しいものは素直に伝える。これは堤家の家訓だ。……というか自分で料理をする人なら分かると思うけど、せっかく頑張って作ったのに何も言われなかったら、次から作る気力が失せてしまう。だから私とお母さんは、お互いのモチベーションのために必ず感想を言い合っていた。

「そうだ。この際、敬語はやめない？　あと、できれば下の名前で呼んでもらいたいんだけど……ダメ？」

食事も中盤に差しかかったところで、相良さんがそう言ってきた。

名前呼び……。確かに相良さんは私のことを、ナチュラルに名前呼びしてるもんなぁ。でもオーナーだし、何かの拍子にうっかりお店で呼んだら騒ぎになりそうだ。

「オーナー相手ですし、できれば相良さんのままでお願いします。あとお店でだけ敬語って使い分けるのは、私には難しいかもしれません」

一度フォークを置いて口の中のものを呑み込み、そう答える。それに一度敬語で話した人と普通に会話するのは案外難しいものだ。

自分でも可愛くないなぁ、なんて呆れる返事だったのに、相良さんは無理強いすることはなく、「そっか」と引いてくれたので、ちょっとだけ良心が疼く。

そもそも名前を呼んでほしいってことは、やっぱり仲よくしたいってことだよね？

昨日も思ったけれど、どうして相良さんみたいな人が私に構ってくるのか分からない。

首を傾げかけて、あ！　と閃いた。

「相良さん！　もしかしてこれ、『恩返し』ですか⁉」

質問しながらも確信する。そっか、そうなんだ！

昨日の甘い言葉も、こうやって『オーナー命令』なんて言ってまで強引に食事に誘ってくれたのも、きっとソレだ。やだもう、ちゃんと断ったのに！

だけど勢い込んで尋ねた私に、相良さんは苦笑して首を横に振った。

「今日はそんなつもりはなかったよ。こんな料理が恩返しになるわけないし」

あれ、違うの？　だけど『こんな料理』とか言わないでほしい。物凄く美味しくいただいている私にも失礼だってば。

うーん……。じゃあなんなのかな。もしかして私のこと……なーんて、ちらっと横切った自意識過剰な可能性を即座にぶった切る。自意識過剰撲滅……！　身の程を弁えないと大怪我するから！

　でも、それならやっぱり、お母さんの娘だから親切にしようとしてくれているのだろう。

　そうやって悩みつつ、食事を続ける。明日も仕事だというのに、食は進み、ついでにお酒も進む。シャンパンの後は口当たりのいいフルボトルの赤ワインが出てきた。これもほどよく渋味があってラザニアに物凄く合う。

　途中でなんとなく情報交換の流れになり、相良さんが二十八歳だと知った。

　欧米人やハーフの人は実際より年上に見えることが多いけれど、相良さんはそうでもない。

　また、お店の話を聞きたいというので、お酒の勢いもあり、私の仕事やアルバイトに入った当時のこと、前のオーナーのこと、挙句の果てにこの前来た困ったお客さんの愚痴まで話してしまう。絶妙な相槌に、気がつけば結構な時間が経っていた。相良さんは聞き上手だ。

　最初こそ警戒していたのに、途中から機嫌よく喋っていた自分に気づいて、慌てて口を噤み腕時計を覗き込んで驚く。

　いくらなんでも長居しすぎだ。

「すみません！　すっかりお邪魔してしまいました。あの、そろそろお片づけしませんか」

さすがに食べっぱなしで帰るわけにはいかない。

そう申し出てみたが、相良さんは首を横に振った。

「大丈夫だよ。食器洗浄機もあるし。それより余裕があればコーヒーでも飲む？」

キッチンに立ち入られるのを嫌がる人もいるから、迷ったものの、片づけについては相良さんの言葉に甘えることにする。お休みの時にでも、何か気の利いたお土産を買ってきて渡そう。

「いえ、明日も仕事なのでもう帰ります」

「真面目だね」

「……従業員が真面目じゃないと困るでしょう？」

アルコールの効果か、そんな軽口を叩いて少し後悔する。だけど相良さんは小さく笑った。

「ほどほどにね。一人で頑張りすぎないで」

そう言われてびっくりした。だってそれはお母さんの口癖だったから。

……ちょっとうるっときてしまったのは、久しぶりのアルコールのせいかもしれない。

「どうかした？」

「いえ、……母にもよく言われたなぁ、って」

涙ぐんだのを悟られたくなくて、俯いて首を振り立ち上がった。私はコートと鞄を取り、玄関へ向かうことにする。その途中で相良さんの返事がないと気づいて振り向いた。

「相良さん？」

「……エレベーターホールまで送るよ」

少し間があったことに違和感を覚えつつも遠慮する。だけど結局、相良さんはエレベーターホールまでついてきた。途中でタクシーを呼ぼうか、と聞かれたので、丁重にお断りする。だってまだ電車があるのにもったいないし！

二人で並んで歩いても余裕がある廊下の広さに改めて感心しながら、ちょうど来ていたエレベーターに乗り込む。

「ご馳走様でした」

改めて相良さんに向き直り、ぺこりと頭を下げる。

オーナー命令、なんて言われた時は驚いたけれど、結局美味しい料理とお酒をお腹いっぱいご馳走になってしまった。きっと遠慮する私に気を使って、あんな言い方をしたのだろう。

そんなことを考えていた時、相良さんが不意に私の名前を呼んだ。

「え？」

落ちた影に視線を上げると、すぐ目の前に相良さんの整った顔があった。柔らかな髪が頬を掠め、くすぐったいと思うよりも先に頤へ指がかかり、唇に温かい感触が押しつけられる。

時間にして多分二、三秒。

ゆっくりと相良さんの顔が離れていき——私はその一連の動きを、ぽかんと眺めていた。

「おやすみ。真希ちゃん」

その言葉が合図だったかのようにエレベーターの扉が閉まる。ガラス越しに見えたのは、あれ？ 今のは気のせい？ と思ってしまうほど爽やかな笑顔。

「——っ⁉」

中途半端に固まったおかしな体勢の私に構わず、エレベーターはそのまま下りていく。

キ、キス？

幻……、じゃないよね？

唇の感触は確かに残っている。

今更ながら手で唇を覆い、壁に手をついてジタバタしたくなる衝動を抑えた。

「やられた……」

キスなんかでぎゃあぎゃあ騒ぐ年齢でもない——が！

そこそこガーリックが効いたラザニアを食べたばっかりで、しかもワイン臭かったよ私！　そんなのが五年ぶりのキスとか、自分の灰色の二十代前半が本気で恨めしい。

いやいやそれよりも、許可なくキスなんてしてくんな！

甘いリップサービスと一緒で、キスも単なる挨拶だとでも思っているのだろうか。

というか、ほぼ赤の他人にキスされたというのに、嫌だとか気持ち悪いだとか思わなかった自分に気づいて、いっそう絶望的な気分になった。

ちょっと私！　倫理観とか日本人の奥ゆかしさはどこに置いてきた!?

「も、もう絶対に油断しない……！」

自己嫌悪に陥りつつも、私は真っ赤になっているだろう顔を隠すために俯き、唇を擦りながらそう誓った。

けれど予想に反して――それから数日間、忙しい相良さんは夕方に店へ顔を見せるだけですぐに帰ってしまい、そもそも二人きりになるようなことはなかった。

そうこうしている内に二階の工事も始まり、そして給料日明けの三連休という繁忙期に入った。

それに合わせた早めのセールもあって、特にアクションを起こさない相良さんを気にしている余裕もなくなってしまったのである。

＊

「……ねむ……」

手を伸ばしてスマホのアラームを止める。スヌーズ機能に本気の殺意を覚えつつ、三回目でようやく私はベッドから身体を起こした。カーテンから漏れる光が目に痛い。

「今日行ったら明日は休み……今日さえ、今日さえ行けば……」

呪文のように自分に言い聞かせ、ダイニングに向かい、すぐにファンヒーターのスイッチをつけてその場に蹲る。

熱風で今日着る服を温めながら、スマホのスケジュールアプリを開く。下から這い上がってくるような寒気に肌が粟立って、風邪ひいたかも、とぼんやり思った。

……納骨のために休みを取って以来、一日も休んでないもんなぁ。

その理由はただ一つ。店長の存在である。先日の打ち合わせの時に機嫌を悪くした店長は、あれから徹底的に相良さんを避けていて、彼が顔を出す夕方は外へ打ち合わせに出て、そのまま直帰しているのだ。

そのせいで、閉店後に駅とは真逆の夜間金庫へ私が行くことになり、もちろん日計の売り上げ票も私が出さなくてはならず……、昨日は雑務処理もあり、とうとう終電ぎりぎりの帰宅になったのだ。

しかも帰りはまさかの雪。そんな日に限ってストールを家に忘れてしまい、帰った時には身体の芯まで冷え切っていた。

「今日は入荷があったっけ」

スケジュールを視線で辿ると、春物小物の第二弾という文字があった。春物はやっぱり色が綺麗で気持ちも明るくなるので、普段ならとても楽しみなのだが、今は検品にレイアウト、値段設定とタグづけが憂鬱で仕方がない。だめだ、販売員失格だ。

もう朝の支度をするのもダルイ。寝不足が重石になって背中に乗っているみたいに身体が重い。

「あー今日も寒い……」

食欲もないので朝食はコーヒーだけにして、お母さんのお仏壇を開ける。

すぐ家を出るので、蝋燭もお線香もなし。ごめん、週末にはお母さんが好きだった、きな粉団子をお供えするから許してください……

手を合わせて謝罪まじりの朝の挨拶をした後は、昨日薬局で大量に買った貼るカイロを、肌着の背中やら腰やらに貼りつける。

服装は春物の綺麗色ニットとデニムだけど、肌着は防寒スタイルだ。お洒落は我慢と言うけれど中身は勘弁してください。コートも普段滅多に着ないダウンを出して、首にストールをぐるぐると巻きつける。こうして私は完全防御のマスク姿で家を出たのだった。

お店は春物を着ているスタッフのためにエアコン温度を高めに設定している。だというのに一向に寒気は治まらず、お昼を過ぎた頃には、胃までムカムカして気持ち悪くなってきた。

バックヤードでマスクに指を引っかけ、溜息と共に熱い空気を外へ逃がす。それから額に手を当ててみた。

うーん。これは、熱いよなぁ……

さっき見たスタッフのSNSのグループには、次々にインフルエンザ発症の報告が上がっていて、シフト交換のやりとりが流れていた。

もらっちゃったかな。今年はバタバタしていたせいで予防接種を受けてないんだよね。一応マスクをしたまま、接客はしないで裏方に徹しているけど、本当にインフルだったらバイオテロになるよなぁ。

手にしていたスマホからメッセージの着信音が鳴って、慌てて画面を見る。

「うわぁ、麻衣ちゃんありがとう〜」

思わず声に出して拝んでしまった。

実は少し前に麻衣ちゃんへ、ヘルプ要請を出していたのだ。彼女がいれば私がいなくても戸締まりとキャッシャーの締めはなんとかなる。ついでに店長にもさっきから電話しているのに、ちっとも出ない。

財布に保険証を入れっぱなしにしていてよかった。帰りに病院に寄って帰ろう。インフルだったら何日間休まなきゃいけないんだっけ？　ただの風邪でありますように……麻衣ちゃんに、やることをざっとまとめてメールで送る。

……マズい。スマホの画面を見ていたら余計に気持ち悪くなってきた。

一度目を閉じマスクの中で苦しい息を吐き出したその時、誰かが入ってきた気配がして、慌てて瞼（まぶた）を開けた。

「堤さん？　こんなところでどうしたの？」

「相良さん！」

覗き込むようにしてバックヤードへ顔を出した相良さんに、ぎくりと心臓が跳ねる。

あの時以来の二人きりで一瞬緊張したけど、扉は開けっ放しだし、私のことを名字で呼んだし、きっと仕事モードだ。多分大丈夫だろう。

むしろ今またキスなんかされたら、濃厚なのをお返しして、インフルなり風邪なりをうつしてやるけどね！

「……今日は早いですね」

一応一定の距離は保ちつつ、答える。

まだお昼を少し過ぎたばかりだ。いつも来るのは夕方なので、こんな時間に顔を出したのは、初日以来になるだろう。

「カフェに使うテーブルと椅子のサンプルを見てもらおうと思って。それより顔が赤いけど大丈夫？」

「すみません。あの、ちょっと今日は早く帰らせていただいて、病院へ行こうと思います。スタッフの間でインフルが流行っているし、私も診てもらってきます」

そう説明して頭を下げる。相良さんの脇を通ってバックヤードから出ようとすると、ぐっと腕を掴まれた。

「車で来たから病院まで送るよ。カフェのレイアウトを詰めたかったし、ちょうど半休を取っていたんだ」

「いいですよ。全然大丈夫……っ」

慌てて振り解こうとして、勢い余ってふらっとよろけた。

伸びてきた手が私の身体を支える。もうすっかり嗅ぎ慣れた相良さんの香水の香りが、身体を包み込んだ。

「こんなにふらついているのに」

「ちょっと躓いただけです！」

彼の手から逃れようとするけど、ぴくりとも動かない。

離してください、そう言いつつ相良さんを見れば、眉間に皺を寄せていた。もしかしたら、こんな険しい表情は初めて見たかもしれない。

「だめ。きっと熱も高いよ。じっとしていて」

いつも笑みを浮かべている相良さんにしては珍しい顔に、居心地が悪くなる。

ああ、こんな風に他人に心配してもらったの、久しぶりかも――ぼんやりとしてきた意識の中でそう思って、慌てて首を振った。

……今、なんか嬉しい、とか変なことを考えた気がする！

今度こそ力を入れて振り払おうとすると、相良さんは眉間の皺を深くして、ぐ、と顔を近づけてきた。マスクをしていなければ唇が触れてしまいそうな距離に、いつかのキスを思い出す。ますます顔が熱くなる中、至近距離で形のよい唇がゆっくりと開いた。

「ここで無理矢理抱っこされて運ばれるのと、大人しくついてくるのと、どっちがいい？」

それ、どっちもどっちなんですけど！

咄嗟にそう突っ込もうとしたけど――もう限界だった。

口を開いたら吐きそうになってぐっと堪える。それだけは死んでも避けなくては。

結局、私はそれ以上言い合いをする元気もなく、お店のスタッフの心配半分、好奇心半分な視線に見送られながら、相良さんに病院まで送ってもらった。

そして、無情にも下された診断はインフルエンザA型――

人間って不思議。そうだろうなぁと覚悟していても、ハッキリと病名を知ると、それまで以上に倦怠感が増す気がする。

お母さんの納骨が終わって、気が緩んでいたのかな。ここ最近は仕事も慌ただしかったし。

そして、恐らく昨日の雪がトドメを刺したのだろう。眠くてお風呂もシャワーだけにしちゃったけど、ちゃんと湯船で温まっていたら発症はしなかったかもしれない。……そんなこと思ったたって後の祭りなのだけど。

病気の時はやっぱり思考も後ろ向きだ。

昨日の行動を反省しつつ、重い身体を引き摺るみたいに病院の玄関を出た時、すっと正面玄関の車止めに車が滑り込んだ。

国産の大きめのRV車。見覚えはある。だって、これに乗ってここまで来たんだから。

「え……相良さん!? 帰ったんじゃ」

「後ろがつかえているから、早く乗って」

彼の言葉通り、後ろにはすでに車が何台か続いていたので、とりあえず急いで乗り込む。

「あの、待っていてくれたんですね」

滑るように走り出した車の中で、シートベルトを装着しつつそう尋ねる。待合室はインフル患者で溢れていたから、二時間近く待ったはずだ。

「一度会社に戻ったし、それほど待ってないよ。すれ違いにならなくてよかった」

……それならまだマシかな？　せっかくのお休みなのに仕事の打ち合わせもできていないし、送り迎えに時間を使わせてしまって申し訳なく思う。

ちらりとうかがった横顔に不機嫌な様子はない。ちょっとほっとして、座り心地のよいクッションに身体を沈める。待合室はいっぱいで座れなかったから、足がだるかったのだ。身体の力が抜けていき、ついでに心も若干緩んだらしい。

「ありがとうございます。あの、……助かりました」

気がつけば私は、素直にお礼の言葉を口にしていた。

この感じだと、一人で電車に乗って帰っていたら、そのまま動けなくなっていたかもしれない。さっき院内からも外にタクシー待ちの列ができていたのが見えたので、電車で帰ろうか迷っていたのだ。

え？　絆されている？　うん、自覚はあるけど、こんなに身体がしんどいと、わりとどうでもよくなっちゃうよね。……素直に甘えれば？　と私の中の悪魔も天使もそう言っている。

だって一週間毎日顔を合わせていたけれど、相良さんは何のアクションも起こしてこないのだ。身構えるだけ損な気さえしてしまう。きっとハーフの彼の中では、キスくらい挨拶の延長だったのだろう。もう面倒だからそういうことにしておく。

ただ、インフルがうつらないといいのだけど。そう心配しながら、少しずれていたマスクの位置をしっかりと戻すと、相良さんが思い出したように、予防接種を受けていることを教えてくれた。

ちょっとほっとしたものの、重症化しないというだけで、全くうつらないわけではないので、マスクは外さない。

「お休みを無駄にさせてしまって、すみませんでした」

マスク越しにもぞもぞ謝ると、信号待ちしていた相良さんが私の方に視線を向けて、柔らかく微笑んだ。

「熱を出している女の子を放って帰れないよ」

さすがジェントルマン……そのセリフに不自然なところはなく、声音も優しい。気を使ってくれているらしく車のスピーカーからは何も流れておらず、相良さんも喋らないので静かだ。

車の振動が気持ちいい。熱のせいなのか、それとも病院で服用した薬のせいなのか、とろんとした睡魔が襲ってくる。

窓に凭れかかってうとうとしていると、それに気づいた相良さんが、「寝ちゃっていいよ」と声をかけてくれた。

「……すみません」

もう喋るのも億劫だ。

待合室で測った熱は三十八度六分もあった。早く薬が効いてほしい。風邪はちょこちょこ引いていたけど、インフルエンザなんて随分久しぶりだ。

最後にかかったのは、多分小学生の頃じゃないかな……？

うつらうつらしながら、昔のことを思い出す。

あの時は、お母さんが仕事を休んでずっと看病してくれたっけ。

お母さんが一日中一緒にいてくれることなんてあまりなかったから、身体はだるくてもちょっと嬉しかった。眠るのがもったいなくて喋っていたら、寝ないと治らないわよ！　って苦笑いで叱られて、ようやく瞼を閉じたのを覚えている。

そう、今と同じように……そんなことを考えた私はすぐ側に誰かの気配を感じつつ、眠りについた。

何度か浮上しては落ち、意識は夢と現実を彷徨う。

「――ほら、行こう」

そう相良さんに言われて、返事をしようとしたのに口が重くて開かない。

足元がふわふわして、宙に浮いているみたいだ。

変な夢だなぁ、とぼんやり思ってまた意識が遠くなる。

そして目覚めた私は、見覚えのない天井に目を瞬いた。ずきん、と頭の後ろが痛んで思わず顔を顰めてしまう。

……ここどこ……？

視界の端に映った焦げ茶色の髪に気づいて視線を向ければ、そこにはタブレットを操作している相良さんの姿があった。

「相良さん……!?」

そう叫んだ自分の声で、いっそう頭が痛くなる。

タブレットから顔を上げた相良さんは、驚く私の顔を見ると申し訳なさそうに眉尻を下げた。

「大丈夫？　驚かせてごめんね。病院を出てから真希ちゃんのマンションに行ったんだけど、意識がなくて。鞄を勝手に探るのも悪いし、一人で置いておくのも不安になって、自分の家に連れてきちゃったんだ」

「家って、……ここ、相良さんのマンション、なんですか？」

渇いた喉が引き攣り少し咳き込むと、彼が枕元に置いていたスポーツドリンクのペットボトルを手渡してくれた。ありがたく受け取ってとりあえず口に含む。

なんで起きなかった、私！

冷静に冷静に。そう自分に言い聞かせて、再び部屋を見回した。マンションというよりは、飾り気のないビジネスホテルみたいな一室。同時に、窓の外がすっかり暗いことに気づく。

「あの、ご迷惑おかけしました！　今何時ですか？」

相良さんはタブレットに一度視線を落として「二十二時くらい」とこともなげに答えた。

二十二時！　病院を出たのが十六時くらいだったから……熱が出ていたとはいえ、どれだけ寝ていたんだ、私！

マンションに着いた時点で、叩き起こしてくれたらよかったのに……！

「何か食べられそう？　ゼリーとお粥ならあるよ」

「というか今すぐ帰ります！　本当に迷惑かけてすみませんでしたっ！」

送ってもらった挙げ句、人の家で寝かせてもらうとか、どれだけ図々しいの。恥ずかしいのを通り越して、もうここから一刻も早く逃げ出したい。熱は夕方より下がった感じがするし、何より胃のむかつきが大分治まっていた。痛い出費だけど、タクシーを呼べば一人でも帰れるだろう。

これ以上相良さんに迷惑をかけるわけにはいかない。

慌ただしくベッドから下りようとした私を、彼がやんわりと肩を掴んで押し留める。

反動でベッドへと戻った私は上から布団をかけられ、伸しかかるように閉じ込められた。

見上げた相良さんの顔が、物凄く近くて焦る。

「駄目。まだちゃんと熱は下がってないし、インフルエンザの薬を服用した後は、なるべく誰かと一緒にいてくださいって言われるよね」

「でも大分楽になったので！　タクシーで帰れます！　一人云々は何というか……薬剤師さんも一応言わなきゃいけないお約束というか」

視線を逸らしながら、しどろもどろに言い募る。

実際そう言われたけど、一人暮らしなのだからどうしようもない。ああもう、インフルは独り身には辛すぎる……！

「だからここで看病してあげる。『恩返し』の一環として」

また出た、恩返し！　そもそも恩を返すのならまず相手の気持ちを尊重しよう!?

「本当に大丈夫ですから！　それに私がベッドを取っちゃったら、相良さんの眠る場所がなくなっちゃいますよね？」

「ここは客間だから大丈夫だよ」

「きゃ……」

客間とか、どれだけゴージャスなマンションなんだ。その上、小さいけど部屋にユニットバスもついているから、と説明されて言葉を失う。

「いやっ……あの、でもほんっとに」

「病人は寝ようか。もう……そこまで意地を張るならアレを出すよ」

そう呟き、相良さんはじとりと上目遣いになる。

「アレって、まさか……」

『オーナー命令』

綺麗に言葉が重なり、私は目を見開く。

そして数秒間、静寂がその場を支配した。

「……ひどいです。鬼、あくま」

思わず心の中が駄々漏れになった。だけど相良さんは全く気にする様子もなく、それどころか楽しそうに目を細めて、私の顔を覗き込んでくる。

「そんな潤んだ目で睨んでも可愛いだけだよ」

ふふっと小さく笑われて思いきり顔を背ける。顔が熱い。熱がまた上がってきたのかもしれない。

可愛いとか、歴代の彼氏にもあまり言われたことがない。逆に、気が強すぎて可愛げがないっていうのはよく言われたし、自覚もある。そのせいだろうか、こんなに恥ずかしいのは。

「熱が上がったら相良さんのせいです」

「だから看病してあげるって」

「うつしてやる」

もう敬語も忘れて悔し紛れにそう呟く。つん、と顔を逸らせば相良さんの指がそっと頬に触れた。

そのまま指の腹で、頬の輪郭を辿るように撫でられる。妙にゆっくりとした動きにドキリとし、慌てて顔を戻すと、相良さんの顔がさっき以上に近い距離にあった。

「喜んでもらってあげるよ？　いっそ濃厚な接触でもしてみる？」

そう言って合わせられたのは唇ではなく――おでこ。

薄い色の瞳が艶っぽく潤むのを、目の前で見てしまった。

「ああ、ほら。まだ凄く熱い」

「……っ」

言葉を失った私は、相良さんの胸を思いきり両手で押しのけて、頭から布団を引っ被った。

心臓がどきどきうるさい。降参したわけじゃない。とりあえずタイム！

布団の向こうから笑う声が聞こえて、より苛立つ。

……ま、またからかわれた。

唇を噛み締めていると、相良さんは布団越しにぽんぽんと背中の辺りを軽く叩いてきた。

「お店は高木さんがちゃんと仕切ってくれるって。店長にも電話しておいたし、とりあえず発症後五日、かつ解熱後二日経つまではしっかり休んでね」

高木さんとは麻衣ちゃんのことだ。そして店長、ようやくつかまったのか……。私の着信だけ無視していたんじゃないだろうな。

だけど、むっとしたのは一瞬だった。

休み明けにお店に行きたくない……納骨のために長期休暇を取ったばかりだったのに、その二週間後にインフルエンザとか、体調管理どうなってんの、って我がことながら聞きたくなるわ。

復帰したら店長は確実に嫌味三昧だろう。しかも麻衣ちゃんと店長を二人にすると店の空気が殺伐とするのだ。その間に入るスタッフの心労と、後のフォローを考えるだけでいっそう頭が痛くなる。

「必要なものがよく分からなかったから、会社の女の子に頼んで買ってきてもらったものを置いておくね。あと着替えも」

それからすぐに扉が閉まる音がして、私は布団からそろりと顔を出す。さっきまで相良さんが座っていた椅子の上に、パジャマらしき布の塊とコンビニの袋が置いてある。

上半身を起こしてその袋を手に取れば、中にはスキンケアセットが入っていた。急な出張の時にいつもお世話になっているトライアルセットだから、肌に合う合わないの問題はない。そしてパックに入ったままの下着まで入っていることに気づいた途端、泊まることの現実味が増した。

なんて言って買ってきてもらったのだろう。

その女性に関係性を問われなかったか気になるものの、そこを突っ込むと藪蛇になりそうなので黙殺することにした。そしてコンビニの袋を一旦脇に避け、その下にあった布の塊を手に取る。

首を傾げつつ広げてみれば、それは一時期流行った有名なもこもこパジャマだった。……ピンクと白のストライプが可愛すぎて、自分に似合う気がしない。

ベッドから下りて、まずは化粧を落とそうと、バスルームだろう場所の扉を開ける。ビジネスホテルのユニットバスみたいな造りだけど、それよりも少し広い。

シャワーを浴びたいけれど、さすがにまだマズいよね。

そして洗面台の鏡を見てぎょっとした。

鏡に映っている自分の顔がヒドイ。化粧はほぼ汗で流れてしまっている上に、マスカラのせいで目の下だけ微妙に黒かった。

私、よくこんな顔を晒して寝ていたな……

もう乾いた笑いしか出なかった。クレンジングを使い、洗顔をして念入りに化粧水を肌に染み込ませる。今更化粧をする気にもならない。一通り終えるとさっぱりしたものの、身体が冷えてしまったらしく急に寒気が戻ってきた。

手早く化粧品をポーチに戻しつつ、コンビニ化粧品でよかったなと思う。後でお金を返す際に調べやすいし、あまり気を使わなくて済みそうだ。

足早に部屋に戻り、例のパジャマをもう一度広げてみた。

「……う～ん……」

私は皺だらけの薄いニットを脱ぎ、迷ったけれどブラジャーはつけたまま、パジャマのボタンを外すのも面倒で上着を頭から被る。

物凄く暖かい。

見た目だけで敬遠していたけれど、人気があるのも納得の着心地だ。

ジーンズも脱いで、下を穿き替えてみると、よりいっそう暖かくなった。

家に帰ったらネットで色柄違いを探してみようかな、なんて思うほど肌触りがよい。

それにしても相良さん、コレをわざわざ買ったのかな。結構高かったはずなんだよね。あ、彼女さんの私物だったらどうしよう。今まで恋人の話題が出たことはなかったけれど、ありえない話じゃない。でも普通はそういう存在がいたら、いくら看病だっていっても自分のマンションに女の子は泊めないよね？

後で聞いてみよう。さすがにこれは無視できない。

そう決意したところで、扉からノックの音が聞こえた。

返事をしてすぐ入ってきた相良さんの手には、土鍋を載せたトレイがあった。どうやらお粥らしい。

……もしかして、私のために作ってくれたのかな？

相良さんは私を見て、「可愛いよ」と言ってくれたけれど、その気遣いが痛い。

どうせなら今聞いてしまおうと、懸念事項だったパジャマの持ち主の話をすれば、彼は苦笑して「恋人はしばらくいないよ」と首を振った。パジャマは会社のパーティーの景品の余りなのだとか。

元はペアだと聞いて、可愛すぎて落ち着かないからメンズの方を貸してください、と言ってみたけれど「どこにいったかな」と白々しい笑顔で断られた。

……うう……絶対あるよね……！

「はい、あーん」

「しませんから」

コンマ一秒で拒否すると、相良さんはわざとらしく拗ねたような表情を作った。

「やってみたかったのに」

相良さんはそう呟いたものの、素直にレンゲを渡してくれたのでほっとする。

鼻が詰まっているのと熱があるのとで味はしないけれど、懐かしくなった。

白粥なんて本当に久しぶりだ。

最後に食べたのは、お母さんのお粥だったと思う。自分一人なら、風邪の時もうどんとか冷ご飯で作る雑炊とか、味のあるものを選んでしまうから。

やはり熱のせいか食欲旺盛とはいかず、お茶碗一杯分を食べたらお腹がいっぱいになってしまった。デザートに、綺麗にカットされたメロンとイチゴまで出てきて、いたれりつくせりだと他人事みたいに感じる。

それも少しだけ食べると、寝るように促された。

起きた時は結構元気だったのだけど、実はだんだん辛くなってきていたので素直に横になる。

もう何かされるかも、なんて警戒するのも面倒くさいくらいダルイ。

反省したり、色々と考えたりするのは熱が下がってからだ。

「ほら、おやすみ」

熱でぼやけた視界に映る相良さんの顔は、いつも以上に優しく見える。

そういえば昔熱を出した時も、お母さんが寝かしつけてくれたなぁ、と思い出していたら、ふっと涙腺が緩んだ。

「泣いたら熱が上がるよ」

熱の副作用か、薬の影響か——よく分からない感覚に陥って寂しくなる。

お母さんのことは散々泣いて踏ん切りがついたはずなのに、気がつけばぐずぐずとしゃくりあげていた。

そこから記憶が朧気だが、どうやら眠ってしまったらしい。

だけど——

『はい、頭冷やそう。ちょっとでもいいから食事もとってね』

やだ。食べたくない。

『ふふ、餌づけしてるみたい。可愛い』

可愛くないから、やだ……

『ほら、垂れてるよ』

そう言って、優しい手つきで口を拭う。

寝台に転がって優しく頭を撫でられて、気持ちよさにうっとりと目を開ければ、すぐ近くにある淡い瞳の色が何故か悲しそうに陰った。

どうして、そんな顔してるの……？

『……少し後悔しているからかな』

そんな記憶がぼんやりと、ただの夢とは思えないリアルな感覚と共に残っていた。

目が覚めた私は、しばらくぼうっと天井を眺めていた。見慣れない天井……と思って、瞬時に思い出す。ここは相良さんのマンションの客間で、私は絶賛インフル中であり、紆余曲折の末、彼に看病されているのだ。

「いたた……」

熱の名残か身体の節々が痛い。唸りながら身体を起こそうとすれば、すっと背中に手が回され、慣れた手つきで介助される。

「おはよう。ん、熱は下がったみたい」

自然な仕草で額に手を当てられて、驚くことなく自然に受け入れた自分に気づく。恐らくそれは、慣れるほど何度も繰り返したからで——

——あ。

途端に脳裏に蘇る記憶。え、あれ？　ちょっと待って？

「——相良さん」

「なに？」

微かに首を傾げて、優しく微笑んだ相良さんを直視できない。真っ白なシーツを握りしめた拳を見下ろし、私は恐る恐る問いかけた。

「すみません、なんか……っ昨夜色々、お世話をかけましたよね……!?」

言葉尻が曖昧なのは記憶も曖昧だからだ。

でも多分、泣きべそをかいて子供みたいな我儘を言った。どうか夢であってほしい、そう願ったのも束の間、相良さんはふふっと小さく笑って肯定した。

「可愛かったよ。普段もあんな風に甘えてくれればいいのに」

いやあああ！　記憶を抹消したい！

熱で前後不覚だったとしてもありえない。本気で過去にタイムスリップして、自分を張り倒してでも、正気を取り戻させたい。

相良さんの視線に居た堪れなくなって布団に逃げ込もうとしたら、枕元に置いてある時計が視界に入った。日付も表示するそれは朝の十時を指していた。しかも倒れた次の日ではなく、さらに次の日だ。ところどころしか覚えていないけれど、どうやら丸一日、相良さんに看病してもらったらしい。

ふと外を眺めて、相良さんを見て戸惑う。今日は平日で、一般のサラリーマンなら出勤している時間である。

「あの、相良さん。お仕事は？」

「僕も有給が溜まっていたから、休暇を取ることにしたんだ」

心配しないで、とつけ加えられて、また熱がぶり返しそうになった。

薬が効いたおかげか私の身体はかなり元気だ。多分、この感じだと熱も下がっている。

取り戻せない昨日はどうしようもないとはいえ、今日は一人でも大丈夫だ。

もちろん頭も正気すぎるほど正気である。どうせならもっとぼんやりして、昨日の件は夢だったことにしたいくらいなのに！

「私、もう全然大丈夫なんで！　帰りた――」

「オーナー命令」

それだけ妙に強い口調で申し渡されて、思わず口が尖る。

いやだから昨日……違う、一昨日（おととい）から何なのソレ。看病するのにオーナー命令とか、相良さんに何の得があるの？

「熱は下がったみたいだけど、薬が効いているだけだから。今日一日くらいはきちんと寝て」

「えっ、でも……はい」

途中で頷いたのは、相良さんの笑顔がだんだん怖くなってきたからだ。美形が怒ると迫力がある……

熱は下がったものの、やっぱりそれなりに身体の調子は悪いらしい。

言われるままにまた横になり目を瞑（つむ）ったら、あれだけ寝たのにもかかわらず、結局また眠りに落ちた。その後も相良さん介助のもと食事を取らせてもらい、四六時中彼の気配を感じながら眠ったのである。

うつらうつらしている途中で、そういえば昨日、彼が夢の中で悲しそうな表情をしていたことを思い出したけれど、それも眠気に押し流されてしまった。

次の日の朝は、気持ちよく目が覚めた。枕元の時計を見ればまだ八時を過ぎたばかり。部屋の中を見回しても誰もいない。この三日間、目が覚めたら必ず相良さんが枕元にいたので、なんだか部屋が物凄く広く見えて違和感……というより、不安になってしまった。

いや不安ってなんだ！　いい大人が寂しいとか感じてどうする！

「あ、ごめんね。起きてたんだ」

眠っていると思ったのだろう、ノックもなく扉が開いて相良さんが入ってきた。上半身を起こした私を見ると、彼はポットをサイドテーブルに置いて、おでこに触れる。

こうされるのも慣れたけど、私、相当汚いんじゃないかな……。汗臭いはずだし、かなり恥ずかしい状態だ。

「ん、今日も熱はなさそうだね」

「あ！　じゃあシャワー浴びていいですか！」

思いついたままそう尋ねると、相良さんは少し考えるように間を空けてから、やや困った様子で眉を寄せた。

「手早くなら大丈夫かな……。湯冷めしないようにね」

家主の許可を得た私は元気よく返事をして、着替えを手に、さっそくシャワーを浴びにバスルームへ駆け込んだ。

そうして髪も身体もすっきりした私が着替えたのは、昨日の内に相良さんから渡された、新しいもこもこパジャマだ。今度は目にも鮮やかなレモン色で、うん……もう何も言うまい。

そして二日ぶりのシャワーでさっぱりしたせいか、お腹が物凄く自己主張していた。

……なかなか遠慮を知らない胃だと自分でも呆れてしまう。

部屋から出てもいいかな。

実は、扉の向こう側には、まだ足を踏み入れたことがないのだ。あ、もちろん最初に夕食をご馳走になった時は別として。

今更な気もするけれど、鞄に入れてあった予備のマスクをして、そっと扉を開き、顔を出して外をうかがう。

やっぱりリビングに繋がってたんだ。

そう思ったのも束の間、キッチンにいた相良さんに見つかった。

「朝ご飯、大丈夫そうならこっちでどうぞ」

それはもう大丈夫なんだけど……

相良さんがいるダイニングテーブルに、そろそろと歩み寄る。するとそこには、お店で出てくるようなパンケーキがあった。キッチンから出てきた相良さんがもう一枚、自分の分のお皿をテーブルに置く。

「そろそろお粥(かゆ)ばっかりじゃ飽きたんじゃない？　昨日の夕食に物足りない顔をしていたから、普通の食事にしてみたんだ。それとも、朝は和食派？」

「いえ、えっと、パン派です」

というか、朝から和食なんて作っている暇がないだけなんだけど。普段の朝ご飯は、食パンをトースターで焼いて、インスタントコーヒーを入れ、それで終了である。

目の前で甘く香ばしい香りを放つパンケーキはありがたくいただくとして（これは無理だ。逆らえない……！）、さすがにお世話になっている間ずっと食事まで作ってもらうのは申し訳ない。

むしろ私が作るべきじゃないだろうか。あ、でも料理している間にインフルエンザをうつしちゃう可能性もあるか。

「あの、相良さん、私の分の食事とか面倒でしょう。自分で作るか買うかしますから大丈夫です」

「それじゃあ看病していることにならないよ。それに一人より二人分の方が作りやすいし、何より一緒に食べる方が美味(おい)しいし。真希ちゃんが美味(おい)しそうに食べてくれるから、作り甲斐があって楽しいよ」

何度かやりとりをして、これは引かないな、と早々に諦める。私が食い下がっても、最後は『オーナー命令』でひっくり返されてしまうのは学習済みだ。

……それに食事は一人より二人で食べる方が美味しい、っていうのは、母が亡くなってから一人暮らしをしている私もよく知っている。

相良さんに勧められるままダイニングテーブルの前に腰を下ろし、カフェオレで喉を潤す。メインのパンケーキに、輸入品っぽい可愛い瓶のメイプルシロップを控えめにかけて、ナイフで切り分け口に運んだ。

あーうん。予想通りに美味しすぎて涙が出る。このままお店に出してもいいくらい。

自分でも病み上がりとは思えない食欲でパンケーキを平らげた後に、後片づけを申し出てみたけれど、丁重にお断りされてしまった。

だけどさすがにもう眠れず、充電させてもらったスマホを弄りながら、ベッドの上でだらだらと過ごす。なかなか贅沢な時間だけど、何もしないでいると溜まっていた仕事がやりたいなぁ……とか思ってしまう。完全に社畜だな私。

ごそごそしているのが気配で分かったのか、部屋に顔を出した相良さんが、テレビでも見る？　と勧めてくれた。

お言葉に甘えてマスクをして、いそいそと部屋を出る。あの大きなテレビは最初に来た時から気になっていたのだ。

好きな映画をどれでも見られるというリモコンを渡され、迷いつつも見逃していた人気海外アニメのシリーズを選ぶ。病気の時くらいは、あんまり頭を使わない映画を見たい。でも侮ることなかれ、意外と名作なのだ。

キッチンで何か作業していた相良さんがこっちにやってくる。自分はコーヒーで、私にはココアをテーブルに置いてくれた。朝食の時に甘いものが好きだと言ったのを覚えていたらしい。

立ち上る甘い湯気に頬が緩んでしまう。

「……ありがとうございます」

「どういたしまして」

そう言った相良さんは一旦別室――恐らく自分の寝室に入ったのだろう。戻ってきた彼の手には毛布があり、それをぐるぐると身体に巻きつけられた。……いわゆる簀巻き状態である。確かに暖かいけれども。

「……相良さん、ここまでしなくても大丈夫ですよ」

「暖房が効くまででいいから、暖かくしておきなよ」

せめて、ともぞもぞしながら手を出すと、相良さんが正面に回り、その手にココアを持たせてくれた。

「ありがとうございマス」

あまりの甲斐甲斐しさに呆れ半分くすぐったさ半分。まっすぐな優しさが照れくさくて、どんな顔をしていいのか分からなくなった。自然と熱くなった顔を隠すように、首元まで巻きつけられた毛布に顔を埋める。

相良さん、なんだかんだと優しいなぁ……。お兄ちゃん気質とか、面倒見がいい、っていうのを超えているよね？　まぁ、お世話になったお母さんの娘だからよくしてくれているんだろうけど、それでも甲斐甲斐しすぎるだろう。トロトロに甘い蜂蜜にどっぷり浸かっている感じ。二度と這い上がれなくなりそうだ。

イケメンでお金持ちで、その上優しいとか、本当に非の打ちどころがない。……きっと恋人になる人は幸せなんだろうなぁ、と思う。

相良さんにはどんな人が似合うのかな？　隣に並んでもおかしくない人って考えると、モデルみたいに細くて顔もちっちゃくて美人で、お料理も上手で——そんな人を想像しようとしたら、何故か胸が痛くなった。

「……？」

ぎくりとして思考を停止させる。

え、なに。……私、まさか自分が彼の横に並びたいとか？　いやナイナイ！　どれだけ図々しいのって話だから！　イケメンの隣なんて、相応の女の子じゃなかったら周囲から極寒レベルの視線を向けられる。そんな苦行に自ら飛び込む趣味はない。

そもそも私の好みは、物静かで一緒にいると落ち着く人だ。ついでにこちらの仕事が忙しくても文句を言わなくて、ドタキャンしても怒らない……って、やめよう。今まで私がどうやって振られてきたか一発で分かる条件だった。

「真希ちゃんどうしたの？　やっぱり部屋でまだ寝ていた方がいいかな？」

「え、いいえ、少し考えごとをしていただけで……っ元気です！」

突然顔を覗き込まれて、慌てて首を振った。変なことを考えていたせいで、余計に顔が熱くなってしまう。

「顔赤いけど大丈夫？」

「ちょ、ちょっとココアが熱くて……っ」

まだ飲んでもいないくせに、そんな理由をこじつけて誤魔化そうとすれば、相良さんはひょいっと私の手からマグカップを引き取った。

「じゃあ少し牛乳を足してくるね」

「あ……」

キッチンへ向かった彼の背中を目で追いかける。今更もういいなんて言えなくて、申し訳なくなった。

戻ってきた相良さんからココアを受け取り、しばらくして始まった映画に視線を向ける。彼もさっきと同じように私の横に腰を下ろして、テレビ画面に顔を向けた。どうやら一緒に見るつもりらしい。

「あの、つき合ってくれなくても大丈夫ですよ」

「仕事をしながら流し見するくらいだから、気にしないで」

確かに相良さんの手にはタブレットがある。でもテレビの音が邪魔にならないのかな……

テーブルに置いてあったリモコンで、心持ち音量を下げて映画を見始める。

……今日もいい香り。

すぐ隣にいるせいで、ココアを飲み干すと、相良さんの香りとその存在が気になってしまう。爽やかなのにちょっと甘くて、本当に彼の雰囲気によく合っていると思う。

落ち着くなぁ。でも、おかしいよね。少し前までは馴染みがなくて、ソワソワするくらいだったのに。

そんなことをずっと考えてしまって映画に集中できなかった。しかも薬のせいか、映画を見ている途中で眠ったらしく、目が覚めたら夕方だった。ぱちっと瞼を開けて飛び込んできたのはすっかり見慣れた天井で、私は客間のベッドで寝ていた。またしても運んでもらったようだ。

……私はなんでいつも起きないのかな！　普通、抱き上げられたら気づくよね？

もうお世話になっています、なんて言葉では足りなくなるかもしれない。金額にしていくらでこの借りは返せるのだろうか。

そして、その日の夕食はチーズ控え目のリゾット。

贅沢(ぜいたく)なことに粗く解(ほぐ)した蟹身(かにみ)が入っていて、香りも味も風味豊かで美味(おい)しかった。

もちろん一度は遠慮したけれど、「捨てることになるよ?」と言われたので、食べないわけにはいかない。

男を落とすにはまずは胃袋から、って言うけど、あれが女子にも通用することを自(みずか)ら証明することになりそうだ。

こ、心だけは死守しよう。

そんな決意をしたところで、私はようやくインフル発症後五日目の朝を迎えたのである。

「ようやく家に帰れる……!」

客室のベッドの上でスマホに表示された日付を見下ろして、空(あ)いている方の手でガッツポーズを作る。

体調も万全で、顔色も普段よりいいくらい。

明日は一度自分のマンションへ戻らなくてはいけないのでお昼からの出勤にしたら、

朝の内に相良さんが送ると言ってくれた。……本当に最後の最後までお世話になってしまって、すみません……

そしてずっと気になっていた、最初に買ってもらったコスメと食費の精算について持ちかけたけれど、きっぱりと断られてしまった。ついでに、もこもこパジャマも処分に困っていたから、よかったら使ってと言われて、そのままもらうことに。

朝食の後は、相良さんがお店に顔を出した時に取ってきてくれたノートパソコンを立ち上げて仕事を始める。

客間に机がないので、リビングのテーブルを借りることにした。相良さんも今日は自分の部屋で仕事をしているらしい。話し声が聞こえているから、電話かスカイプでやりとりしているのだろう。

絶対忙しいのに、私に合わせて五日も休んじゃって大丈夫なのかな……

絨毯(じゅうたん)にそのままお尻をつけて、パソコン画面とファイリングされた資料を見比べて指を動かす。エアコンもついているし床暖房も入っているから、羽織(はお)るものがなくても快適だった。

お店はどうなってるのかな。相良さんに聞いても、『高木さんがしっかりしているから大丈夫』としか言ってくれないし、快復に近づけば近づくほど罪悪感に駆られてしまう。

麻衣ちゃんもきっと気を使って、メッセージを入れてこないんだろう。

とりあえず少しでも仕事を減らすため、今日は自分の仕事を済ませたら、普段なら麻衣ちゃんの担当である新商品のデータ入力も終わらせるのが目標だ。

お昼を食べた後は少しお昼寝。夕食後もたっぷり時間があったおかげで、値上げしてそのままだった定番商品の定価を修正することもできたので、とりあえず満足する。

遅くなる前にシャワーを浴びに行こうと立ち上がったタイミングで、相良さんがリビングに入ってきた。

「真希ちゃん、今からお風呂だよね。こっちの方のお風呂使ってみない？　客室のものよりは広いし、脚を伸ばして浸かれるよ」

相良さんは玄関の方を指さす。確かそっちにはお風呂とトイレと、部屋がもう一つあったはずだ。

「え、っと……」

魅力的な提案で、すぐに断ることができずに視線が泳ぐ。

久しぶりにお湯に浸かりたい……！　広いのなら尚更気持ちいいだろう。

だけど、さすがに図々しい気がして黙り込む。そんな私の背後に回った相良さんは、「遠慮しないで」と言葉を重ねて、やや強引に背中を押した。ふわっといつもと違う匂いがして、どうやら先にお風呂に入ったことを知る。

一番風呂じゃないならいいかな……？

そう自分を甘やかし、素直にお風呂を借りることにした。部屋に着替えを取りにいき、教えてもらったバスルームの引き戸を開ける。

脱衣所のようなスペースは、ちょっとした部屋と言っていいくらいの広さがあった。

小市民なので落ち着かない……。手早く服を脱いで、フェイスタオルだけ持ってそっと中に入ったところ、壁一面が見たことのない材質だった。大理石とは違うけど、表面がざらざらしていて、床もなんだか少し柔らかい気がする。

その反対側の壁は木目調で、横に長い鏡と前の棚には、お揃いのシンプルな容器に入ったシャンプーとコンディショナーが並んでいる。そして吹き出し口が二つついている噴水みたいな多機能シャワーヘッド。確かイオンが含まれていて髪の毛が艶々になるって、雑誌で特集されていたっけ？

高級マンションって、こういうところにもお金をかけるんだ……

浴槽は浅くて広い。取っ手までついていて、脚なんていくらでも伸ばせそうだ。うちの深くて小さい浴槽とはえらい違いである。

浴槽の正面の電子パネルには色々なボタンがあって、ついつい覗き込んでしまう。

「あ、だめだめ、一応病み上がりなんだから」

かかり湯をして、それから手早く髪と身体を洗う。

ちょっとうきうきしながら浴槽に脚を入れて身体を沈めると、久しぶりに身体の芯から温まる感覚があって思わず溜息が漏れた。

「あー……幸せ……」

絶妙な角度の枕みたいな出っ張りまで用意されていて、背もたれに寄りかかるとうっかり眠っちゃいそう。

これは危険だ、と後ろ髪を引かれつつも上半身を起こしてパネルの方に身体を寄せ、その表示ボタンを一つずつ確認していく。

ミストシャワーに、室内暖房と乾燥……凄いな、肩湯まである。

ボタンを押してみようかな、なんて思ったその時——

「真希ちゃん？」

「うわっ！」

突然扉の向こうから声をかけられ、つい叫んでしまった。

ばっと扉を見れば、そこには相良さんの影が映っている。なんで⁉ と焦って湯船に勢いよく身体を沈めようとしたところで、思いのほか大きな水音が立つ。

「真希ちゃん⁉」

しまった——と感じた瞬間、目の前の扉が開いて、慌てた様子の相良さんが入ってきた。

……人間、驚きすぎると声も出なくなるらしい。

身体を隠すことさえ忘れて固まっている私と目が合うと、相良さんは目を瞬いた。そして、珍しく、――本当に珍しく、狼狽えたように捲し立てた。

「ごめん！　倒れたかと思って！」

そう言って慌てて背中を向けて扉を閉めた彼は、扉の向こうで動きを止めた。私は今更ながら、髪をまとめていたタオルを解いて前を隠す。

「……ちょっと長くて心配になって。大丈夫なんだよね？」

ややあってから遠慮がちにかけられた声に、焦って頷く。

「大丈夫、です！　全然、問題ないです……！」

いや違う。問題は大アリですが！

「そっか。……だけど病み上がりに長湯はよくないからもう出た方がいい。それと、その……ごめんね」

その謝罪が何に対してのものかなんて考えたくない。人影はすっと消えて、少し遠くで扉が閉まる音がする。ようやく息ができる心地になった。しかしすぐに悶えて、顔を覆う。

……み、見られた！　せめてタオルで隠せばよかったのに……！

衝動のまま、ばしゃばしゃお湯を叩こうとしたけれど、また勘違いして入ってこられたら堪らない。声にならない悲鳴を上げつつ両手で顔を押さえて、ぶんぶん首を振る。

で、でもさ！　普通、遅いからって入ってくる？

恥ずかしさを相良さんに責任転嫁しようとした時、パネルの右部分に表示されている時計が目に飛び込んできた。

うそ。私が入ってから一時間以上経過している。普通ならちょっと長めくらいかもしれないけれど、相良さんが言う通り私は病み上がりの上、手早くね、と釘を刺されていたのだ。心配になるのも無理なかったかもしれない。しかも私、驚きすぎて返事もせずにあんな派手な水音を立てちゃったし。

恐らく彼に悪気はなかったのだろう。そもそも相良さんなら覗きなんてしなくたって、それこそお風呂に一緒に入ってくれる女の子はたくさんいるに違いない。それは分かる。だけど。

うう、どんな顔をして話せば……！

湯あたりしたわけでもないのに赤い顔を自覚しながら、私はのろのろと湯船から這い出した。

そっとリビングに足を踏み入れると、ソファにいた相良さんが振り向き、私を見てほっとした顔をして立ち上がった。

……どうやら本当に心配していたらしい。顔の赤みを隠したいからさっさとリビングを横切り部屋に戻ろうとしていた私は、ちょっと申し訳ない気持ちになってしまった。

「湯あたりしていない？」

そう尋ねられたので、大丈夫です、としっかり頷く。……ただ単にお風呂の豪華さに子供のようにはしゃいで、うっかり長風呂になっていたことを、改めて反省しなければならないだろう。

「心配させてすみません」

裸を見られたことはとりあえずなかったことにして、素直に謝れば――何故か相良さんは、驚いたように動きを止めた。

「……どうかしたんですか？」

なんだろう。私が素直に謝ったのが意外だったとか？

「いや、あー……うん。こっちこそごめんね。慌てちゃって……。あ、髪を乾かさなきゃね？」

不自然なくらいの強引さで話題を切り替える相良さん。これ以上お風呂について語るのは、お互いにとってマズイと思ったのだろうか。

反応がちょっと意外だけど、私一人が焦ってたんじゃないんだ、と感じてほっとした。

伸びてきた相良さんの指が髪に触れ、一瞬、唇を掠める。またしても裸を見られたことを思い出してしまい、どきりとする。

「湯冷めするよ。もしかしてドライヤーの場所が分からなかった？」

「いえ、客間にもあるし、いいかなって」

多分着替えをした場所にあるのだろうけど、あちこち棚を開けるのは悪い気がして、軽くタオルで水気を取っただけだった。

「急かしちゃったみたいでごめんね」

そう謝った相良さんは、もういつも通りだ。

リビングに飲み物があるよ、と言われて、とりあえず部屋に戻る前にいただいてしまおうと、そちらに向かう。

大きめのガラスのコップに注がれた水を少しずつ飲んでいると、相良さんがドライヤーを手に戻ってきた。わざわざ取りにいってくれたらしい。

本当に手がかかって、すみません……

ありがとうございます、と受け取ろうとしたところ、相良さんは私の手を避けるようにさっとドライヤーを上げた。「そこに座って」と空いている方の手でソファを指差す。

「自分で乾かしますよ？」

まさかね、と思いながらそう言うと、相良さんはニッコリと笑って、ぽんぽんとソファの背もたれを叩いた。

……この完全無欠の笑顔は、言うことを聞かないとまずいヤツだ。

コップを一旦テーブルに置いて戸惑いながら腰を下ろすと、私の後ろに回った相良さんは、丁寧な手つきで髪を乾かし始めた。大雑把（おおざっぱ）な私とは全然違う、美容師さんのような丁寧な手つきに感心する。

――あ。

斜め前の姿見に、私の髪を乾かす相良さんの姿が映っていた。ちょうど彼の顔がばっちり見える。

「何か、オイルでもあればよかったね」

そう言う相良さんの顔は優しくて、ますますソワソワしてしまう。

「……普段もあまり使わないし大丈夫ですよ」

少し考えてからそう答える。洗い流さないトリートメント系は家にもあるけれど、手がベタベタして面倒なこともあり、よっぽど傷（いた）んでいないと使わない。

「真希ちゃんは、わりと大雑把（おおざっぱ）だよね。そんなところも面倒見甲斐（みがい）があるんだけど」

小さく笑いつつそう言われて、言葉に詰まる。そりゃ五日も一緒にいたんだもん。私が大雑把（おおざっぱ）なことなんてバレてしまっているだろう。

鏡の中の相良さんはちょっと幼い、気の抜けた自然な笑顔だ。この表情、あんまり見せてもらったことがないし見られたとしても、そんなに長くは続かないんだよね……

彼が気づいていないのをいいことに、ついつい観察してしまう。

そしてその間に、相良さんは着々と私の髪を乾かしてくれた。しかも最後は冷風で仕上げるという小技まで見せた完璧なドライヤーさばきに、彼の艶やかな髪の秘密を知った気がする。

だけどドライヤーを終えてからも、髪を指で梳る相良さんに戸惑う。指が首筋や項といった微妙なところに当たってくすぐったくて、もぞもぞしてしまう。

「っ相良さん！　そういえば！　素の顔を見られるの苦手なんですか？」

変な声を上げる前に、何か話題を！　と、さっき思いついたことを尋ねてみた。すると相良さんは意外なことを聞いたとばかりの表情をして、間を置いてから首を傾げる。

「どうして？」

「噴き出した時とか、ちょっと照れた時とかに、俯いたり、顔を逸らしたりして隠しちゃうことが多いなって思って」

「……自分では分からないな」

「あ、ほら。今！」

私はぴんと指を出して姿見を示す。そこには私と相良さんの姿がばっちり映っている。

彼は口元を撫でるふりをして顔を隠していた。

「……」

無言になった相良さんは、逸らしていた顔を元に戻して、鏡の中の私をじとっと上目遣いで見る。そんな表情も珍しい。戸惑ったような恥ずかしそうな、なんとも複雑な表情。どうやら図星だったらしい、と嬉しくなってしまった。

「ふふっ。相良さんも可愛いとこあるんですねぇ」

むっと唇を引き結んだ顔も、なんだか可愛い。完全無欠のイケメンの弱みを握った気分になった私は——若干、調子に乗っていたのだろう。

だから、静かに正面へ回ってきた相良さんの醸し出す物騒なオーラに気づいたのは、しっかり両手首を取られてからだった。

「え？　え？」

ゆっくりと近づいてくる相良さんの顔に焦る。そんな私にニッコリと笑いかける彼の背後に、二度と会いたくなかった悪魔が見えた。

「人の嫌がることを言ってはいけませんって、乃恵さんは教えてくれなかった？」

驚いたものの、相良さんの微かに赤い耳に気づいて、「……照れてます？」と尋ねてしまい、一秒後に後悔した。あ、や、ちょっと和むかと思って……！

相良さんの綺麗な微笑みが、まっすぐ見られないレベルで怖くなる。

「うあ……、あ、いや、その、調子に乗りました。ごめんなさい」

「だめ。反省の色が見えない」

私の心からの謝罪を、相良さんは即座に切り捨てる。そしてあろうことか、そのままぎゅむっと抱きついてきた。

「ちょ、なんで⁉」

痛くはないけれど逃げられない。そんな絶妙な力加減でぎゅむぎゅむ抱きつかれる。色っぽさとはほど遠い、今までのお姫様扱いどこいった⁉ という遠慮のなさ！

「触り心地もいいし、もう抱き枕にしちゃおうかな」

そんな不穏な呟きにますます焦る。相良さんと同じベッドとか、緊張して眠るどころではない。

恋人同士でもない男女が同じベッドとか、ありえませんから！

近いし、息はかかるし、痛くはないけど、くすぐったい。

突然の事態にドキドキしている鼓動を気づかれたくなくて、とりあえず身体を離そうとした時、はっとした。

私の首元に顔を埋めている相良さんの耳は、まだ赤い。もしかして顔を見られるのが嫌で、こんなことをしてきたのだろうか。そう思うと、なんだかますます可愛く見えてしまう。そんなふうに油断したのが悪かったのかもしれない、ちょっと身体の力を抜いたところで耳に相良さんの息がかかった。

「んっ」

くすぐったくて、思わず変な声が出た。慌てて口を閉じたけれど、こちらを覗き込んできた相良さんは分かりやすく意地悪な笑みを浮かべている。そして色っぽく唇の端を上げて、殊更甘い声で囁いた。

「感じちゃった？」

「――!?　っそんなわけないでしょ!?　イ、イケメンだからってなんでも許されると思わないでくださいっ！」

火事場の馬鹿力。抜き出した両手で相良さんの顔をむぎゅっと押さえて、そう叫ぶ。

彼の麗しいお顔が私の手によって派手に歪んだものの、笑う余裕もない。

私はそのまま相良さんの腕の中から這い出して立ち上がり、駆け出す。

「――っぷ……」

背後で噴き出す声が聞こえるけれど、もう反撃するヒットポイントなんて残っていない。

ああもう悔しい……！

そして私は客間に逃げ込んでしまった。だから――

「ははっ、……はー……まいったなぁ……」

なんて、笑いを収めた相良さんが、物憂げに溜息をついたことなんて知らなかったのだ。

次の日。体温は平熱、体調も万全。

だけど昨日は、寝る前の出来事を思い出しては叫びたくなって眠れない夜を過ごし、若干寝不足気味である。

私はつい三日前と同じく、朝から自分に駄目出しをしていた。

……なんで私は昨日逃げちゃったんだろう！　こう……『セクハラで訴えますよ？』なんて、大人の余裕で躱せばよかったのに！　相良さんのタチの悪い冗談に本気になって、小娘みたいな反応をしてしまった。……ってこれ、相良さんがお店のオーナーになってすぐ、ちょっかいを出された時も思ったじゃん！　学習しようよ、私！

身支度を整えた私は部屋の扉の前で深呼吸する。

努めて冷静に！

そう自分に言い聞かせながら、恐る恐る部屋から顔を出すと、美味しそうな香りが鼻をくすぐってきた。

キッチンには相良さんがいなかったので、自分の部屋にいるのかな？　と、そっと足を踏み出せば、突然後ろから声がかけられる。心臓が口から飛び出したかと思ったくらい驚いてしまった。

「おはよう、真希ちゃん」

慌てて振り向くと、ソファにいたらしい相良さんが爽やかな笑みを浮かべて立ち上がる。そのまま歩み寄ってきた彼に一瞬身を固くしたものの、相良さんはすっと私の前を通り過ぎてキッチンに入った。

……え？

「ランニングがてらパン屋さんに寄ってきたんだ。美味しいから真希ちゃんにも食べてもらいたくて」

そう言いながら慣れた手つきでバゲットを切り、カッティングボードに載せていく。

「わ、わぁ楽しみ……」

引き攣っているであろう笑顔でそう答えつつ、相良さんを観察するものの、特に変わった様子はない。物凄くいつも通りだ。

またこのパターン！

やっぱり焦っていたのは私だけみたいだ。何故だか、ほっとしたような、苛立たしいような気持ちになってしまう。どんな表情をしていいか分からない。

私は気持ちを仕切り直そうと、慌てて首を振って「運びます！」と、キッチンに入った。

すでにトレイの上にはスープボウルが置いてあり、相良さんがパセリを載せているところだった。コーンスープにしては色が明るい……オレンジ色のポタージュだ。覗き込んでいた私を見て、相良さんがそれを持ち上げた。

「こっちは重いから、カトラリー出してくれる？」

「あ、はい」

昨日の夕食の後片づけを手伝ったので、スプーンのある場所なら分かる。

「冷凍かぼちゃなんだけど、潰(つぶ)してポタージュにしてみたんだ」

「手作りとかスゴイですね！」

もうヤケクソ気分で返事をする。まだ意識してしまっている自分が嫌になって、私もあくまで普段通り振る舞う。

しかし、かぼちゃのポタージュってなんだ。裏ごしが大変で時間がかかるだろうに、相良さんって本当に朝からマメだと思う！　私には粉にお湯を注ぐインスタントしか作れないし、作らない。朝はできるだけ寝ていたいのである。

ちなみに昨日の朝食の時に、昔から料理をしていたんですか、と相良さんへ尋ねてみたが、なんと意外なことに料理は最近になって始めたらしい。それにしてはラインナップが凄い。やっぱり相良さんはポテンシャルからして普通とは違うのかもしれない。

カトラリーをダイニングテーブルに運んで、すっかり定位置になった椅子に腰を下ろし、手を合わせる。

綺麗にカットされたバゲットは相良さんのおすすめだけあって、ほんのり甘味があってバターをつけなくてもとても美味しい。そしてかぼちゃのポタージュも青臭さなんて微塵もなく、丁寧に裏ごしされたのであろう絶妙のトロトロ具合だった。

「そういえば来週から大阪に出張なんだね。病み上がりだしパスできないの？」

かぼちゃのポタージュに舌鼓を打っていると、上品にパンを千切っていた相良さんが思い出したように顔を上げた。

恐らく昨日店に顔を出した時に、バックヤードのホワイトボードを見たのだろう。そこにはスタッフのシフトと、私と店長のスケジュールが書き込まれているのだ。

「そうしたいのはやまやまなんですけど、さすがに店長だけにレディースの買いつけを任せるわけにもいかないので」

頼んだらやってくれるかもしれないけれど、予算を考えず注文するので怖いのだ。なんとなく暗い顔になってしまったのかもしれない。相良さんは一度フォークを置くと、真面目な表情をして私の顔をまっすぐ見つめた。

「真希ちゃん。店長についてだけど、困っていることはない？」

「……え？」

困っていること――なんて、ぱっと考えただけでも片手の指では足りないくらいある。だけど前のオーナーの顔が浮かんで、言葉に詰まる。

「大丈夫ですよ？　ああでも、もう少しスタッフと仲よくしてくれたらいいな、と思いますけど」

何にもないというには微妙な間を空(あ)けてしまったので、わざとらしく軽い口調でつけ足した。多分、お店の雰囲気を見れば、店長がみんなから嫌われているとか、仕事をしていないとかはすぐ分かるだろう。だけど自分から言いつけることはしたくなくて首を横に振る。

「展示会は凄く楽しみなんですよ」

笑って話題を変えれば、相良さんも表情を緩(ゆる)めて「そうなんだ」と頷いた。

そう。店長の同行はともかく、今回の出張先は大手メーカーから個人まで出展する合同展示会だ。

特に若いデザイナーが自費で出しているブースはなかなか独創的で面白いので、毎回楽しみにしている。

「僕も京都で仕事があるし、展示会ってちょっと興味があるから、早めに片づいたら覗きに行くよ。招待状は余分にある?」

「あ、はい。お店にあるので今日用意しておきますね」

あったかいポタージュを全て飲み干し、ほっと息をつく。うーん、舌が贅沢(ぜいたく)になったかもしれない。これから安い冷凍食パンとコーヒーで我慢できるだろうか。

空(から)っぽになった器を名残(なごり)惜しく見下ろし、本気でそう思う。

「お代わり、いる？」

「大丈夫です！」

相良さんに聞かれて慌てて首を横に振る。恥ずかしい、どれだけ食い意地が張っているように見えたんだ私。

返事をしたのに、彼がまだじっとこちらを見ていることに気づいて、私は首を傾げた。

「……なんですか」

「真希ちゃんは、本当に美味しそうに食べてくれるよね」

なんだかその笑顔が、いつも以上に落ち着かない。

昨日の余韻を未だに引きずっているらしい自分に気づいて、嫌気がさした。

「じゃあ、また夕方に。あまり無理しないでね」

「はい。えっと……長い間お世話になりました」

きっかけこそほぼ無理矢理な同居生活だったけれど、一日目、二日目はほぼ意識が朦朧としていたので、助かったのは確かだ。私はスプーンを置いて改めて相良さんに頭を下げる。

「寂しくなるよ」

相良さんの声も、すっかり耳に馴染んでしまった。

寂しい、か。……うん、やっぱりお母さんが亡くなってから、私も少し人恋しかったのかもしれない。昨日のこと以外は快適でそれなりに楽しい五日間だった。

それに、『寂しい』なんて感じる暇はなかったな。

私は温くなったカフェオレに口をつけて、改めてそんなことを思ったのだった。

そうして会社へ向かうという相良さんに車で送ってもらい、五日ぶりの我が家へと帰還し――荒れていた部屋を超特急で片づけて、冷蔵庫のヤバい食料品を処分した。冷凍できる食品は全部冷凍しておいてよかった。捨てたのはヨーグルトと食べかけだった菓子パンだけ。傷は浅い。

棚に、お土産としていただいてしまったお洒落な紅茶の缶を並べてちょっと苦笑する。やっぱりうちの棚には、しっくりこない。

その後少し早めに家を出た私は、大変だったたであろう麻衣ちゃんを労うべく、彼女お気に入りのケーキ屋さんへ寄り、焼き菓子の詰め合わせを購入した。

突然の休みだったにもかかわらず「大丈夫でしたか？」と気遣ってくれるスタッフに何度も謝って更衣室に向かう。朝からシフトに入っていた麻衣ちゃんは一番休憩から戻ってきたところで、私の顔を見るなり、がしっと両肩を掴んで詰め寄ってきた。

「真希さん！　よくあんなのと会話ができますね！　口を開けば嫌味と文句ばっかり！　何度首を絞めてやろうかと思ったか……！」

私が休んでいる間に店長と相当やりあったらしい麻衣ちゃんの形相は、それはもう荒(すさ)んでいた。

怒れる彼女にそっと焼き菓子を進呈(しんてい)する。紙袋のロゴを見てやや機嫌を直したものの、麻衣ちゃんの愚痴(ぐち)は止まらない。

うんうん、と相槌(あいづち)を打ちながら、お店のことに関するものは頭の中にメモをする。

早速紙袋の中身を取り出し、焼き菓子をつまんでいた麻衣ちゃんは、その店の一番人気であるハニーナッツのミニタルトを食べ終えて、改めて私の顔をじっと見つめた。

「……あれ、真希さん、化粧品を高いのに変えました？」

「え、ううん。なんで？」

ずいっと顔を突き出した麻衣ちゃんに首を横に振る。

むしろこの五日間は例のコンビニコスメである。値段のわりに優秀だとは思うけれど、それほど劇的な効果があるわけではないはず。

「お肌が綺麗になったような」

「え？　あー……休みの間はしっかりご飯を食べたからかなぁ」

私はほっぺたを押さえながら、それとなく顔を逸らす。恐らく相良さんが作ってくれたバランスのよい三食のおかげだろう。

化粧のノリのよさは今朝自分でも驚いたくらいで、気になっていた吹き出物もいっさいなくなっていた。

食生活って大事だよね！

私はそう思いつつ曖昧に笑って誤魔化したのだった。

——結論から言うと、インフルエンザ休暇はいいリフレッシュになった。そして自分の働き方を考える、いいきっかけにも。

私が休んでいる間に、相良さんがスタッフから聞き取りをした上で、私の仕事が多すぎるということで店長と話し合ったのだとか。

相良さんのマンションで店長について聞かれた時に、何にもない、と言ったけれど、きっとお見通しだったのだろう。特に売り上げ金を銀行の夜間金庫に持っていくことに関しては、セキュリティ会社の売り上げ金回収サービスを利用することになった。そして、その手続きが済むまでは店長が行くようにと厳命したそうだ。

まぁうん。それはそうだよね。ここ最近はカード払いが多いとはいえ、売り上げのいい時は数十万はある。そんな額の現金を夜中に女性が持ち歩くのは危ない、というのは当然だろう。この辺りは私も感覚が麻痺していた。

また相良さんは店長の無駄な出張と打ち合わせが多すぎることも指摘し、外に行かずに済むように、私物化している部屋を元のミーティングルームに戻すことを約束させたらしい。

更衣室でそれを麻衣ちゃんから聞いた時は、正直店長は辞めるんじゃないかと思った。

だけど、機嫌はあからさまに悪いものの一応お店には来ている。ただ連日遅刻してきては「オーナーに言うなよ」とスタッフに圧力をかけて、今日も自分の私物をだらだらと整理していた。

……更生する気配は今のところなさそうだよね……

相良さんも、まだオーナーになって二週間だし、様子見という感じなのかもしれない。

そして私も、何もかも自分でやらずに他のスタッフに任せるように、と復帰当日の夕方に改めて相良さんから呼び出されて、注意を受けた。

それが店長の前でのことだったのは、八つ当たりされないようにとの配慮だと思う。

ほら、自分だけが怒られたわけじゃない、って安心するだろうから。

案の定、相良さんが帰ると、店長は「えらっそーに！」と毒を吐き、「堤さんもムカついてるよね？」と同意を求めてきた。

否定しても肯定してもきっと話が長くなる。曖昧に笑って誤魔化し、電話がかかってきたふりをして店長室から避難した。

……正直に言うと、注意された内容はもっともだったので耳が痛い。

店長以外の正社員は私だけだし、と自分で勝手にボーダーを決めて仕事を背負い込んでいた自覚はある。しかも、教えるより自分でやった方が速いと思って仕事をしていたのも否定できない。

だからこそ私が突発的に長い間休んでしまうと、色々不具合が出る。今回は相良さん経由で指示ができたのと、麻衣ちゃんが頑張ってくれたからなんとかなっただけなのだ。注意されたことを改善するべく、仕事の合間にちょこちょことマニュアルを作っている。

相良さんは忙しいらしく、ここ数日はお店に顔を見せていない。……が、『明日はお店に行けない』という連絡が、何故か私のスマホに来るのである。

これ以上は深入りするまいと思うんだけど、ちょうど手が空いていたりと凄くタイミングのいい時にメッセージが入ってくるので、ついつい相手をしてしまう。当初は、以前突きつけられた『オーナー命令』もチラついていたけれど、ここ最近は純粋にやり取りを楽しんでいた。

朝に数回、そして寝る前にも『おやすみ』と簡単なメッセージが入る。

相良さんの中で私は、すっかり仲のいい友達みたいなポジションになってしまったのだろうか。

そんな一週間が過ぎ、うちの店でも猛威を奮ったインフルエンザが世間で収束した頃、私は大阪へ出張となったのである。

＊

店長とは展示会の会場前で待ち合わせだ。

何故なら私は新幹線で、店長は飛行機で行くから。もちろん飛行機代が経費で落ちるわけがない。

飛行機で行く、と言われた時は一瞬無言になってしまったけれど、よく考えれば店長と一緒に過ごさなければならない時間が減ったのだ。むしろ歓迎すべきことだ。

平日の中途半端な時間だったおかげか新幹線の座席には余裕があり、同じ列も前後の座席もずっと空いたままだった。だから気兼ねなくリクライニングシートを倒し、リラックスしつつ大阪に到着することができた。

そこからは地下鉄に乗って会場のある駅に向かう。展示会は毎年同じ会場なので、道はすっかり覚えた。夕食はここにしよう、なんて思いながら、新しくオープンしていたお店を通り過ぎて十分ほどでメイン会場に到着する。

何本も並ぶ柱にもたれてスマホを弄ること数十分——

約束は十三時で間違いない。けれど結局、一時間経っても店長は現れず、スマホに電話をしても一向に繋がらなかった。

留守電にメッセージを吹き込んだ後、私は特大の溜息をつく。だけど新幹線でのんびりできたおかげか、まだ心に余裕はある。

「もう、先に会場に入っちゃおう」

海の近くなので潮風がダイレクトに吹き込んでかなり寒い。せっかくインフルが治ったのに、今度は風邪を引いてしまいそうだ。

店長にあらかじめパスを渡しておいてよかった。

相良さんは昨日の電話で、思っていたよりも京都の出張が早く終わりそうなので、早めに顔を出すと言っていた。ふと思い出してスマホをチェックしたものの、まだ彼からのメッセージは入っていない。

結構久しぶり、かな。

相良さんが来られたとしたら、直接顔を合わせるのは五日ぶりになる。

メッセージは毎日入ってくるし、電話もほぼ毎日かかってくる。だけど、ここしばらく忙しかったのかお店に来ていないので、直接は顔を合わせていないのだ。

……相良さんは否定するけれど、多分私の看病で五日も休んだせいなのだと思う。

もちろん自分から頼んだわけではないけれど、助かったのは事実だ。それにあの五日間で相良さんの強かなところばかりではなく、焦ったような顔や照れた顔なんかも見ることができたし……まぁこちらも大打撃を食らってしまったけれども……ちょっと人間味を感じられたというか、少し身近に思えるようになった。

だけど看病をしてもらっていた時は毎日顔を合わせていたから、こうして相良さんの顔を見ない日が続くと、違和感を覚える。なんだか調子が出ないというか、忘れ物をしたような……言葉では説明できない、不思議な気持ちになるのだ。

恐らくお母さんが亡くなって以来、初めてあんなに他人と四六時中一緒にいたせいだろう。存在に慣れすぎてしまったのかもしれない。その弊害で自分の家に戻ってから独り言が増えて、かなりの危機感を覚えていた。

入り口でパスを提示し、協賛メーカーのちらしが大量に挟まれたパンフレットをもらう。

夏向け商品の展示会なので会場全体の色が賑やかで、冬の灰色の空から打って変わった明るい色の洪水に目を瞬いた。水着もあるためライトは夏の日差しのように強く、海を模した背景の青色が綺麗で、くさくさしていた気分が浮き立つ。

人の多さからくる熱気もあって会場は暑いくらいだった。コートを脱いで招待してくれたメーカーさんのブースに足を向ける。

だけど、ついつい気になるお店を見つけては立ち止まってしまい、なかなか前に進めない。

……あー、幸せを感じるのってこういう時だよね。

ようやく目的のメーカーさんのスペースが見えてきて——思いきり顔が引き攣ったのが、自分でも分かった。何故なら私の視線の先には、入り口で待ち合わせをしていたはずの店長がいたのである。入り口からここまで一本道で、追い抜かされたとしても気づかないはずはない。つまり店長はとっくに会場入りしていたのだろう。

入り口で一時間も待っていたんですけど……！

スペースの奥でモデルさんらしき長身の美人と話している店長を睨みつける。

……先に入っているなら連絡くらいしてよ！

さすがに我慢できない！

つかつかと踵を鳴らして近づこうとした時、長身の美人の陰にもう一人いることに気づいた。

四十代前半くらいの女性。見るからにお金がかかった美魔女っぽい人で、凄く雰囲気のある人だった。

メーカーのネームホルダーをつけているから多分関係者なのだろうけど、そのメーカーさんとは着ている服の系統が違うので、ブースの中で浮いていた。

知り合いかな？

店長と仲がよさそう……というよりは深刻な様子で話し込んでいて、思わず足を止めてしまう。

「堤さん、よかった。こっちこっち！」

顔見知りの男性営業さんに声をかけられて、三人から視線を外す。

ペットボトルを手にした営業さんに駆け寄り、慌てて頭を下げた。

「今日はお招きありがとうございます」

「いえいえ。よかった、今日はいらっしゃらないのかと思って焦りました」

苦笑交じりの言葉に小さくなって謝る。このメーカーの本社は大阪にあるけれど、納入する時は直接営業さんが来てくれるので、私とは年齢も近いこともあり気安い関係なのだ。

そして、メーカーさんに対するうちの店長の態度は、常に横柄で褒められたものではない。

「すみません。ちゃんと見せてもらいますね。……あの、うちの店長と話しているのって、そちらのお客さんですか？」

「あー、色々『凄い』でしょ、あの人。うちの上司の知り合いらしいんですけど、最終日の一般展示の前に商品を見たいって、ゴネて入ってきちゃったんです」

「うわぁ災難でしたね」

心底困ったように言う営業さんを労わる。

展示品はあくまで見本のためだけど、最終日には半額から七十パーセント引きくらいで販売をすることが多い。一般参加も可能になるので、いつも人が殺到するのだ。

だからあらかじめ下見をしておいて、あわよくば取り置きしてもらいたいという人が、こんな風に出展メーカーに頼んで入ってくることがままある。

気持ちは分かるけれど、それを許可してしまうと、どこからか聞きつけた一般客からクレームが来る場合もある。イメージダウンになるし、何よりキリがないので、営業マン的にはできるだけ避けたいのが本音だろう。

「まぁ、あの店長と二人で回らなきゃいけない堤さんよりマシですよ」

「……頑張りましょうか」

小声で労(いた)わり合ってお互い苦笑する。

おかげで少し気持ちが落ち着いたので、とりあえず店長は放っておくことにした。

営業さんに新商品の説明をしてもらいながら、二階用の新規の注文分をチェックしていると、ようやくこちらに気づいたらしい店長が声をかけてきた。

ちらりと見回したところ、あのお金持ちっぽい女の人とモデルさん風の美人はブースからいなくなっている。帰ったか他のブースを見にいったのだろう。

「店長、私、入り口で待っていたんですけど」

お店の外という解放感が少なからずあったかもしれない。いつもなら言わなかった本音が零(こぼ)れた。

だって待ち合わせをしたことを忘れていたとしても、電話くらい受けてくれてもよかっただろうと思ったから。

「あー待ち合わせしてたっけ？　悪い悪い」

一ミリも反省した気配なく店長はそう言う。

ついむっとして顔を顰めたのが気に障ったらしい。

店長は「は？」という感じで私の顔を見た後、上から下へと観察するように眺めて唇を歪めた。

「堤さんさぁ、うちのショップの名札つけるなら、地味な安っぽい服着てこないでよ」

……また何を言い出すんだ、この人は。

私が着ているのは、うちの店がとあるスーツメーカーとコラボした、セミオーダーのパンツスーツだ。基本的にプレスや業者は、出展しているお店のスタッフやモデルと間違われないようにスーツを着ている人が多くて、私もそうしている。その分、インナーは上品なラメが入ったものにしているし、スーツの生地も決して悪くはない。だけど店長にはどうも安っぽく見えるみたいだ。

先程の女性と見比べているのだろうか。確かにあれに比べれば誰だって地味だ。

襟ぐりの大きく開いたセクシーなラップワンピースを始めとして、アクセサリーやバッグもブランド品。そして足元は、ちらりと見えた靴裏の深紅が有名なハイヒールだったのである。

総額を考えるのが恐ろしいくらいの格好だった。華やかな美人だったから似合っていたけれど、人によってはあからさますぎると言うかもしれない。

さっき営業さんが苦笑交じりに『凄い』と言ったのは、つまりそういうことなのである。

だけど店長はそう思わなかったらしい。手にしていた紙コップの中身を口に含むと、それを持ったまま人差し指で私をさした。

「そんな安っぽい服着んなって言ってんの。ただでさえ若くないのに、唯一努力できるとこケチってどうすんだって」

さすがに聞き捨てならない。むっとして言い返す。

「安っぽいって、お店で扱っていた商品ですけど」

「あ？　店のなのソレ。……そうじゃなくてさ、俺がこのレベルのスーツ着てるんだから、お前もそれなりのもん着てなきゃ俺の格が下がるだろうって言ってんだ。うちもそんな安っぽい服ばっかり売ってないで、もっと客層絞って入れる商品考えりゃいいのに」

仕入れ先のメーカーのブースで何を言っているのか分かっているのだろうか。たとえこちら側が買う方だからと言って、こんな態度はありえない。在庫が少なくなったとき融通してもらえるかどうかなんて、うちのお店の規模じゃ担当の営業の気持ち一つなのに。

それにハイブランドばかりが服じゃない。毎日有名ロゴの入った洋服を身につけることができる人は圧倒的に少ない。一般的な女性からすれば、そういうのは大事な記念日やパーティーなど特別な日のためのものだ。私も少なからず持っているし、ブランド品を否定するつもりはないけれど、店長なのに自分の店の服をここまで貶すなんて……！

かっとなって言い返そうとして、大きな声で話す店長が周囲から睨まれていることに気づいた。

落ち着け私。同じレベルまで下がってどうする！

店長の言葉じゃないけれど、お店のロゴが入っている名札をぶら下げているのに、この状態は決してよくない。お店の評判に関わってくる。

「ちょっと声を落としてください」

「は？」

そもそもここで言い合うのは、メーカーさんにとって迷惑行為でしかない。とりあえずブースから出ようと店長の腕を掴んだその時、ぱしゃっと水音がして何かが顔にかかり、思わず目を閉じた。

目を開けて見下ろすと、アウターとインナーがみるみる茶色に染まっていく。そして、顔にかかった何かがポトポトと頬から顎に伝って落ちていった。――コーヒーだ。

一瞬何が起こったのか分からなくて、目の前の店長を見る。すると彼は「あーあ」と言いながらも、片方の頬を上げて笑っていた。

「ああ悪いね。急に引っ張るから手が滑っちゃったよ」

すでに熱くはないし、かけられた量も床にしたたり落ちるほどじゃない。

だけど服ならともかく顔にかかるのは明らかにおかしい。わざとらしいほど肩を竦めた仕草で、過失ではなく故意なのだと分かった。

――最っ悪……。

頬をひっぱたいて、ここから出ていきたくなった。

でも、ぐっと拳を握りしめる。

さっき話しかけてきてくれた営業さんが、心配そうに私と店長を交互に見て、間に入ろうかどうか迷っているのが視界の端に映った。けれど、腐っても得意先の店長である。立場的にまずいし、そうなれば店長が営業さんに絡むのは目に見えている。

それでもこちらに近づこうとした営業さんに、店長から見えない角度で手を振って遠慮する。

私はこのメーカーの服が好きだし、そもそも一番に挨拶に来たくらいなのだから、売れ筋の商品も多い。これからもお店で売りたいのだ。

ぐっと唇を噛み締める。ここで怒りのままに言い返せば、今以上に騒ぎになるだろう。

「なにその目。堤さんさぁ、今まで叔母さんがうるさかったから黙ってたけど、店長権限でクビにしたっていいんだよ？　今のオーナーなんてしばらく店に来てないし、副店くらいいなくなったって気にもしないだろうし」

その声は同じブースにいたプレスさん達の耳にも届いたらしく、皆あからさまに顔を顰める。濡れ鼠の私には同情の目が向けられて、いっそう惨めになった。

ざわめきが大きくなってしまったし、もうこれ以上ここにはいられない。メーカーさんには悪いけれど、店長を回収するのは諦めて踵を返そうとしたその時。

「大丈夫？」

とん、と肩を叩かれて、聞き慣れた声が耳に飛び込んできた。

振り返らなくても分かる。

——ああ、そうだ。来るって言っていたっけ。

頭の隅っこでぼんやり思い出して振り向く。

そこには相変わらず隙なくスーツを着こなす、相良さんの姿があった。

「相良さん……」

彼は私の……恐らくコーヒー塗れの顔を見たのだろう。いつもの穏やかな表情から一変、顔を険しくして、すぐに胸ポケットからハンカチを取り出した。

押しつけるように差し出されたそれを思わず受け取ってしまう。

「使って」

そう言われて恥ずかしくなり、反射的に顔を拭（ぬぐ）った。コーヒーの香りに混じって、ハンカチに移った相良さんの香水の香りがふわっと鼻をくすぐる。

「……」

なんだか急に鼻の奥が痛くなって、慌てて唇を噛（か）み締めた。

マズい、駄目だってば。

さっきまで冷静だったじゃない。

相良さんが来たくらいでなんで涙腺（るいせん）が緩（ゆる）んじゃうの。人前で泣くのなんてまっぴらなのに。

モデルさんよりも華やかな長身の美形――相良さんの登場に、周囲には先程とはまた違うどよめきが生まれていた。

ちらっとうかがうと、庇（かば）おうとしてくれた営業さんも口をぽかんと開けて、相良さんを見つめている。

「また体調を崩すよ」

そんな周囲の視線を気にした様子もなく、相良さんは自分のスーツの上着を脱ぐと私の肩にかけてくれた。そして静かに店長を見据える。身長差があるせいか、店長は気圧（けお）

されたように一歩後ろに下がった。

「オーナー」

そう呟いた店長の顔色は悪い。ようやく自分が起こした騒ぎを理解したらしい。助けを求めるみたいに周囲を見回したけれど、みんな遠まきに冷たい目を返しただけだった。

店長からふっと視線を外した相良さんは、一歩足を踏み出した体勢で固まっている営業さんに気づき、にっこりと微笑む。

「うちの店の者が騒がしくして申し訳ありませんでした。このお詫びは必ずさせていただきます」

「あ、いえ」

営業さんは相良さんから視線を外せないまま、頬を赤くしてぶんぶんと首を横に振る。恐らく本人も反射的に返事をしたのだろう。

でも、自分も似たようなものだ。

ぼうっとしていた私は、相良さんに行きましょう、と促されて踏み出す。

それから相良さんは、思い出したように振り向いた。

「言っておきますが、君に優秀なスタッフを解雇する権限なんて与えていませんよ。一か月謹慎して頭を冷やしてください。詳しいことはまた連絡します」

そう言った相良さんがどんな表情だったのか、私からは見えない。

だけど人前でのなかなかの強烈な叱責に、店長がひくりと顔を引き攣らせたのが分かった。

私は相良さんに手を引かれて、出口へ向かう。誰にも顔を見られたくなくて、ひたすら俯いていた。

だから——気づかなかった。

それからすぐに、白い目に晒されながらも未だ状況が呑み込めず立ち尽くしている店長に、先程深刻そうに話していた派手な女性が近づいたことを。

「あらあら、ずいぶんひどい目に遭いましたね。お可哀想。……今の男性、相良さんのところの次男さんでしょう？」

そう言った彼女は、私達が消えた扉に意味深な視線を流して、裏地の赤いヒールをカツン、と一度鳴らした。

会場を出た相良さんは相変わらずぼうっとしている私を連れて、入り口近くのタクシー乗り場に停車していたタクシーに乗り込んだ。

五分も経たない内に着いたのは、相良さんが泊まっているというシティホテルだった。

一瞬身構えてしまったけれど、看病してもらった時のことを考えると今更という気持ちの方が強くて、黙ってついていく。

通された部屋はツインの部屋でわりと広く、小さめのボストンバッグがソファの上に置いてあった。

部屋に入って寝台に私を座らせた相良さんは、何故かその正面に膝をついた。向かい合った私の顔を覗き込んできたので、慌てて顔を背ける。

会場を出てからもう三十分以上経つのに、未だに心がざわざわしている。今にも落ちそうな涙を堪えるべく唇を噛み締めた。

「真希ちゃん？」

「今、話しかけないで、っくれます……？」

失敗した。ぐすっと途中でしゃくりあげてしまった。

「どうして？」

「……」

すん、と鼻をすった直後、ぽん、と頭に手を置かれて、ますます窮地に陥る。

嫌なこととかショックなことがあった後に、急に優しくされると、涙が止まらなくなるよね！

そう心の中で努めて明るく突っ込んでみるけれど、抑止力にはならなかった。

悔しい、泣きたくない。

どうにかして我慢しようとしたものの――結局、堪えきれなかった。

せめて泣き顔は見られまいと両手で顔を覆（おお）った私に、相良さんは落ち着いた声で尋ねてくる。

「どうしてそこまで我慢するの？」

省略されているけれど、恐らく『店長に』とつくのだろう。

もともと私は気が強い。五日も一緒に住んでいたのだから、相良さんもそのことは分かっているだろう。それなのに何故店長には強く出ないのか。きっとそう尋ねているのだ。

不思議そうな声音に、反射的にかっとなる。

そう。私は心の中はともかくとして、お店のスタッフの前や店の中で店長の悪口を言ったり、本人と言い合いをしたりはしない。スタッフの愚痴（ぐち）もある程度は聞くけれど、できるだけフォローを入れて流すようにしていた。だって――

「……私、あのお店が好きなんです。ずっと働いていたいんです！　学生時代からバイトしていたから、っオーナーが大事にしていたのも、知ってるし……っ人も服の雰囲気も大好きなのに」

なんだか感情の糸が切れたみたいだ。今まで我慢していた思いや感情が爆発してしまう。

「あんなヤツ大嫌いですよ！　決まってるじゃないですか！　……っでも、私が店長の悪口言っちゃったら、みんな右に倣えになっちゃうし、お店の雰囲気も悪くなっちゃうし！　本当は嫌いなんです！　お店のことを馬鹿にし続けるあの人なんて……！」

あの店のスタッフの中で店長のことを一番嫌っているのは多分、私だ。

前のオーナーにはアルバイトの学生だった時代からお世話になっていたし、何よりオーナーの拘りが詰まったお店の雰囲気が好きだった。きっと当時のスタッフも、私と同じように感じていた人が多かったと思う。

だけどあの店長は駄目だ。服なんか好きじゃないし、自分が働いている店を常に小馬鹿にしている。そういうところが昔から死ぬほど嫌いだった。

「私、店長の補佐のために副店長になったんです。もし、私がもうちょっとちゃんとできてたら、店長もあんな風にならなかったのかもって、……そう思うこともあって」

店長だって何も最初からあんな感じだったわけじゃない。だけどいつの間にかああなっていた。仕事を教えていたのは私だし、少なからず責任も感じている。……それもあって、オーナーがこのお店を相良さんに売ったって聞いた時も、私が期待に応えられなかったせいかもしれないって心のどこかで納得してしまった。ああ、それできっと、相良さんに店長のことを聞かれた時も言えなかったのだろう。ただ、自分の能力不足を知られたくなかったから。

ずっと言いたかった鬱屈した気持ち。

それらを全て吐き出してしゃくりあげていると、冷えた身体が温かいものに包み込まれた。

もうすっかり嗅ぎ慣れた香水の香りに、条件反射みたいに身体の力が抜けてしまう。

「ん……」

涙と化粧とコーヒーでぐちゃぐちゃの顔だろうに、気にする様子もなく、相良さんは目尻に残る涙を唇で掬う。そして目尻から頬に向かって啄むようなキスを繰り返す。

……やさしくて、温かい。

抱き込まれているというのに、抵抗する気には到底なれなかった。

だから唇が重なった時も、なすがままに受け入れていた。

いつの間にか後頭部に回されていた手に少しだけ力が籠り、ぐっと押さえられる。

同時に口の中に入り込んできた舌が歯列を割り、舌が絡まった。ちゅくっと濡れた音が耳に届いて、その淫猥さに背中がゾクゾクする。

「は……」

「真希ちゃんは偉いね」

途切れたキスの合間に、相良さんが目を細めてそう囁いた。言葉通り、褒めるようにまた額に口づけられて、何故だか昔、学校の先生に褒められた時みたいに嬉しくなる。

「ん……っ」

彼の膝が寝台に乗って、ぎしっとスプリングが軋み、身体が沈む。

「口開けて、……ん、……もっと」

顎を持ち上げられ下唇に相良さんの親指が触れる。少しだけ開いていた唇の隙間をこじ開けるように、指が差し込まれた。

「っふ……」

長い指が舌を丁寧に撫でていたかと思うと不意に引き抜かれて、代わりに熱い舌が入ってくる。

舌が絡み合い、苦しい息が鼻から抜けて、頭がますますぼうっとしていく。

大きな手で背中を撫でられて、ぴくん、と身体を震わせれば、顔を離した相良さんは鼻が触れ合うほどの至近距離で艶やかに微笑んだ。……いつからこの顔をまっすぐ見ることができるようになったんだっけ？

そんな今更なことを頭の片隅で思う。

再び屈むみたいに俯いた相良さんは、今度は私の首元に顔を埋める。

柔らかい髪の毛が薄い皮膚の上を滑り、少しくすぐったくて身を捩る。

彼は首筋を唇で辿りながら、私が羽織っていた自分のスーツのジャケットを、シーツに落とした。

「脱がすよ」

いちいち聞かないでほしい……、そう思って赤くなっているであろう顔を隠すべく俯くと、相良さんは私の頤に指をかけて、ちょっと強引に上に向けさせた。

「真希ちゃん、可愛い」

彼が丁寧な手つきでジャケットのボタンを外して、腕から引き抜く。

自分のジャケットとまとめてもう一つのベッドの方に投げると、インナーの裾から手を差し入れて、そのまま下着が見える位置までたくし上げた。

鎖骨の窪みを舌でなぞられる感覚に肌が粟立つ。そうしてスカートも脱がされ、薄いインナー一枚になった時、相良さんがふっと顔を上げた。

「コーヒー、火傷しなかった？」

「う、……、んっ……温かった、から」

鎖骨に軽く歯を立てられて、答えた声が上擦った。

そういえばコーヒーがかかった場所は、ハンカチで軽く拭っただけだ。……舐めた時にコーヒーの味でも残っていたのかな……

「よかった」

吐息と共にそう囁いた彼の目元がまた和らいだ。その優しい表情に何故だか胸が痛くなった。

——流されてるなぁ、私。

そう心の中で呟く。

もちろん自覚はある。だけど仕事に生きていたって枯れていたって、人恋しい日はある。

お母さんが亡くなったことだって、半年も経って受け入れたものの、誰もいない家に一人でいるのはやっぱり寂しかった。仕事の忙しさに振り回されているふりをして、そんな自分の気持ちに気づかないようにしていたのだ。

だけど相良さんに出会って、一緒に過ごして寂しさを感じられないくらいに引っ掻き回された。

彼と一緒にいても不快じゃない。私がぽんぽんと文句を言っても、相良さんはそれを受け流して、呆れ顔の私も最後には笑ってしまう。

そんなやりとりが楽しかったおかげで、自分の家に一人でいても、相良さんのことを思い出せば寂しくなくなった。

そしてピンチの時は格好よく助けて慰めてくれる。しかもその人はとびっきりの美形で、料理上手の上、甘やかしてくれるのだ。

……それに、絆されない女の子がいるだろうか。

顔を見ない日が続くと落ち着かないとか、寝る前の電話をわざわざ待っているとか、分かりやすすぎて、どう言い訳したって誤魔化せない。

不相応すぎる恋は辛い。年齢を重ねればそんなことは理解できてしまうし、もう危険な恋愛に挑戦できる年齢でもない。何より好きになればなるほど、一人になった時の寂しさが怖くて、相良さんへの気持ちを頑なに否定した。気のせいだとか、イケメンだからドキドキするんだとか、自分に言い訳をして見ないようにしていた。

だけど、やっぱり……私は相良さんが好きなのだ。

下着ごと持ち上げた胸の間に唇を落とした彼の首に手を回す。ぎゅっとその頭を抱え込んで柔らかい髪に頬をすり寄せた。いつの間にか大好きになっていた、爽やかだけど甘い香りを胸一杯に吸い込んで、もう一度頬をすり寄せる。

「甘えてるの?」

背中に回された手の力が少しだけ強まって、相良さんは上目遣いに私の顔を見る。

「あまり可愛いことしないで……? 我慢できなくなるよ」

淡い色の瞳がいつもよりも濃い。唇を舐めるその仕草に魅入って、身体が熱くなる。

私を熱っぽい眼差しでじっと見つめつつ、彼は胸の膨らみの先端を突然下着越しに摘まんだ。

「ひゃんっ」

「ん、もう固くなってる」

上げてしまった声が恥ずかしい。決して逸らされることのない熱が籠った瞳に、きゅんっとお腹の奥が熱くなっていく。

「イイ声、おっぱいが気持ちいいの？」

親指と人差し指で擦るようにそこをしつこく弄られながら、耳元でそんないやらしい質問をされた。

「ちが……っあ、……っんんッ」

「嘘はダメだよ。虐める度にもっとしてって、可愛く尖ってきてる」

ずらした下着から零れ落ちた胸の先端と淡く色づいたその周辺に、相良さんは勢いよく吸いついてきた。

「やッ、……あ、あ、んんっ、だ、め……ッ」

じゅ、じゅっと音を立てて強く吸われて、もう片方も揉みしだかれる。その衝撃で思わず背中が反って、自ら胸を突き出すような体勢になってしまった。

「もっと虐めてほしい？」

「や、ちが……っ、や、……ぁ」

笑ってそう尋ねてきた相良さんに慌てて首を振るけれど、その途中で、濡れてピンッと立ち上がった先端を指で弾かれた。

「ひゃ、や、ぁん……ッ」

弄りながら、反対側の先端も口の中で舌で転がされ、甘く歯を立てられ、もう私は喘ぐことしかできない。

視線が絡み合って吐息が触れ合う。相良さんの目がすっと眇められたと思うと、上を向かされて唇が合わさった。強引にこじ開けられて、また熱い舌が咥内に侵入する。手を胸に置かれたまま、先端をぐりぐりと押し込むみたいに嬲られる。とうとう堪えきれなくなって熱を逃すように腰が揺れてしまった。

その動きに気づいたのだろう。目が合った相良さんが腰を撫でてきて、ぞくぞくとした感覚が背筋を走り抜けた。

ゆっくりとパンストを脱がされ、全身を這い回る手に、吐息の数が増えていく。

下着一枚にされて咄嗟にシーツを手繰り寄せた私は、未だに相良さんがベストすら脱いでいないことに気づいた。

キスの合間に彼のシャツの裾をくいと引っ張る。

「相良さん、も……脱いで」

意識して言ったわけじゃない。自分だけが裸の状態は、なんとなく寂しい。

だけどそれはあからさまに誘う言葉に聞こえたらしい。相良さんはくすりと喉の奥で笑うと、シャツの裾を掴んだ私の手を上から握り締めた。

「可愛いお誘いだね」

囁いて上半身を起こすと、相良さんは私の服を剥いだ時とは真逆に、無造作にシャツを脱ぎ捨てた。現れたのは均整の取れた男性らしい身体。自然な筋肉が乗っていて、余計な脂肪はどこにもない。

リネンの薄いシャツなんかが似合いそう。なんて咄嗟に思ってしまうのは、職業病なのかもしれない。でも、きっと相良さんならなんでも似合うだろう。

ぼうっと見惚れていると、相良さんの手が伸びてこめかみから後頭部に向かってそっと指を差し入れられた。髪を梳った指がそのまま頭を持ち上げて、また口づけが始まる。

……相良さん、キス好きだなぁ。

そう思いながらも、私だって一番近いこの距離が嬉しくて堪らない。

呑みきれず溢れた涎を彼の唇が追いかけて、再び首筋を辿っていった。

そして大きな手が身体の線をなぞるみたいに胸から腰へと下りていき、最後の砦だった下着に手がかかる。

呆気ないほどするりと脱がされ、そっと開かれた脚の間に相良さんの身体が収まる。

彼が太腿を抱え上げ、すでに濡れたそこを指で広げようとしたところで、私ははっと我に返る。

「っひゃ、っ……それは、ちょっと……！」

今にも近づこうとするその顔を、がしっと押さえてしまう。

苦手というか恥ずかしい。だってシャワーすら浴びていないのだ。

顔にかかった私の指先をはむっと噛んだ相良さんは、手のひらの下から苦笑して言った。

「濡らさないと痛いよ?」

「う、ううん……大丈夫」

首を振ってそう答えれば、少し困った顔をした相良さんが、「絶対いや?」と重ねて聞いてくる。ぶんぶんと何度も頷くと彼は身体を起こし、隣に寝そべった。

怒ったかな、と不安になった私に気づいたのか、腰に手を回してぎゅっと抱き締めて、額に軽いキスをしてくれる。

……怒ってなくてよかった、でも。

なんとなく盛り上がってとか、慰めるつもりの一回きりの行為なのだとしたら、極力優しくなんてしないでほしい。そう思うのは贅沢だろうか。だってますます好きになってしまいそうで、怖い。

「痛いのが好き?」

不意にとんでもないことを尋ねられて、驚いて否定する。

「……すき、では、ないけど……っ」

そんな被虐趣味はないし、とりあえず今日は勘弁してほしい。……いや今日は、ってなんだ。次なんかないかもしれないのに。

自分に言い聞かせた言葉にうっかり落ち込みそうになる。

するとお腹に回されていた手が、急に脚の間に触れた。

「っ……」

詰めた息とは対照的に、ちゅくっと濡れた音が静かな部屋に響いて恥ずかしくなる。

久しぶりの行為だというのに、身体は受け入れる準備万端だ。

節操がない……というのは今更かもしれない。つき合っているわけでもない人と、こんなことをしている時点で、もうどうしようもない。

恥ずかしくて俯いた私に、相良さんはゆっくりとその場所を上下に撫でながら、「いい子だね」と囁いた。濡れた低い声に、身体が震える。

相良さんの声も、香りと同じくらい好きかも……

その指に応えるように奥から溢れる愛液で、水音はだんだん大きくなる。吐息交じりだった声も大きくなって、尖った突起を押し潰されたその瞬間、悲鳴みたいな声が出た。

「っひゃ、あ……んっ」

甘い衝撃に浮いた腰を押さえながら、相良さんが長い指を今度は中へ差し入れてきた。肉を掻き分けられる独特の感覚に、きゅっと身体が強張る。

「キツイ……久しぶり？」

指はそこに収めたまま、身体を解すような軽い口づけが落とされた。

「ん……」

少し迷って素直に頷く。

学生の時につき合っていた彼氏以来だから、多分五年以上はしていなかった。

久しぶりだったからかもしれない。中途半端に中を抉った指の存在を、殊更強く感じる。痛みは決してなくて、違和感だけ。それも優しいキスで誤魔化されれば、今度は動かない指に焦れてしまう。

「……痛くはなさそうだね。中が寂しそうに締めつけてくる」

「……っふ……ぁ、あ」

指が気持ちのいいところに触れる。跳ねた腰に気づいた相良さんが、小さく笑った。

「ここが好きなんだ。いっぱい擦ってあげるね」

「や…っあ、あっ、あっ……！」

中を擦られながら耳朶をしゃぶられて、もう片方の手で胸を下から押し上げるように揉みしだかれる。

もう、どこもかしこも気持ちがよくて、波に呑まれるみたいに思考が溶けていく。

増えた指が、耳を塞いでしまいたいほどの音を立てて中を広げていき、さっきから喘ぎっぱなしの口から溢れた涎を相良さんが舐め取る。

気持ちよさがどんどん、身体の深い場所に溜まっていく。

中を弄られつつ、伸ばした親指で突起を潰されたその瞬間、目の前が真っ白になって――どうやら私は達してしまったらしい。

一瞬意識を飛ばし、荒い息を吐き出しながらくたりとした私の身体から、相良さんが一旦離れた。どこから取り出したのか、いつの間にか銀色の四角いパッケージが握られているのを見て安心した。

彼はそれを手にしたまま、また伸しかかってきて、唇ごと食べられてしまいそうな激しいキスをする。

ここにきて初めて相良さんの息が上がっていることに気づき、自分だけじゃないのだとほっとした。しばらくして、すっかり蕩けた場所に相良さんのものが押しつけられる。その熱さに勝手に期待した身体が、びくんっと腰が震えた。

「――いい？」

今更聞かれても返事に困る。だけど拒否していると思われたくなくて、熱くなった顔を自覚しながら小さく頷けば、淡い色の目が切なそうに歪んで――伏せられた。

「……相良さん……？」

「きっとこっちの方が負担がかからないから」

そう言うと、返事も待たずに腰を掴まれて、ひっくり返される。うつ伏せになってお尻だけ高く持ち上げられ戸惑っていたところ、ぐ、と腰を押しつけられて、熱い質量が身体の中に潜ってきた。

「っあ、あぁっ……っ」

ゆっくり入ってくるそれに、久しぶりなせいか、入口が少し引き攣ったように痛んだ。

けれど――

「……っ……、痛い……？」

「ん、ううん……っ」

我慢できないほどじゃない。それよりも相良さんの掠れた声にゾクゾクしてしまう。痛みなんて全部消し去るほど艶っぽくて、自分がそんな声にさせているかと思うと、不思議な満足感が心を満たした。

「真希ちゃん、泣いているの……？　ごめん。やっぱり痛かった？」

慣らすみたいに緩く動かしていた腰を止めて、相良さんが顔を覗き込んでくる。いつの間にか泣いてしまっていたらしい。彼が弾む息を抑えて呟き、眉を寄せる。

だから優しくしないで、ってば。

顔を見られないようにシーツに押しつける。

「――気持ちよくて」

吐き出した言葉に相良さんがふっと吐息だけで笑うのが、震動で分かった。

「煽ってるの……？」

返事をする前に、奥にぐ、っと熱い塊が押しつけられる。

「んんッ……あ、――あっ」

ゆっくりと探る動きから一変して、強く中を抉られる。

ひゃあんんっ、と猫みたいな舌っ足らずな声が上がった。自分の声だなんて信じられないほど甘い。

「真希ちゃん可愛い。痛いのに奥が気持ちいいの？」

「相良さ……んんっ、あ、や、っだめ……っ」

今度はさっき指で探られた時に見つかってしまった弱い場所を焦らすように突かれて、頭の中が真っ白になる。動きの激しさに、崩れた上半身を持ち上げられただけで、繋がった部分からぐちゅっと凄い音がした。

少し乱暴に胸を揉みしだかれるのも、物凄く気持ちがいい。その手が前に伸びて強引に後ろを向かされ、頤を取られたかと思うと噛みつくように口づけられる。

一瞬だけ見えた彼の目は、情欲に揺れていて、微かに赤い。

「ん、ふ………っ」

「は……っ舌……っ出して……っ」

言われて舌を出したけれど、後ろから突き上げる腰は止まらず、舌を噛みかねない激しさだった。

見つめた相良さんの顔は――何故か今にも泣きそうで、咄嗟に手を伸ばしたくなった。けれど動きが激しすぎて自分の身体を支えるだけで精一杯。届かない距離がそのまま私と相良さんとの距離のように思えて、行為の最中なのに切なくなってしまった。

「っ……好きだよ」

口づけの合間に吐き出された言葉に、目を見張る。

反射的に私も、と返事をしようとしたけれど、激しい熱と快感と、それから少しの切なさで叶わず、私は言葉にならない声を上げ続けた。

三

「あ、真希さん、今日出勤の時に着ていたワンピース、素敵でしたね！」

お客様が途切れた時、隣で一緒に検品していたスタッフにそう言われて、一瞬動きを止める。

「え!? あ、……そう？」

まずい。顔が引き攣ってないかな？

不自然すぎる態度を誤魔化すべく、さりげなく視線を逸らしながら、乱れていた商品のシャツを畳み直した。

挙動不審になってしまったのは、スタッフが褒めてくれたワンピースというのが大阪出張の日に、相良さんに買ってもらったものだからだ。

あの後――私は意識を失うように眠り、目が覚めたらすっかり部屋は薄暗くなっていた。

相良さんは私が眠りこけている間に、私のスーツをクリーニングに出し、宿泊の手続きを済ませ、その上、ホテル近くのブティックで着替え一式を用意していたのである。

しかも謹慎を言い渡した店長の代わりだと言って、翌日の展示会にもついてきて、メーカーさんのブースに寄って一緒に謝ってくれた。さすがに忙しい相良さんはその後、すぐに会場を出たのだけど、残された私は彼について質問攻めにされて大変だった。昨日お騒がせした手前、逃げるわけにもいかず、当たり障りのない答えでのらりくらりと躱したのだけれど、正直それが一番疲れた。

ちなみに買ってもらったワンピースは冬物の裏地つきのジャカード織なので、今着ないと時期を逃してしまう代物だし、着られるのは今月いっぱいが限界。買ってくれた張本人と鉢合わせたら気まずいとは思ったけど……私の中のもったいない精神が主張してしまったのである。

接客中はお店の商品に着替えるから、相良さんに見られないだろうし、いいよね？

なんて思って着てきたのに、まさか全然関係ないスタッフから突っ込みが入るとは予想もしなかった。

「えっと、暖かくて」

そうつけ加えれば、スタッフは特に不審を抱いた様子もなく、「今日は寒いですもんねー」と同意してくれた。

うん。暖かいし、そして何より可愛い。大阪で着替えた時もいいな、と感じていたけれど、家で改めて見て驚いた。品がよく、ラインも絶妙で普段より脚が細く長く見えるという神アイテムだ。

大阪出張で言い渡された店長の謹慎に関しては、相良さんと相談して、スタッフにはインフルエンザを拗らせて出張先の病院に入院したので、しばらくお休みと伝えた。さすがに皆に謹慎だと言ってしまったら、復帰した時に働き辛くなってしまうだろうから。

だけど今度こそ、もう辞めちゃうんじゃないかなと思うんだよね。

店長の仕事は主にスタッフの給与と売り上げ金の管理だった。その業務は相良さんが引き継いでいて、いなくても特に困るようなことにはならない。

……でも前のオーナーのことを考えると、やっぱり複雑な気持ちになってしまう。

オーナーが一か月に一度、様子を見にきた時に必ず『迷惑をかけるけれど、あの子をよろしくね』と頼まれていたから。

休み明けがどうなるのか予想がつかない。さすがに反省して心機一転頑張ってくれれば、みんな幸せになるのになぁ、なんて期待しすぎだろうか。

一方で、スタッフは鬼の霍乱だと、店長が来ないことを素直に喜んでいた。嫌われっぷりが本当に凄い……もう店長は手遅れなのかもしれない。

そして肝心の相良さんと私の関係はといえば。

出張から帰った翌日から、彼はようやく仕事が一段落したらしい。謹慎中の店長に代わり売り上げを夜間金庫に預けるため、店には夜に来るようになった。売り上げ金回収の代行サービスは来月からの予定なのだ。その度に私も、路駐の切符を切られないよう車の中で待っていてほしいと、銀行まで付き添うことを余儀なくされる。そして、そのまま強引に相良さんのマンションに連行されるのである。

そこで待っているのは、あの夜のような、めくるめく官能の一時などではなく――

「真希ちゃん、あーん」

差し出されたスプーンに載っているのは、層のコントラストも美しい苺のムースだった。ソファに座っている私は、お腹に回された腕のせいで完全に隣の相良さんに寄りかかっている。

先程食べた、相良さんが手際よく作ってくれた青菜とじゃこの和風パスタにも感心したけれど、デザートであるこのムースも手作りだと聞いた時は、私の女子力は完全に白旗を揚げた。

インフルエンザでお世話になっていた時の彼には、タブレットで作り方を見ながら……なんて可愛気があったけれど、今やフライパンを振る手つきもプロ並みで、アレンジも凄くて、しかも美味しい。

神様は不公平だ。相良さんを依怙贔屓しすぎである。もうこの人に弱点なんてないんじゃないかな！

ちょん、と軽くスプーンで唇をつつかれて、渋々口を開ける。

どうせ拒否したって、『恩返し』か『オーナー命令』と言われるのだ。

諦め気分で口に含んだ途端、いちごの甘酸っぱさとムースの滑らかな甘さが、口の中で混ざりあって溶けていく。その絶妙な舌触りと味に頬が緩んだ。

「うう……悔しい、美味しい」

敗北感を感じながらそう呟けば、相良さんは小さく噴き出して、「可愛いなぁ」と目を細めた。そして喜々として、新しく掬ったムースを私の口に運んでくる。

そう。大阪出張からこっち、こんな感じで毎日拉致され、美味しい手料理を振る舞われるのである。……ひらたく言えば餌づけされている状態だ。

しかも、相良さんは距離が異常に近く、それはもうお姫様のように私を甘やかしてくれる。

特にマンションにいる時は、ベタベタとスキンシップが激しく、キスはわりとナチュラルに繰り返されていた。

「好きだよ」

そしてことあるごとに、そう囁かれるのである。

「溜息？　幸せが逃げるよ」

無意識に溜息をついてしまったらしい。ちゅっと耳元にキスされて、吐息がくすぐったくて思わず声を上げそうになり、口元を覆う。それを誤魔化すようにそっぽを向いて、「後片づけします！」と立ち上がった。

「そう？　じゃあ一緒にしようか」

「これだけですし、ぱっと洗ってきます」

そう言って相良さんの手からデザートの器を引き取った。夕食をご馳走してもらうことが多いので、せめて後片づけは私が引き受けているんだけど、そもそも食器洗浄機を使用するのですぐに終わる。とはいえ今は、すでに食洗機で夕食の食器を洗っているので、デザートの器は手洗いで済ませようとスポンジに洗剤をつけた。もうすっかりこのキッチンにも慣れて、何がどこにあるのか覚えている。

悩ましいことに、ほぼ毎日一緒にいて『好き』だと言われるけれど、『つき合う』という言葉は今のところ出てこないのだ。キスはするけどエッチはしないので、セフレなんて不道徳な関係でもない。一番近いのが仲のいい友達だけれど、友達なら普通キスや、こんな風に抱きかかえて『あーん』なんてしないだろう。……むしろペット扱い？　甘やかされるだけ甘やかされて駄目犬まっしぐら！　っていうのが一番しっくりきてしまう。

　コーヒーメーカーのガラス瓶からポットへとコーヒーを移す相良さんの背中をちらりと盗み見て、溜息を呑み込む。もう今日だけで溜息が二桁に達してしまいそうだ。

『私達、つき合ってるんですか？』

　大阪出張からこっち、そのたった一言を私は未だに聞けないでいる。あれ以来、一度もそういう展開になっていないのが、余計に私の口を重くさせていた。

　あの時は君があまりに泣いたから、慰めただけ――なんて言われたら、しばらく立ち直れないかもしれない。今こんなに甘やかされているから余計に。

　それなのに、ずっと一緒にいるせいで、優しいだけじゃなくてお茶目なところや、わりと笑い上戸なところ、音楽や映画の趣味が合うところも発見してしまって、どんどん好きになっている。

　最初こそ私の話を聞いてばかりいた相良さんも、ここ最近では自分の趣味の話や仲のいいお兄さんの話や、一緒に会社を立ち上げた友達のことを話してくれるようになった。

それも信頼されている証拠みたいで嬉しく思う。

あれこれ思い返していたら、相良さんに声をかけられた。

「考えごと？」

「え？　あ、ううん。食べすぎちゃったなぁって」

とっさに誤魔化すと、神妙な顔をした相良さんが小さく頷き、「カロリーとか糖質も考えないと駄目だね」と呟いた。思わず、真面目か！　なんて突っ込んだら、きょとんとした顔で私を見下ろしてきたので、ちょっと恥ずかしくなって俯く。

「照れてるの？」

私の両手が塞がっているのをいいことに、彼に後ろからすっぽりと抱き込まれる。

そして顎を取られて唇を重ねられた。

少しだけ開いていた隙間に舌が差し込まれ、ちゅくっと舌が絡まる。

「……っん」

私を見下ろす淡い色の瞳は熱を帯びていて、もういっそ何も考えずに身を委ねたくなる。

今日は、する、のかな……？

私はどこかほっとして、初めて自分からキスをしかける。相良さんは少しびっくりしたみたいに目を瞬いてから、後頭部に手を回して口づけを深くした。だけど、お互いの息が上がってきた頃、すっと唇ごと身体を引いたのだ。

「そろそろ送らなきゃね」

……え？

軽く微笑んで時計の方に顔を向けたので、相良さんの表情は見えない。

今までだって似たようなことはあったけれど、ここまであからさまに——拒否、されたことはなかった。恥ずかしさと悔しさと、ああやっぱり、なんて諦めの感情が心の中でぐちゃぐちゃになって、ぐっと手を握りしめた。

「相良さん……」

「ん？」

思わず呼び止めてしまった私を振り返り、相良さんは「どうしたの？」と首を傾ける。彼はもういつもの爽やかな表情で、急によく分からなくなってしまった私は、何も言えなかった。

それから、本物の恋人同士みたいに二人で過ごして、たまの休日は近場に映画を見に行ったりドライブもしたりした。相良さんの車の助手席に乗って、それぞれのお気に入りの曲をかけて、他愛のないお喋りを楽しんで……だけど泊まりになることはなく、いつも私のマンションまで送って終わり。

『好きだよ』

毎回そう言ってくれる相良さんに、『じゃあ、どうして？』と尋ねてしまいそうになる。同じ言葉を返さなきゃいけないような場面でも、私は聞こえないふりをしたり曖昧に笑ってみたりして、返事をしなかった。私のせめてもの反撃……というか、精いっぱいのプライドなのかもしれない。不自然な時もあっただろうけれど、そんな時だって相良さんは返事を強要することはなかった。

それに甘えてずるずると、『恋人同士ごっこ』を続けている。

嬉しいけれど辛い。

一緒に過ごす度に膨らんでくる気持ちを口にできなくて、想いが溢れて爆発してしまいそう。

そんな日々が一か月ほど続き、休日は二人で過ごすのが普通になり、すれ違う女の子がみんな振り返っちゃう人の隣に立つことにも、ようやく慣れたそんな時。

――想像もつかなかった事態が私を待っていたのである。

今日の私は一日お休みだけど、平日なので相良さんとは夕方から約束している。それまでは、と持ち帰った仕事を片づけ、軽く部屋の掃除をしていたら、宅配便で荷物が届いた。

ずっしりと重い段ボールの差出人は田舎の叔父さん達で、中には真っ白な白菜がぎっしりと詰まっていた。

……私ももちろん嬉しいけれど、これはご近所さんが喜びそうだ。朝、集合ポストに郵便物を取りにいった時に挨拶したお隣さんと、今年は野菜が高くておちおち鍋もできないわねぇ、なんて話をしたばかりだったし。

「凄いタイムリー。忘れないうちにお礼の電話しとこう」

とりあえず重いので段ボールは玄関先に置いたまま、一旦部屋へ戻る。炬燵の上に置いていたスマホを手に取り、着信履歴から田舎の叔父さんの家の電話番号を表示させた。

――あ、そういえば叔母さんに、相良さんについて聞こうと思ってたっけ……。

呼び出し音を聞きながら、ふとそんなことを思い出す。

そうだ。お母さんの口から相良さんの話を聞いたことがなかったら、叔母さんに聞こうと考えていたんだ。

ほどなくして『おー真希か?』と、相変わらず元気な叔父さんの声が耳に飛び込んできた。

聞き慣れた声にほっと気持ちが和む。

父の弟である叔父さん達の家には、毎年お正月とお盆に帰っていたので、第二のお父さんお母さんみたいな気安い関係だった。

「叔父さん？　野菜送ってくれたんだね。ありがとう。今年は高いから凄く助かる！」

『おお、うちの畑のは美味いからな。たくさん送ったしご近所さんに持っていってくれ。葬式でも随分世話んなったしな』

「うん、ありがとう」

　苦笑しつつ感謝する。確かにそれほど大きくないマンションだから、ほぼ顔見知りだし、お隣さんやお母さんと仲がよかった人達には、未だに私を気にかけて声をかけてくれる人が多い。

　それから少しだけ世間話をして、時計を見上げた。

「あのさ、ちょっと聞きたいことあるんだけど、時間大丈夫かな？」

もう夕方だ。深く考えずに電話をかけてしまったけれど、叔母さんは夕食の準備で忙しい時間だろう。お父さんも相良さんのところで働いていたって聞いたし、もしかしたら叔父さんも、名前くらいなら知っているかもしれない。

『んー？　大丈夫、大丈夫！　何かあったのか』

……なかなかのボリュームである。

夕食にはまだ早い時間なのに、これは酔っぱらっているな……

不安なものの、私は早速話を切り出した。

「あのさ、お母さんが昔、相良さんって人のお家で働いていたそうなんだけど、叔父さん聞いたことある？」

『相良……？　んー……なんか聞き覚えあるような』

妙に間延びした陽気な声に、これは駄目だな、と早々に判断する。

叔母さんに代わってもらうか、それともかけ直すか迷っていたら、電話口の向こうでバタバタと走る音が響いた。

『今、相良って言った⁉』

うわ、なんだ⁉　と叔父さんの悲鳴が遠くで聞こえる。

どうやら電話をもぎ取られたらしい。大音量の叔母さんの声にびっくりして、私も思わずスマホを耳から遠ざけた。

「ちょっと叔母さん……どうしたの」

心持ちスマホを離したまま、戸惑いつつそう尋ねれば、叔母さんは私の言葉を遮って逆に問いかけてきた。

『相良って、あのいけすかない金持ちじゃないわよね⁉』

……いけすかなくはないけれど、実家には使用人さんが何人もいるって言っていたし、お金持ちなのは間違いないだろう。

「多分お金持ちだとは思うけど……その口ぶりだと叔母さん、相良さんのこと知ってるんだよね？　昔お母さんにお世話になったからってお線香をあげに来てくれたんだけど」

『訪ねてきたの!?　今更謝りに来ても遅いに決まってるじゃないの！』

叔母さんの高い声が鼓膜にきーんと突き刺さった。

えっと、今『謝りに来ても遅い』とか不穏なことを言っていたよね？

その意味を聞こうとしたけれど、電話の向こうでは叔母さんと叔父さんが、結構な勢いで言い争っている。

もしもしー？　と何度か呼びかけても反応がなく、一旦切るべきかと諦めかけたその時、ようやく叔母さんの返答があった。

『もしもし？　ごめんね真希ちゃん。……ちょっと頭に血が上っちゃって』

叔母さんの声は、さっきと比べると大分落ち着いていた。まだ後ろで叔父さんが何か言っているけれど、聞き取れない。

『もう大丈夫だから。お父さんは黙ってお茶でも飲んでてちょうだい。真希ちゃん、悪いんだけど、ちゃんと最初から話してくれる？　訪ねてきたのは社長だったの？』

「社長!?　ううん！　相良大貴さんっていう人で、二十八歳の常務って言ってた。二か月前に、昔お母さんにお世話になったからってお線香をあげに来てくれて……私が二歳くらいの時にお母さんがお世話してたとかで……叔父さん達も知ってるかな、って思ったんだけど」

『謝罪をしに来たわけじゃないのよね？』

確認するようにそう聞かれて、最初にこのマンションに訪ねて来た時の相良さんの様子を思い返す。

「全然そんな感じじゃなかったよ。さっきも言っていたけど、謝罪って一体何なの？」

叔母さんが何か知っているのは確かだ。しかも深刻そうな雰囲気に、焦れったい気持ちで問いかける。

叔母さんが溜息をついたのが、電話越しでも分かった。

『……じゃあ、誤解したままかもしれないわ。確かに乃恵さんはそこの奥さんと息子さんの面倒を見てたって言ってた。きっとその大貴さんっていうのが息子さんなんだと思う。真希ちゃん、悪いことは言わないから、その人とは関わらない方がいいわ』

「どうして？」

はぐらかすような要領を得ない言葉に、つい言葉尻がきつくなる。

そんな私に、叔母さんは何度目かの溜息をつき、『長くなるわよ』と語り出した。

――真希ちゃんがまだ一歳の時にね、お義兄さんが勤めていたのが相良システムだったのよ。その伝手で、乃恵さんも当時の会長のお屋敷で働き出したらしいの。

まぁ数年は何事もなく過ぎていったんだと思う。乃恵さんは昔から明るくて、人好きのする性格だったでしょう？　そこの奥さんとも仲よくやっていたみたい。

だけどある日、突然仕事を辞めたお義兄さんと一緒に、真希ちゃんを連れてこっちに戻ってきたのよ。理由を聞いても最初は何も言わなかったんだけど……。乃恵さんがあんまり萎れているものだから、無理矢理聞き出したの。

なんでも女癖の悪い若旦那に嵌められて、同じ使用人で愛人だった女の身代わりとして、当時の会長に辞めさせられたらしいわ。何度もその若旦那様に奥さんのことで直談判しに行ったのが、うっとうしかったんだろうって言ってた。だからこそ身代わりにされたんでしょうけど……。仲がよかった奥さんにも信じてもらえず、面倒を見てきた子供の大貴君に説明もできないまま追い出されたみたいなの。お義兄さんもそれが原因で会社を辞めたのよ。……まぁお義兄さんは乃恵さんを信じていたから、むしろそんな奴が社長をやってる会社なんて辞めてやる、って自分から辞表を出したそうだけどね。

乃恵さんはせめて奥さんと大貴君の誤解を解きたいと、こっちに帰ってからもずっと手紙を書いて送っていたの。だけど一向に返事はないし、もう誤解が解けないのなら、自分の存在なんて疎ましいだけかもしれないって言って……真希ちゃんが中学に上がったくらいの頃かしら？　最後の手紙を出してそれっきり。

喋り疲れたのだろう、大きく息を吸って叔母さんは深い溜息をついた。

『こんなところかしら。あんまり話したがらないのを無理矢理聞き出したし、大昔だから細かい部分は違うかもしれないけれど』

叔母さんの語った内容に、私はただただ驚いて声も出なかった。たっぷり数秒経ってから思わず「それ本気の話……？」と尋ねると、叔母さんは『ええ』と、きっぱりと肯定する。

『坊ちゃん……その大貴さんって子のこと、乃恵さんはそう呼んでいたわ。一度だけね、そっちに行った時に一緒にいるのを見たことがあるけれど、母親以上に乃恵さんに懐いていたと思う。でも父親の愛人だって誤解されて、泣きながら責められた、って乃恵さんが言っていたわ』

当時のことを思い出したのか、叔母さんの声が少し遠くなった。だけどすぐに私の名前を呼ぶと、言い聞かせるように、今まで以上に真面目な声音で続ける。

『どうして今更現れたのか分からないけれど、さっき言った通り、まだ誤解したままだとしたら、乃恵さんのことを恨んでいても不思議じゃないわ。その後にすぐ、その子の母親だった若奥さんも亡くなっているしね。乃恵さんが亡くなった今になって近づいてきたなんて、何も知らない娘の真希ちゃんに復讐しようと企んでるんじゃないかしら』

『復讐』——そんな物騒な単語を聞いてしまうと、ますます現実味が薄れてくる。『恩返し』も大概だったけれど……思い返してふと不思議になった。……叔母さんの話が本当なのだとしたら、どうして相良さんは『恩返し』なんて言い出したんだろう。

『おい、母さん。オレはそんな話聞いてないぞ』

『あら、言ってないもの。当たり前じゃない』

叔父さんと叔母さんの会話を電話越しにぼんやりと聞きながら、頭の中を整理しようとするけれど、うまくいかない。

愛人とか使用人とか、会長とか、あまりにも……不謹慎だけどドラマみたいな話だ。そして何より、いつも明るくて元気だったお母さんと、そんな出来事が結びつかなかった。私が中学生になるまで手紙を送っていたっていうなら、私だって気づいてもよさそうなものなのに。

『いやでも……なぁ？　急に兄さん達がこっちに帰ってきたのは確かだけど、まるでお前が昼に見てるドラマみたいじゃないか』

微かに聞こえた叔父さんの言葉は、たった今私が思っていたことと同じだ。

『母さん、影響されて、話を膨らませすぎじゃないのか？』

……確かに叔母さんは田舎の人らしく大らかで、若干大袈裟なところがある。それも状況によっては面白いんだけど。……でも、膨らませるにも元ネタが必要であって、まるきり嘘というわけでもない気がするし、叔母さんはこんな性質の悪い冗談を言う人じゃない。

『ちょっとお父さん、聞き捨てならないわね！』

案の定怒ってしまったようだ。叔母さんが声を上げ、『お前は普段から大袈裟じゃないか！』と叔父さんが言い返すのが受話器越しに聞こえてくる。

駄目だ。このままでは私のせいで夫婦喧嘩に発展してしまう。

「叔母さん！　分かった。話してくれてありがとう」

とりあえずこちらに意識を逸らさせようと、少し大きな声でお礼を言う。

『あっ……もうやだ。ごめんなさいね。もう！　お父さんがいらない茶々を入れるせいよ！　……なんかお父さんが喋りたいって言うから代わるわね』

言葉尻にはやはり微かな怒りが含まれている。これは確実に、電話を切った後は夫婦喧嘩だろう。

すぐに電話口から『真希？』と叔父さんの声がした。その声からはすっかりお酒が抜けている。

楽しい晩酌を邪魔してしまったのも二重に申し訳ない。

『悪かったな。……まぁ母さんの思い込みもあるだろうし、話半分でいいと思うが、そもそも女の一人暮らしなんだから、怪しい奴には近づかんのが一番だ。ソイツも含めてな。何かあったらすぐに電話してくれよ』

「叔父さん……」

叔父さんの声音には気遣いと不安が滲んでいる。きっと本当に心配してくれているんだろう。

これ以上心配させたくないので、相良さんがお店のオーナーになったことは黙っておく。そして「最初に会って以来、顔も見てないから大丈夫」なんて嘘をつき、もう少し話を聞きたそうな叔父さんに、仕事だからと謝って電話を切った。

――ごめん、叔父さん。

さっきからずっと耳の側で心臓の音が鳴っているようだ。気持ち悪さと息苦しさに胸を押さえた。

そのまますぐに相良さんに電話をしようとしたけれど、仕事中だと気づいて慌ててスマホを下ろす。

叔父さんの言う通り、叔母さんの勘違いなのかもしれないし……

仮に本当だったとしても、私は相良さんに『復讐』だとか、嫌なことをされた覚えは一つもない。……強引な『オーナー命令』だって、意地っ張りな私のために使うことがほとんどだったのだ。

もしかするとお母さんが愛人じゃないことを後で知って、そのお詫びも兼ねて『恩返し』だと言って、優しくしてくれているんじゃないだろうか。――それはそれでショックだけど、お母さんのことを愛人だと勘違いしたままよりは百倍いい。

……直接聞けば、きっとちゃんと話してくれるよね？

案外、昔のことすぎて相良さん自身も覚えていなくて、普通にお線香をあげに来てくれただけかもしれないし、逆にそんなことがあったんだ、なんて驚くかも。

だけど考えれば考えるほど、不安が大きくなってくる。

私はいてもたってもいられずに、お財布とスマホだけ鞄に突っ込み、約束の時間よりも早く相良さんのマンションへ向かった。

もうすっかり通い慣れたマンションのエントランスを通って、エレベーターに乗り込む。目的階まで着いたので、扉が開くのと同時に広い廊下を急ぎ足で歩いていく。

私は扉を開ける直前の相良さんを見つけて、自分から会いに来たくせに立ち止まってしまった。

「真希ちゃん？」

ちょうど仕事から戻ってきたところだったらしい。ビジネスバッグを手に提げた相良さんが、顔を上げて振り向き、驚いたように目を見開いた。

「びっくりした。出張が早く終わったから、今連絡しようと思っていたんだよ。入って」

そう言いながら優しく表情を綻ばせた。そして扉を開き、私を迎え入れてくれる。

ぐっと喉が詰まった。だけどこんな場所で話す内容じゃないと思い直して、黙って後ろについていく。

相良さんはスーツの上着のボタンを外しつつ、黙ったままリビングの扉で立ち尽くしている私を振り返り、不思議そうに首を傾げた。

「どうかした？　……顔色も悪い」

脱いでいたスーツを無造作にソファに放り投げて、彼が私のすぐ目の前まで駆け寄ってくる。そして両手で私の頬を包み込むと、顔を覗き込んできた。その淡い色の瞳には心配そうな色が浮かんでいて、それ以外の感情を見つけることはできない。

その手に上から触れて、そっと後ろに避けた。少し戸惑った表情の相良さんだけれど、すっと手を引いてくれる。

私は相良さんを見つめたまま口を開く。その間も、鞄を持つ手が微かに震えていた。

「――さっき、田舎の叔父さんから荷物がきて、電話で話したんです。話のついでに、相良さんのことをお母さんから聞いていないかって、軽い気持ちで質問して」

淡い色の瞳に映る私の顔は、緊張で強張っている。

「それで？」

形のよい唇が弧を描いた。

……勢い込んできたものの、どう話せばいいのだろう。自然と乾いた唇を舐める。開けてはいけない箱を開けるような、不吉な予感がする。だけど今更、なんでもないですなんて言える雰囲気じゃない。

緊張で喉がカラカラになったけれど、迷い迷い、重たい口を開いた。

「昔、お母さんが相良さんのお父さんの愛人だと勘違いされて……相良さんの家から追い出されたって聞きました」

本当は勘違い、という言葉ではなかったけれど、そのまま伝えてしまうには躊躇いがあって言い替えた。

『何の話？』なんて答えてくれたら――そんな願いも虚しく、私の吐き出した言葉に、相良さんが目を大きく見張ったのが分かった。彼の琥珀色の瞳が動揺に揺れたような気がして、心臓が痛いくらいに跳ねる。

だけど、一度黙ってしまえば不安に押し潰されてもう話せなくなりそうで、私は再び口を開いた。

相良さんが、否定してくれるのを期待して。

「叔父さん達は、相良さんが今もまだ勘違いしているかもしれないって言ってました。お母さんはただの身代わりだったのに、恨んでるかもって。あの、本当の愛人さんは一緒に働いていた人で――」

叔母さんから聞いた話を、途切れ途切れながらも、そのまま伝える。

ああ、なんて説明が下手なんだろう。もう少し頭の中でまとめてから伝えればよかった。焦ってしまって言葉が不明瞭になっていく。

だけど相良さんは口を挟まず、黙って私の話を聞いてくれている。そのことに少し勇気をもらって顔を上げ、言葉を失った。

いつも優しげだったあの淡い色の瞳には、私どころか何の感情も映っていない。私が急かされるように話し終えても、その瞳を変えることなく、相良さんはゆっくりと首を傾げた。

「それが本当だっていう証拠はある？　さすがに身内に自分が愛人をやっていたなんて、乃恵さんも言わないんじゃないかな？」

声だけは優しく、相良さんはそう言った。

「……っ」

証拠なんてない。でも、イケメンが好き！　っていつもふざけていたけれど、やっぱりお父さんが一番だとノロけていたお母さんがそんなことをするわけがない――なんてただの私の主観で全く説得力はない。けれどやっぱりお母さんは、不倫なんかするほど器用じゃないし、何より周囲の人達を大事にする優しい人だった。二十年以上一緒に過ごしてきたのだから分かる。だからこそ相良さんの言葉がショックだった。

だっていつか、お母さんの話をした時に『乃恵さんらしい』って笑ってくれたのに。

「……信じてくれない、の？」

途中で声がひっくり返った。

それはお母さんについてのことだったのか、あるいは自分についてだったのか。自分でも分からない。

相良さんは黙ったまま答えない。即ちそれが答えなのだろう。彼が今、どんな顔をしているのか見るのが怖い。

叔母さんの言う通り、相良さんはお母さんのことを憎んでいた？　じゃあ『恩返し』なんて真っ赤な嘘で……、もしかして復讐のためにわざわざお店まで買い上げたの？

それとも、それはただの偶然？

「……お母さんの代わりに私へ復讐しようとしたの？」

ドロドロに甘やかして自分を好きにさせて、最後にこっぴどく振るつもりだった？

犯罪めいた『復讐』より実害がないのは確かだ。相良さんみたいな人なら、ある意味一番安全で賢い手段なのかもしれない。……恐らく近い内に、私は振られる予定だったのだ。身体を重ねる行為が一回きりだったのは、相良さんの、せめてもの優しさだったのだろうか。

長くて重たい沈黙の後、彼がふっと笑った気配がした。

嘘だと言ってくれるかもしれない。

そんなことを一瞬期待する。だけど、すぐに無駄だと思い知った。

彼の作りものめいた笑顔が一瞬にして消える。初めて見る表情に驚く私を、相良さんは温度のない冷たい視線で見下ろし、静かに肯定した。

「そうだよ」

告げられた言葉に、心臓が止まったみたいだった。

向けられている視線は突き刺すようなものでも、憎しみが溢(あふ)れたものでもない。でも、だからこそ燻(くすぶ)る怒りの深さを感じた。

「……っ」

彼の表情がショックできゅっと唇を噛(か)み締める。耐えられなくて唇を戦慄(わなな)かせた私に構わず、相良さんは言葉を続けた。

「初めて君の家を訪ねた時に話した通り、幼い僕は君の母親にとても懐いていた。だけどそんな僕より、若くて病気がちだったせいか少し幼いところがあった母は、もっと君の母親を頼って……違うか。強く依存していたんだ」

……依存……？

あまり響きのよくない言葉を反芻(はんすう)する。

叔父(おじ)さんから聞いた話では、仲よくやっていた、くらいの表現だったのに。

依存だなんて、私が思っていたよりも深刻な話だったのだ。

「騙されていたのだと知った母は、寝台から起き上がれなくなるほどショックを受けた。今思えば心を壊してしまったのだろうね。そのまま持病を悪化させて、次の年には亡くなってしまったよ」

『その後にすぐ、その子の母親だった若奥さんも亡くなっているしね』

相良さんの言葉と叔母さんの言葉が重なる。

「だから君のお母さんには、ずっと複雑な気持ちを抱えていたんだ。……だけど、さすがにいい大人だしね。わざわざ探し出して、どうこうしようとまでは考えてはいなかった」

それならどうして、という疑問が顔に出たのだろうか。相良さんは唇の端だけでどこか歪に笑った。

「きっかけは、ロクでもないうちの父親が末期のガンだと診断されたことだった。もう僕自身はとっくに家から出て縁も切っていたけれど、忙しい兄に代わって、父が死んだ時に揉めないように父親の女性関係を洗っていて、その時に君達親子のことが出てきたんだ。……調査書の写真を見たらやっぱり懐かしく思ったよ。でも同じくらい燻るような怒りが自分の中にあることに気づいた」

遠い昔を思い出すみたいに、相良さんは少し上を見た。

「だけど、もう君のお母さんは死んでしまっていた。最初にお線香をあげさせてもらおうと訪ねた時は、……本当に、復讐なんてするつもりはなかった。あれから二十年以上も経っている。母のことは思い出すと今も胸が痛いけれど、そればかり考えて生きてきたわけじゃない。全ての元凶は父の女狂いだから」

「相良さん……」

最後の言葉に思い切り憎悪を乗せて、そう吐き捨てる。相良さんと父親との確執の深さが、それだけで分かってしまった。

「でも乃恵さんに本当に可愛がられていた君に会って――幸せに笑って死んだって聞いて、母の死顔が強烈に頭の中に蘇った。イギリスから来て言葉も通じない中、父に裏切られ、家の人間にも疎まれ、頼りきっていた乃恵さんにまで裏切られて、絶望の中で死んでいった母の顔が」

相良さんは血管が浮くほど、きつく拳を握り込んだ。

「赦せないと思った」

その慟哭めいた言葉に、頬をぶたれたような気がした。

相良さんはしばらく間を置いて、心を落ち着かせるためか長い溜息をつく。

『母は亡くなる直前も笑顔で「幸せだった」って言っていました』

確かに私はそう言った。あんな余計なことを言わなければ、相良さんは復讐なんて実行しようとは思わなかった？ ただよかれと伝えた魔法の言葉が、相良さんの復讐心を煽ってしまった。

不幸な偶然？ それとも自業自得？

「だからその叔母さんとやらが言う通り……君を身代わりにしようと思いついたんだ。自分を好きにさせて信頼させてから手ひどく振って……傷つけてやれば、きっと少しは気が晴れるだろうと」

じくじくする胸の痛みを堪えて、私は震える声で口にした。

「私のこと、好きって言ってくれたのも、みんな、嘘だった？」

相良さんがふっと俯いて、その形のよい唇が終わりの言葉を告げる。

「嘘だよ」

それは、あまりにも冷たく鋭くて、胸の一番深いところに刺さった。

「さが……っ」

相良さんの名前を呼ぼうとしたら、涙が頬を伝った。

「ま……」

一瞬、相良さんの手が宙を掻くみたいに、中途半端な動きをした。まるで私に伸ばそうとしたような動き。一瞬開いた口が私の名前を呼んだ気がしたけれど、気のせい？

しばらく沈黙が続いて、相良さんが唇を噛み締めた。

――どうしてそんな顔をするの。

悲しむような、後悔するような、複雑な表情。なんで相良さんがそんな顔をするの？　騙されたのは私なのに。分かってくれないのは相良さんなのに！

滲んだ視界の中では、相良さんの綺麗な顔もぼんやりとしてしまう。

慌てて涙を拭い、私を見る彼の瞳が微かに翳ったことに気づいた。少しは気に病んでくれるのだろうかと、縋ってみたくなる。

相良さんは一度固く瞼を閉じ、握りしめた拳を解いて、前に流れていた髪を面倒そうにかき上げた。そして何かを吹っ切るように顔を上げて私に微笑んだ。私が今まで一番見た中で一番綺麗な微笑み。

「……っ」

相良さんが、最近になって見せてくれるようになった自然な優しい笑顔は、どこにもない。

私はきっと、もう一生見ることはできないのだろう。

……駄目だ。私が何を言っても、信用してもらえない。

隙のない完璧で頑なな笑みを見て、そう思う。

後から後から流れてくる涙と共に、縋る言葉をぐっと呑み込んだ。

「……さようなら」

そう言って、涙が零れる前に相良さんに背中を向けて、玄関へ走る。

本当はもっと食い下がって、お母さんは相良さんのお父さんの愛人じゃないのだと説明するべきだったのかもしれない。でも、そうしてどうなるの？　相良さんは私のことなんて最初から好きじゃなかった。今までの関係に戻れるわけもない。……もしかしたら優しい相良さんは、私に悪いことをしたと思って『恋人ごっこ』を続けてくれるかもしれないけれど、そんなの虚しいだけだ。

何よりこれ以上、私が相良さんの前にいられなかった。あの何の感情も浮かんでいない冷たい瞳で、しつこいとか嘘つきとか罵られでもしたら、きっと耐えられない。

マンションの前の幹線道路でタクシーをつかまえて飛び乗る。電車で帰ったら注目を集めてしまうくらいひどい泣き顔だろうから。

タクシーの運転手さんは、そんな私に気を使ったのかティッシュを多めにくれた。

その優しさで余計に泣けてきて、私は家に着くまでしゃくり上げていた。

……でも、もしかしたら、これでよかったのかな。

相良さんは積年の恨みを晴らすことができて満足しただろう。それだけが私にとって救いかもしれない。

そう心の中で自分に言い聞かせる。

「っふ……っう」

タクシーを降りた私はしゃくり上げながら自分の家に駆け込んで、冷たいタオルで瞼を冷やす。だけど溢れる涙は止まらなくて——気がつけばすっかり夜が明けていた。

鳴り始めたスマホのアラームを止めて、重たい身体を起こす。

「結局、眠れなかった、な……」

一日の始まりのルーチンを刻むために身体を無理に動かした。腐っても社会人が失恋したくらいで仕事を休むなんてありえない。

鏡を覗き込んでクマはコンシーラーで隠し、少し濃い目に化粧をして服を選ぶ。

クローゼットの中に並んでいる、相良さんに買ってもらった服を極力視界に入れないようにして、一番近くにあったスカートを手に取った。

ひょっとしたら店に入るなり、相良さんにクビだと勧告されてしまうかもしれない。

彼のマンションから逃げるように帰ってしまったせいで、その辺りの話をしていない。

普通に考えて、憎い愛人の娘なんてもう顔も見たくないだろう。もし私がオーナーだったら、目的を果たした後は、さっさとクビにする。

……あるいは、クビになる前に辞めるべきかな。

幸いなことに、インフルエンザで休んだ際の反省から作っていた仕事のマニュアルはあとちょっとで完成する。

ああ、もしかして私を辞めさせるのを前提で、相良さんは仕事を抱え込まないようにって言ったのかな？　あれは大阪の出張からすぐだっけ？

「はは……準備は万端だ」

ぽつりと呟いて、気づかなかった自分に呆れを通り越して笑ってしまった。

貯金なら多少はある。仕事を辞めたとしても、すぐに生活に困るわけじゃない。

アルバイト時代から数えれば七年間お世話になった、愛着のあるお店を辞めなきゃいけないのは辛い。お店の雰囲気も、スタッフのみんなも大好きだ。……だけど、それよりも相良さんと顔を合わせる度に、あの冷たい視線を向けられる方が怖い。

……あれだけ執着していたお店だったのに、恋愛が絡んだだけで優先順位が代わっていることに気づいて、再び自分に呆れてしまう。本当に情けない。こんなに自分のことが嫌いになったのは初めてかもしれない。

そうして私は、覚悟を決めてお店に向かった。

しかし予想に反し、その日、相良さんはお店に姿を見せなかった。私がお昼休憩を取っている間に、お店の方に一週間ほど顔を出せないと電話があったらしい。

今までも二、三日お店に来ないことはあったので、彼の不在はそう珍しい話ではない。

でも、一週間は初めてだ。

……相良さん忙しいもんね。

とりあえず顔を合わせず済んだことにほっとしたけれど、別に電話でだってクビ勧告はできる。

直接電話がかかってくるのかな。やだな。喋りたくない。

いっそ書面とか？

そう考えて、虚しさに溜息が出る。

私、どうしたらいいんだろう。

とりあえずお店のマニュアル作りを早く終わらせよう。そしていつでも引き継ぎできるように、仕事の整理をしてスタッフへ割り当てていかなくては。

その日も次の日も、相良さんから何らかのアクションが出されることはなく、中途半端な状態にキリキリと胃が痛む。

もしかして私が辞めると言い出すのを待っているのだろうか。だけど、せめてきちんと引き継ぎをしてから辞めたい。自慢ではないけれど、このお店の全ての業務を把握しているのは私で、今店長は不在なのだ。私がここで突然辞めてしまったら、店が立ちいかなくなるのは目に見えていた。

かといって正社員しかしないような仕事を急にスタッフに振るのは不自然だし、スタッフによっては正社員になれるかも、と期待させてしまうかもしれない。

自分の立ち位置が微妙で身動きが取れない。

そして一週間が過ぎ——意外なことに、そのまま辞めてしまうと予想していた店長が復帰してきた。

さすがに展示会の一件を反省したのか、私への嫌味は目に見えて減っている。しかし変わらず愚痴は多く、他のスタッフに対しての態度は変わっていない。

……店長と同じタイミングで解雇されそう……

そう思うと一気に現実感が増してくる。後任は麻衣ちゃんが引き受けてくれると嬉しいんだけど、と悩みながら、けれどまだはっきりしない内に自分から言うわけにもいかず、私は鬱々とした日々を過ごしていた。

「そろそろ一番どうぞ」

もうすっかりお店の商品も夏物に入れ替わった昼下がり。接客を終えたスタッフに休憩を取るように促したところで電話が鳴った。子機を取りに行く途中でお客様に呼び止められて、慌てて振り向く。

「あの、すみません。このパンツのMサイズってありますか」

「はい。こちらは——」

代わりに、キャッシャーにいたスタッフが小さく頷いて電話を取った。

欠品の連絡かな？

今朝メールで送った注文書を思い出しながら、お客様を試着室に案内する。

カーテンを閉めてその場から離れると、さっき電話を取ったスタッフが報告してくれた。

「堤さん。オーナーからでした。今週いっぱい顔を出せないそうです」

「……そう、ありがとう。ごめん一番入ってね」

内心の動揺を押し隠してお礼を言う。

今週いっぱいってことは、先週と合わせてほぼ二週間来ないことになる。

……私のことを避けている、とか？

まず思いついたのがそれだった。だけど相良さんはオーナーなのだから、会いたくないなら、避けるよりも私をクビにした方が早いだろう。

「ねぇ、オーナー、体調崩しているとか何か言っていた？」

どうにも気になり、更衣室に向かおうとしていたスタッフの背中を追いかけて、そう尋ねてみる。すると、彼女はきょとんとした顔をして首を横に振った。

「えーっと。いつも通りだったと思いますけど」

「そう……何度も引き止めてごめんね」

「いえいえ。じゃあ行ってきます」

私の質問を不思議に思った様子もなく笑顔でそう言ったスタッフは、今度こそ更衣室へ入っていき、私も急いで試着室のそばに戻った。

いつも通り、か。体調を崩したわけじゃないんだよね？　それなら……うん、別にいい。

そこまで考えて、「関係ないか」と心の中で自嘲する。相良さんだってきっと私になんか心配されたくないだろう。

だけどやっぱりどこか引っかかって、その日はいっそう、気もそぞろだった。

そして私は一日経って、相良さんが忙しい理由を意外な人の口から聞くことになるのである。

次の日。店長が戻ってきたので、溜まっていた休みとお店ではできないマニュアル作りを消化するために、私は半休を取り、お昼からの出勤にした。

相変わらず相良さんからは何の音沙汰もなく、私の進退は宙ぶらりんのままだ。

そんな状態で十日も経ったため、もう自分から辞めるとスタッフに説明をして、仕事を割り振っていく方向で考えがまとまりつつある。立つ鳥跡を濁さず、なんてかっこいいことは思ってないけれど、目指すくらいはしたい。これ以上、自分を嫌いになりたくないから。

そう決めてしまうとちょっとだけ気持ちが軽くなって、今日は家の用事を済ませたあと、早めに出て、お店の近くにある美味しいと評判のカフェに行ってみることにした。

うちのお店のスタッフによると、カウンター席が多いので、一人でもあまり気にならないらしい。

嫌なことがあったら美味しいものを食べて忘れる、もしくは気持ちを切り替える。それが私の乗り越え方で、今まではほぼ成功していた。だから今日はダイエットなんて忘れて、食後のデザートも思う存分食べるのだ。

十一時を少し過ぎたところでお店に入ったので、幸いなことにまだお客さんはまばらで空席が目立つ。聞いていた通りカウンターがメインで、居心地がよさそうだ。

明るいBGMとお店の雰囲気を楽しみつつ、一番人気のランチプレートを頼む。お箸で摘まむイタリアンという感じで豆皿や小皿に前菜やパスタが少しずつ載っていて、品数の多さと盛りつけの綺麗さに感心した。

最初にサラダにお箸を伸ばして、あれやこれやと一口ずつ食べていく。だけど一周しない内にお箸が止まった。

「……」

うん、美味しい……、美味しいんだけど、なんだか味気なく感じてしまう。

「相良さんが作ってくれたご飯の方が美味しかったなぁ……」

ぽそりと呟いてしまい、あ、と思う。

思い出さないでおこうとしているのに、私の馬鹿。

しかも言葉にしたことで、余計に強く実感してしまった。

イタリアンなんて食べるべきじゃなかったかもしれない。ラザニアもパスタも、生ハムだって相良さんと一緒に食べたことがあるものだ。じわりと視界が滲(にじ)んできて、慌てて上を向いてやり過ごす。

そして、水で流し込むようにして食べるけれど、なかなか量は減らない。その内に出勤時刻が近づいてきて、結局途中でお箸(はし)を置いた。

ああもう、久しぶりのカフェランチだったのにな。何よりお店の人に申し訳ない。

もったいないからと無理矢理口に詰め込んだせいで、ちょっと気持ち悪い。

元気を出すために行った外ランチだったのに、気持ちと同じく胃まで消化不良になってしまった。

これなら、うちの二階のコーヒーだけにしておけばよかった……

そう後悔しながら、私は自分のお店に入っていく。

「いらっしゃいませ——あ、真希さん」

「お疲れ様。どうかした？」

バックヤードから商品を抱えて出てきた麻衣ちゃんが、私に気づいて駆け寄ってきて、「お疲れ様です」と前置いてから声を潜(ひそ)めた。

「店長が上で真希さんのこと待ってますよ～。出勤したらすぐに上に来るようにって」

両手が塞がっているので、麻衣ちゃんは顔ごと視線を上げる。

恐らくオープンしたてのカフェでパソコンを開いているのだろう。無料でコーヒーを淹れてもらって何をしているかといえば、某大手通販サイトばっかり見ているのだと、カフェスタッフが教えてくれた。

巣から出した弊害が、こんなところに出てしまったらしい。

相良さんがお店に顔を出さないことで、油断し始めたのだろうけれど……

カフェスタッフから仕事がしにくい、と苦情もきている。『相良さんが戻ってくるまでの我慢だから』と宥めてはいるけれど、もうそろそろそれも限界だ。最悪、私が注意するしかない。

心の中で溜息をついて麻衣ちゃんにお礼を言う。そして急ぎだというので、スタッフルームにも寄らず、鞄を持ったまま二階へ向かった。

カフェスタッフに挨拶をして、一番奥にあるテーブル席に座っていた店長に声をかける。パソコン画面から顔を上げた店長は私を見ると、これみよがしに腕時計を出して視線を落とした。

「遅いよ、堤さん」

目が合うなりそう言われて、むっとするよりも先に既視感に足を止めてしまう。

……前にも同じようなやりとりをした気がして、すぐに思い出した。

そう、あの時は突然オーナーが代わったって言われて凄く驚いたんだっけ？　しかもその後、相良さんが新しいオーナーだって聞いて、信じられなくて……

なんだかもう、随分昔のことみたいに思える。

「お疲れ様です。何かありました？」

思い返してしまったことを誤魔化すため、駆け寄ってそう尋ねると、店長は真向かいの椅子を顎で指した。どうやら座れということらしい。

椅子に腰を下ろして改めて向き直れば、店長は残っていたコーヒーを飲み干した。

ちょっと身構えてしまったのは、展示会の出来事が若干トラウマになっているせいかもしれない。自然と強張った私の表情に気づいたのか、店長はむっと眉を寄せてぶつぶつと口の中で文句を言った。

「ったく……あのさ。オーナーの父親が亡くなったらしいよ」

「……え？」

思わず呟いて目を瞬く。

「オーナーって相良さんのことですよね？」

「他に誰がいるんだよ」

苛々した口調で言って溜息をついた店長に慌てて謝ったものの、頭の中はパニックだ。

相良さんの父親、ってことだよね？　あの女好きの……と言うと失礼になってしまうけれど。

そういえばマンションで色々話してくれたあの時、お父さんは末期ガンだって言っていた。それで身辺整理の際に母さんについて思い出して――

そうか、亡くなってしまったんだ……

事情を話してくれた時の口ぶりから察するに、あまり仲はよくなさそうだった。だけど、やっぱり血の繋がった父親だし、何も感じないということはないだろう。

最後に見た相良さんの表情を思い浮かべて、すぐに打ち消す。

「なぁ、アイツが相良システムっていう会社の会長の息子だって、堤さん知ってた？」

店長は腕を組み、背もたれに体重を乗せる。だらしないその姿に眉を寄せたくなったのを堪えて、私は店長の質問に首を横に振った。仲がいいと勘繰られて、あらぬ誤解を受けたくない。

「アイツ超金持ちじゃん。そりゃ、こんな小さい店いくつも買えるよなぁ。あー金持ってるヤツはいいよな」

貴方も相当なお金持ちだと思いますけど。外車を乗り回して、毎日高級スーツを通勤着にしている男が言うセリフじゃないと思う……

でも、どうして突然そんな質問をしてきたのだろう。

「あの、相良さんが、……相良システムの関係者だってどうやって知ったんですか？」

「……別にいいだろ、そんなこと。……あ。いや、これだよこれ。社葬だっていうから。ネットで検索かけて調べた」

私の質問に何故か言い淀んだ店長に、違和感を覚える。だけど、彼はすぐに隣の椅子に置いてあった鞄から、少しよれた薄い紙を出して言い直した。なんだか物凄くわざとらしい。

「昨日、店のFAXに届いてたんだよ。一応店の代表ってことで堤さん、告別式に行ってきてくれる？」

テーブルの上に置かれたのは、店長あてのFAX用紙だった。きっとお店のスタッフが、内容を見ずに振り分けてしまったのだろう。昨日なら私もいたから、もう少し早く知ることができたはずだ。

どうやら関係各所へ一斉に送信されたらしく、定型の挨拶文の下に取り仕切っている葬儀会社の名前が書かれていた。

「告別式……」

返事に困って、口に出して反芻する。

告別式なら……もちろん相良さんだって来るよね？

その席で、どんな顔をしていればいいか分からない。それに相良さんだって家族の人だって、そんな大変な時に私の顔なんて見たくはないだろう。

「……すみません、あの、ちょっと」

用事が、と断ろうとしたら、店長は「は？」と思いきり顔を顰めた。

「堤さん、オーナーと仲いいだろ。慰めに行くくらいしたら？」

展示会で相良さんが私を庇ったことを当て擦っているのか、嫌味たっぷりにそう言った店長は、強引に私に紙を押しつけて手を離した。反射的に受け取ってすぐ、店長は鼻を鳴らしてパソコンを鞄にしまい、椅子から立ち上がる。

「じゃあよろしくね」

駄目押しにそう言うと、こちらを振り返りもせず、階段を下りていった。

――気が重い。

結局、私は更衣室に寄ることもなく店長に留守番を任せて、喪服に着替えるために、自分のマンションへとんぼ帰りすることになってしまった。

玄関に到着したものの、足取りは重く、のろのろと自分の部屋に入る。

クローゼットを開けて一番端に並んでいた喪服を取り出した。納骨が終わって帰ってきた時にクリーニングに出してしまい直したばかりなので、探す必要もない。スーツカバーを外して鴨居に引っかけ、喪服を眺めて、改めて溜息をつく。

「こんなに早く、また着ることになるなんて思わなかったな……」

当たり前だけど喪服にいい思い出なんてない。気持ちまで黒く浸食されてしまったようで、息苦しさを感じた。

小物の類を揃えて用意を整え、ネットでFAX用紙の住所を検索する。

そうして電車に乗って最寄り駅で降りれば、駅には、会場となっている相良システム本社までの案内看板を持った社員さんが立っていた。喪服を着ていたからだろう、目が合うと地図を渡してくれた上で、口頭でも分かりやすく説明してくれる。

おかげで迷うことなく辿り着いた私は、『相良システム』と社名が刻印された立派な自社ビルを見上げて感心した。何人も使用人さんがいるようなお屋敷に住んでいるのも、納得できる大きさだ。

本当に世界が違う人だったんだな。

会社の名札が差されたたくさんの供花の間を通り抜け、受付を済ませて祭壇の間に入り、端っこに腰を下ろす。

たくさんの人の頭の向こうにある立派な祭壇には、亡くなった会長、つまり相良さんのお父さんの遺影が飾られていた。参列者はざっと数百人はいるだろう。喪服ではない人もいて、特に私の周囲はダークスーツの人が多かった。

予定の時刻になったところでBGMが小さく鳴り、司会の挨拶が始まった。

遺骨を持った年配の女性が入場する。受付でもらった故人のプロフィールや人となりを紹介したパンフレットによると、驚くことに相良さんのお父さんが亡くなったのはもう一か月も前のことだった。本当の葬儀はその時、家族の希望で密葬で執り行われたらしい。

一か月前といえば、確か大阪の出張から帰ってしばらくした後だ。相良さんは忙しそうではあったけれど、毎日メッセージのやりとりや電話をしていた。

それなのに私は何一つ知らず、気づきもしなかった。今思い返しても、相良さんに落ち込んだり、疲れたりしていた様子はなかった。

……改めてショックだった。

相良さんが言ってくれなかったことも、気づけなかった自分も、両方。

だけどそもそも私は、相良さんが感情を剥き出しにして、怒ったり悲しんだりしているところを見たことがない。大阪の展示会で店長から庇ってくれた時も、雰囲気は冷たかったものの口調はあくまで穏やかで、声を荒げたわけではなかったから。

……恐らく相良さんは私と一緒にいる時は、自分の気持ちを押し殺して感情を隠していたのだろう。

……本当の相良さんか。最後に少しだけでも見たかったな。

思い返して慌てて顔を上げる。油断するとすぐに涙が零れそうになってしまう。

こんな末席で泣いたら悪目立ちするので、顔を上げてやり過ごす。

ふと会場を見回して、頭一つ飛び出た明るい髪色の美女に目が吸い寄せられた。その隣には綺麗な中年の女性がいて、二人は顔を突き合わせてくすくす笑っている。顔がよく似ているし恐らく親子だ。その不謹慎（きんしん）な態度に、横に座っていた男の人が露骨に眉を顰（ひそ）めているけれど、二人は全く気づかないようだった。

——どこかで見た気が……

そう思って首を傾げるけれど、どうにも思い出せない。

「あの二人ってさ」

「あー会長さん、女遊び激しかったらしいから、お店の女の子なんじゃないの」

私の前に座っていた二人連れがタイミングよく話し出して、つい聞き耳を立ててしまう。

お店の女の子というと、クラブとかラウンジを指しているのだろう。確かに二人はそういう独特な華やかさを持っていた。

取引会社の人にまで女性関係のだらしなさが広まっているのか。……相良さんがお父さんが生きている間に身辺整理に取りかかったのも分かるというものだ。

ちなみに今回は世間と取引先に知らせるための社葬、芸能人のお別れの会みたいなものらしい。

なんとなく違和感を覚えるのは、お母さんの時と全然違うからかもしれない。

厳かにお坊さんの読経と弔辞、挨拶と進んで、指名された代表者が供花する。

供花を済ませた相良さんが立ち上がり、自分の席に戻るために弔問客の方に身体を向けた途端、会場にざわめきが生まれた。

「次男の」

「かっこいい――」

主に女性の声があちこちで上がる。告別式という場所柄、すぐに声は収まったけれど、熱い視線がすでに席に戻っていた相良さんの後頭部に注がれていた。

ふと、自分も食い入るように見つめてしまっていたことに気づいて慌てて視線を逸らす。

遠目にも分かるほど相良さんの顔色は悪かった。

ちゃんと眠れているのかな。

あらかた供花が終わると、喪主を務めた相良システムの専務が前に出て挨拶をした。……どうやら相良さんのお兄さんらしい。

随分とお喋りだった前の人が話していたところによると、今の社長は亡くなった会長の弟さんで、いずれ専務である相良さんのお兄さんが社長を継ぐそうだ。

確かお兄さんとは、仲がいいって言っていたよね……

近くに置いてあるモニターがアップでお兄さんを映す。改めて見ても、相良さんはお父さんともお兄さんともあんまり似ていない。

式が終わり親族が会場を出たので、私も前の人に続いて出口へ向かう。人でごった返しているロビーの壁まで脱出し、くるりと身体を返して壁に背中をつけた。大きな窓から外の景色を眺めながら、そっと胸を押さえて身体の奥に溜まった重い空気を吐き出す。

お葬式は苦手、というより嫌いだ。どうしてもお母さんのことを思い出してしまう。

軽食の案内を知らせるアナウンスがあって、少し迷ったものの帰ることにした。受付は最初に終わらせ名刺も置いてきたし、これで店長の面子（メンツ）は保たれただろう。

私がいるロビーには、恐らく故人とそれほど縁の深い人はいない。哀しみに落ちている空気はなく、皆ビジネスの延長のような会話をしていた。

……相良さんのお父さんか。

実際はどんな人だったのだろう。

私にとっては諸悪の根源で、嫌なイメージしかないけど……、相良さんはやっぱり血の繋（つな）がった父親なのだから、心の中では落ち込んでいるのだろうか。

――私がお母さんを亡くした時は、悲しいなんて考える暇もないほど慌ただしかった。

お線香を絶やさないように一睡もせず、一方で遺影用の写真を探し、葬儀会社を手配して近所の公民館でお葬式をしたのだ。そして遠くから来てくれた親戚や、お母さんの会社の人に挨拶（あいさつ）をして、葬儀の色々をこなした。

多分その時は、まだお母さんが死んだっていう実感が湧いていなかったのだろう。だけどそんな私には叔母さんがずっと寄り添ってくれたし、全部終わった時に魂が抜けたようになってしまった私の面倒も、こっちに残って見てくれた。友達だって小まめに連絡をくれたし、お店のスタッフも気を使ってくれた。

そんな風に相良さんを支えてくれる人はいるのかな。

心の中でそう呟いて、会場を後にしてエレベーターで下りる。

大きな玄関を抜けて、花冷えの風に身を震わせてコートを羽織った時。

「堤さん」

そう呼び止められて、身体がびくりと震えた。

静かだけど冷たいその声にすら、未練たらしい自分の一部が喜んだ。でも、すぐに顔が強張っていく。

『真希ちゃん』

少し前までそう呼んでくれていた相良さんの声が、今は遠い。

どこかで私の姿を見かけたのか、それとも受付で名前を見たのか。どちらにせよ、きっといい話ではないだろう。

胸が膿んだみたいに、じくじくと痛くなる。堪えるためにぐっと拳を握り締めて、私はようやく振り向いた。

視線の先には喪服を着た相良さんが立っていた。やっぱりさっき感じた通り顔色が悪い。さすがに疲れているのか、目の下には薄い影が落ちていた。

「わざわざ来てくれたの？」

「……店長の代理で」

泣くのを我慢しているせいで、答えた声は随分くぐもった。

そんな私に、相良さんはあの時と同じ、感情の抜け落ちた顔を向ける。

「そう、お疲れ様」

なんだろう。お店のことかな。やっぱりクビになっちゃうんだよね。

だって、それくらいしか相良さんに話しかけられる理由がない。引き継ぎの時間が欲しいって頼んでみようか。

相良さんは黙ったまま、何も言わない。

こんないたたまれない空気なのに、そばにいることが嬉しくて……悲しくて、口も足も動かなかった。

そんな息が詰まるような沈黙を破ったのは、第三者の呼びかけだった。

「大貴くん！」

顔を上げれば、玄関にいる腕章をつけた喪服の男の人が、こちらに向けて手を上げている。

相良さんが振り向くと、その人は声を張り上げた。

「ちょっと来てくれないか！　面会を申し出ている方が――」

「失礼します」

私は相良さんの意識が逸れたのを幸いに、そう言って逃げるみたいにその場を後にする。だけど、追いかけてくる気配どころか呼び止める声もない。

実際に止められたら困るくせに。いい加減、希望を持とうとするのやめようよ、私。

帰りの電車の中で、真っ赤になった目を見られないよう俯く。喪服でよかったかもしれない。だってちょっとくらい泣いていたって不自然じゃないから。

私、あと何回泣くんだろう。もうそろそろ枯れてもいいんじゃない……？

私は鞄からハンカチを取り出して、きつく目元を押さえた。

日が暮れる前に葬儀が終われば、またお店に戻ろうかと思っていたけれど、家についた頃には玄関に倒れ込んでしまいたいくらいに疲れていたので、やめた。

喪服を乱暴に脱ぎ捨て、そのままシャワーを浴びにいく。

お風呂場でもひとしきり泣いてから、髪が濡れたまま鞄のスマホを取り出すと、着信のお知らせが画面に表示されている。ずっとマナーモードだったせいで気づかなかった。

そして、その名前にぐっと唇を噛みしめた。

「……相良さん」

留守電のマークがついているけれど、あれだけ聞きたかった声が今は聞きたくない。だって一度聞いたら、縋ってしまいそうで……そんなみっともないことをして幻滅されたくない。それに、今日はもうこれ以上、相良さんの冷たい声を聞きたくなかった。

スマホを操作して着信拒否にする。これでまたかかってきても私には分からない。話中の音のまま、留守電にもならないはずだ。

なのに、私はそれからずっとスマホを握り締めていた。

五年ぶりに失恋した痛みは思っていた以上に長引きそうで、瞼に置いた冷たいタオルを目に当てて嗚咽を噛み殺す。そうしていつの間にか眠ってしまったらしい。

真っ暗な部屋の中で——相良さんが一人で泣いている夢を見た。

ふっと顔を上げた彼が、目が合った私に何かを言おうとしたのが分かったけれど何も聞こえず、私自身も地面に縫い止められたように動けなくて、その涙を拭ってあげられない。

それが悲しくて、私は泣きながら目を覚ました。

朝。スマホのアラームが鳴る前に、手を伸ばして止める。

「あんまり眠れなかったな……」

夜明けに悲しい夢を見た。

馬鹿みたいだ。相良さんがいくら悲しかったとしても、助けを求める相手は私じゃない。

自分自身を笑って洗面所の鏡を覗き込む。

駄目だ。瞼は腫れてないけど目元を擦りすぎて皮膚が赤くなっている。しかもちょっと痛くて、化粧水がヒリヒリと染みる。

今日は赤みを隠すためだけに軽く化粧をして、仏壇を開けた。

「おはよう。お母さん、今日もいい天気だよ」

お母さん、もしかして天国で怒っているかな？　結局、自分があれ以上に嫌われるのが怖くて、お母さんの不名誉な誤解を解くことができなかったんだから。

「……親不孝でごめんね」

お説教のために夢枕に立ってくれないかな。未練たらしい夢を見るくらいなら、そっちの方が百倍いい。

「さて、と」

せめて格好くらい明るく、と新しく下ろしたサックスブルーのトレンチコートを羽織って玄関を出る。階段を下り、駅に向かう大きな道路に出たところで突然、ぐいっと腕を引っぱられた。

「真希ちゃん！」

振り向く先よりも先に切羽詰まったような声で名前を呼ばれて、私は固まってしまう。

――どうして。

そう思ったのと同時に、腕を取られた反動で身体が傾き、そのままぽすんと――相良さんの胸へ飛び込むように凭れかかる。

慌てて脚に力を入れ身体を起こす。そして顔も見ずに、腕を振り払おうと力を入れた。

だって、もうあんな冷たい顔を見たくない。

「やっ……」

ああ、それとも延ばし延ばしになっていた最終勧告かな。そんなの電話してくれればいいのに――そう考えて自分から着信拒否にしていたことを思い出して、つい笑ってしまった。

私の馬鹿。連絡できるわけがないじゃない。

私は腕を掴まれたまま、抵抗をやめて俯いた。

「し、仕事、今日からもう来なくていい、とかですか？」

泣くのを我慢しているせいで、声はみっともなく掠れた。気温は春の陽気でぽかぽかと暖かいのに、震えが止まらない。

「っ真希ちゃん！　……違う、ごめん……っそうじゃない！　ごめん、顔を見せて……っ？」

懇願するような嗄れた声に驚いて、そろりと顔を上げた私は目を瞬いた。

「相良さん……？」

昨日会った時よりも顔色が悪い。

そして、いつもきちんとセットしている髪も、半分近くが無造作に額に落ちていた。前髪がかかって見え隠れする目は充血して赤く、無精髭までぽつぽつと伸びている。

——一睡もしていないのではと思うほどの相貌に、状況も忘れて驚く。

いつだって王子様みたいだった相良さんの、こんな疲れた姿なんて見たことがなかった。昨日のお葬式の時ですら、顔色はともかくとして、隙なく身嗜みを整え、涼しい顔をしていたのに。

「あの……」

どうしたんですか、と聞いてもいいだろうか。だけど、また冷たく拒否されるのが怖くて、途中で口を閉じてしまう。そんな私を見た相良さんは眉間に皺を寄せて、くしゃりと顔を歪めた。

「……本当に、ごめん。全部誤解だった。あんな男の浅はかな企みにまんまと騙された……ごめん、真希ちゃんが言ってた通り、乃恵さんはあの男の愛人なんかじゃなかった」

「え……」

一瞬、頭の処理が追いつかなくて戸惑った声が出た。

それから相良さんの言葉を反芻して言葉を失う。

相良さんが本当のことを知った？　一体いつ……どうして？

「どうして」

口を押さえて無意識に後ずさる。

私の言葉に相良さんが何か言いかけて、途中で止めた。

そして少し間を置いてから、改めて声を絞り出す。

「……近くに車を置いているから、店まで送る。だから……、その間だけでも話を聞いてもらえないかな？」

まるで怖がっているような、うかがうような不安そうな表情。

素直についていくこともできないし、返事もできない。

そんな気配を察したのか、相良さんは掴んだままだった腕にぐっと力を籠めた。

「お願いだから……少しだけ、時間をもらえないかな」

私を映す淡い色の瞳は潤んでいる。痛々しささえ感じる濡れた声に、私は覚悟を決めて頷いた。

相良さんの車は言葉通り、本当にすぐ近くの路肩に停まっていた。

窓が開いたままで扉も半ドア状態だったことに驚くと、相良さんは「真希ちゃんの姿が見えて、つい」と口角を上げた。少しわざとらしい笑顔が切なくて、同時に胸が痛くなる。

私を先に助手席に乗せた後は、怖いくらい真面目な顔で「……逃げないでね」と言ってシートベルトまで着けてくれた。そして足早に運転席に回り込む。

……そんなに急がなくても、逃げないのに。

やつれた表情が退廃的な雰囲気を醸し出し、相良さんの美しい造作を強調していた。美形は憂い顔も絵になるんだな、と頭の隅っこで思う。ただそれよりもやっぱり、顔色の悪さが気になった。

「相良さん、あの、凄く顔色悪いですよ。運転大丈夫ですか」

彼は、私の言葉に何故かにこっと笑う。

「心配してくれるの？　真希ちゃんは優しいね……」

以前と同じ穏やかな声音に、ぐっと何かが込み上げてきて、慌てて顔を正面に戻した。時計を見てエンジンをかけた相良さんの横顔は、さっき会った時よりも少しだけ落ち着いたように思える。釣られて時計を見れば、出勤時刻にはまだ余裕があった。

「――昨日の式の後、喪主である兄のところに、昔雇っていた使用人が娘を連れてやってきたんだ」

車が動き出し、相良さんはゆっくりと話し始める。

どうして真実を知ったのか説明してくれるのだろう。

「その女性が、自分は昔、父の愛人をやっていて、連れている娘は父親の子供だと言い出した。詳しく聞けば乃恵さんの一件と時期が被っていたから、貴方ではないはずだ、と返したら……急に笑い出して——乃恵さんは身代わりだった、って」

——ひどいな、その愛人さん。

人の家庭を壊しかけて、ううん、相良さんのところは完全に壊したのに、笑ったなんて。どういう神経をしているのだろう。葬儀に現れたってことは、最後のお別れに来たのかもしれないけど、本当にそれだけなのか疑いたくなってしまう。私のお母さんが愛人じゃなかったっていう証になったとはいえ、そもそもその人の存在がなければ、こんなややこしい事態にはならなかったはずだ。

その人に対する複雑な感情を持て余して、溜息をつく。

「仕事に関しては元々辞めさせるつもりなんてなかったよ。真希ちゃんがいないと、あのお店は潰れちゃうだろうしね」

リップサービスだとしても嬉しい。

ああ、でも辞めさせるつもりはなかったんだ。……そうだよね。忙しかったとはいえクビにするつもりなら、二週間も放置しなかっただろう。だけど本当に『復讐』するつもりなら、クビにした方がきっと清々したただろうに。憎くても私から働き先を取り上げるようなことはしなかった彼に、相良さんらしいな、と思ってなんだか泣きたくなった。

よかった、と呟いて、相良さんの方へ顔を向ける。

……うん、けじめは大事だよね。

「じゃあ、これからはオーナーと従業員っていうことで、よろしくお願いします」

わざとらしいくらい明るい声でそう言うと、相良さんは大きく目を見開いて、ぱっと私を見た。

信号で止まっている時でよかったけれど、ちょうどそのタイミングで青になる。後続車のクラクションが鳴り、彼ははっとして、すぐに車を発進させた。

正面を向いた相良さんは眉間に皺を寄せ、目を細めている。唇もきつく引き結ばれていた。

少し、と言うには長い沈黙に首を傾げると、相良さんは迷うようにゆっくりと口を開いた。

「……都合のいいお願いだって分かってる。これまで通り一緒にいて、とは言わない。真希ちゃんを騙していたことは、どんなに謝っても謝りきれない。後悔なんてとっくの昔にしていたのに、居心地のよさに甘えて――本当は、もう何も言わないでおこうと思ってた」

「言わないって……」

「父親のことは言うつもりがなかったんだよ。だから——僕はあの時、真希ちゃんを恨(うら)みさえした。真希ちゃんさえ聞いてこなければ、ずっと一緒にいられたのにって」

「……っそんなの」

「うん、卑怯だよね」

そう頷いて相良さんは唇を歪(ゆが)めた。

沈み切った悲しい表情に、胸が痛くなる。そして『後悔』というフレーズで、随分前……彼に看病された時に見た夢を思い出した。……違う、あれは夢じゃなかった。

『——少し後悔しているからかな』

あれは相良さんの本音だったのだろうか。それに思い返せば、彼が物憂(ものう)げに私を見つめている瞬間は何度もあった。

「……少しでも許してくれるなら、僕の存在を、真希ちゃんの中でなかったことにしないでほしい」

「なかったことになんて、できるわけないじゃないですか」

思ってもみなかった相良さんの言葉に、吐息で笑う。

この数か月、多分、これまでの人生で一番どきどきした。相良さんみたいな人にお姫様扱いされて、甘やかされて、一緒に過ごした時間を忘れられるわけない。

相良さんは、ふっと顔を歪める。また信号で止まって視線を伏せた。

「……じゃあ、僕はまだ君を好きでいてもいい……？」

祈るような懇願するような痛々しい声に、一瞬弾んでしまった心を慌てて抑え込んだ。

私は泣きたいのか笑いたいのか、自分でも分からない気持ちで首を横に振る。

「気を使ってくれなくても大丈夫ですよ。騙したからとか、その……エッチしちゃったから、とかで責任取ろうとしなくても」

傷つけてしまった責任を——なんて思って口にした言葉なのだろう。相良さんの優しさはこういう時、物凄く残酷だ。そんなの惨めになるだけなのに。

私の言葉に相良さんは眉間に皺を寄せてから、ハンドルを切り一旦車を路肩に寄せた。

そしてシートベルトを外すと、改めて私に向き直る。

「気を使っているわけじゃない。……真希ちゃんのことが本当に好きだからこそ、ずっと、ずっと苦しかった。……信用して、っていうのも今更で、本当は……君の目の前から消えた方がいいってことも分かっている。でも、それでも君の側にいたい。許してくれるならなんだってする」

「なんでそこまで……」

畳みかけられた言葉に驚きつつも嬉しくなる。だけど、簡単に受け入れるには傷が深すぎた。

だって怖い。また嘘って言われたら、今度こそ私は動くことさえできなくなる。

「そ、そもそも目的がないなら相良さんみたいな人が、私程度の人間を好きとかおかしいじゃないですか……」

私の言葉に、相良さんはそっと手を伸ばし、俯いたことで前に流れた私の髪を丁寧に耳の後ろへかけた。触れた指先は優しくて、慈しむような温かさがある。だけど私が反射的にぴくりと肩を震わせたことで彼は切なそうに目を細めて、すぐに手を引いた。

「……真希ちゃんの好きなところなら、たくさん言えるよ。……面倒見のいいところも、我慢強いところも、頑張り屋なところも、美味しそうにご飯を食べてくれる姿も、お気に入りの服を着てる時はいつも以上に張り切って接客して、こっそりはしゃいでいる姿も――」

「っもういいです！」

最初はともかく、最後の方はどこがポイントなのか分からない！

慌てて口を塞ぐために手を伸ばせば、逆にその手を取られて、前のめりになったまま耳元で続けられた。

「他にもあるよ。寝ぼけている時は素直になるのが可愛い。すぐに顔に出る。……それに素の自分が案外子供っぽいってことを気づかせてくれたのは、真希ちゃんなんだよ」

真摯な言葉は熱を孕んでいて、きゅうっと胸の奥が痛くなる。一週間や二週間で恋心がなくなるわけがない。私は今でも相良さんが好きだ。だけど――

私も、と言いかけた言葉は、いつかのように喉の奥に張りついて音にならなかった。

……やっぱり怖い。また捨てられてしまいそうで。

『嘘だよ』

あの言葉は、私を臆病にしてしまったらしい。

喉を押さえた私に相良さんは寂しそうに微笑む。そして苦さを含んだ声でそっと懇願した。

「……やり直すチャンスが欲しい」

私は感情を整理できず、その言葉に視線を落とし、ただ頷くことしかできなかった。

四

「これ、面白そう」

「どれ？」

初夏の爽やかな風が吹く午後の昼下がり。

ソファに座りファッション雑誌の映画特集を読んでいた私は、後ろから覗き込んできた相良さんにも分かりやすいように、小さな記事を指でさした。

「うん、いいね」

じゃあ今度、と笑って顔を上げた私は、彼の睫毛（まつげ）の長さが分かるような近さに、思わず固まってしまう。

「……」

気まずい沈黙が流れて、先に目を逸らしたのは相良さんだった。さりげなく身体を離して、「お昼にしようか」と、テレビの近くに置いてある時計に視線を向ける。

思わず見上げた私の表情がおかしかったのか、彼はちょっと困ったように微笑んで、私の頭をぽんと撫（な）でてくれた。そして――

「好きだよ、真希ちゃん」

そう言うと少し屈（かが）み込んで、私の頭に置いたままだった自分の手の甲に唇を落とす。だけど、それもすぐに離れてしまった。

「相良さん……」

甘いけれど遠い触れ合いに困惑していると、相良さんは名残（なごり）惜しげに一房髪を掬（すく）ってからキッチンに入っていった。手の温度が残っている気がして、なんとなく髪に指を通して溜息をついてしまう。

「手伝います！」

そう言って立ち上がった私も、相良さんの後に続いてキッチンへ入った。

あれから一週間――

相良さんはお父さんの葬儀関係や雑務処理と、本業に追われている。私も相良さんが来ないのをいいことにちょこちょこずる休みをする店長の代わりに、ほぼ毎日出勤していて、お互い忙しい日々が続いていた。

ちなみにオープンしたカフェの記念セールもなかなかの売り上げで、それに底上げされて客足も伸び、お店自体はとても順調だ。大型連休のセールに備えて、早めにスタッフの募集をかけておいた方がいいかもしれない。

そんな感じで慌ただしかったこともあり、今日は外には出かけずにのんびりしようと、相良さんのマンションへ遊びに来たのだ。

映画を見ながらリビングで寛ぐ予定なのだけれど、車の中で話し合ったあの日以来、長い時間二人きりになるのは今日が初めてなので、ちょっと気まずい。

普通に話している時はいいものの、さっきみたいに急に距離が近くなると私が身構え、相良さんもすっと引くので途端にぎくしゃくしてしまうのだ。

……理由は、考えなくても分かる。

相良さんは私に対して罪悪感を抱えている。だから、必要以上に私に触れないようにしているのだ。でも、それで私が不安にならないように、きちんと自分の気持ちを言葉にして伝えてくれる。

多分、私がちゃんと『好きです』って伝えれば、相良さんの過剰にも思える気遣いや、遠慮はなくなるのだろう。

だけど言葉にしようとすると胸が苦しくなって、言葉が出なくなる。もう二週間以上も経つのにまだ怖い。私がいちいち身構えてしまうのも、それが理由だった。

だからといって相良さんと会いたくないとか、そういうわけじゃない。約束をした日は前の日から楽しみだし、顔を合わせたら嬉しくなる。

けれど——その後には必ず、あの時の相良さんの冷たい表情や、言葉を思い出してしまう。

そのせいで、誤解が解けたあの日から何度も電話をしたり、仕事の帰りに顔を合わせたりしているのに、私は未だに自分の気持ちを相良さんに伝えられずにいた。

「冷たいランチプレート、ってところかな。ちょっと気合を入れて作ってみた」

目の前のプレートにはサラダとミートローフ、ブルスケッタやキッシュが綺麗に盛りつけられていた。

「うわ、お洒落(しゃれ)なカフェみたい。これ手作りですか？　凄い……」

「カルテス・エッセンっていうには無国籍すぎるけど……本当ならドイツで夕食に食べるものなんだ」

ああ、ドイツは昼食にボリュームがあるものを食べ、夕食は火を使わない作り置きの料理を食べるのが主流だと聞いたことがある。

相良さんにそう伝えれば、「よく知っているね」と笑ってくれた。

それにしてもキッシュなんて作ったこともない。美味しいけれど、パイ生地などの手間を考えると、なかなか作る気にはなれなかった。

白ワインが飲みたくなるようなメニューに、ほうっと溜息をつく。これで少し前まで料理をしたことがなかったって言うのだから凄い。盛りつけもセンスがあって、お洒落なカフェで出てきそうなほど綺麗なのだ。

そうして食事は進む。ワインを飲もうと誘われて最初は遠慮したけれど、料理で使ったものが開いているから、と言うのでグラスに一杯だけいただくことにした。休日の昼間からお酒なんて、とても贅沢だ。

最初に冷製パスタを食べて、やっぱり美味しいなぁ、と感じる。ふと思い出して口を開いた。

「前にね、美味しいもの食べようと思って、お店の近くの人気のカフェに行ったんですよ。でも相良さんが作ってくれた方が美味しいです」

「本当？ 光栄だな」

そう言っておどけてみせた後、彼は自分のワイングラスに水を注いだ。

「相良さんは飲まないんですか？」

私のワイングラスの中には、赤いワインがなみなみと注がれている。慌てて尋ねると、相良さんは悪戯っぽく、にこっと笑った。

「車で送るから」

「うわ、騙された」

「ごめんね。でも真希ちゃんは飲んで？ 美味しいワインだけど、一度封を開けたら味は落ちるから」

口を尖らせたら、相良さんはにこにこしながら、まだ半分くらい残っているワインに視線を向けた。

時間をかけてゆっくりとランチを取る。美味しい料理のおかげで先程まであった妙な緊張感も大分薄れてきて、心の中で胸を撫で下ろした。

最後にきちんとドリップしたコーヒーを飲みつつ少し休憩した後に、二人で並んで後片づけをしていると、相良さんのスマホの着信音が鳴った。

「ちょっとごめん」

彼はシンクのタオルで手を拭き、キッチンから出て、ソファのローテーブルの上で充電していたスマホを取る。

「はい。え？　そう――」

キッチンに背を向けているので、その表情は分からない。だけどなんだか面倒そうな口調だった。

短い会話をしてから電話を切った相良さんが、小さく溜息をつく。そして振り返って、申し訳なさそうに眉を寄せて私を見た。

「真希ちゃん、ごめん。出なきゃいけなくなった」

「え？　あ、分かりました」

ちょっといい感じになってきたのにな。

残念、なんて思ってしまった気持ちを呑み込んで、「仕事ですか？」と尋ねる。

「ううん、実家関係」

ああ、なるほど。

憂鬱（ゆううつ）そうに見えた相良さんの表情について、すとんと納得した。

あれから少しずつ話してもらったけれど、相良さんの家はやっぱり大きな会社を経営しているだけあって、色々ややこしいそうだ。

相良さん自身は父親との確執（かくしつ）から学生時代に家を出て以来、相続も放棄すると宣言して無関係を貫（つらぬ）いているものの、腹違いのお兄さんとはそれなりに連絡を取っているらしい。私が行った告別式も、本当は出る気がなかったのに、お父さんの弟で副社長である叔父さんやお兄さんに説得されて、渋々出席したのだそうだ。

「夜には戻るから、このまいてくれてもいいんだけど」

「ううん、あの――仕事も片づけたいし、帰ります」

そう、と微笑む相良さんの表情が少し切なそうに見えて、罪悪感が込み上げる。

待っていたくなかったわけじゃなくて、なんとなくこの広い部屋で一人で待っていたら寂しくなりそうだったから帰ろうと思っただけなんだけど……。今の言い方じゃ待ちたくない、みたいに聞こえたよね……

失敗しちゃったな。でも今の自分の気持ちをうまく説明できなくて、つい黙り込んでしまう。結局、そのまま見なかったふりをして、最後のお皿を棚にしまった。……ああ、やだなぁ。なんだか自分らしくない。

それから慌ただしく帰り支度をして、通り道だからと、マンションの前まで車で送ってもらった。

相良さんの車のテールランプが消えるまで見送る。

遠ざかっていく車に向かって、次に会えた時はもっと自然に話せたらいいなぁ、と心の中で呟いたのだけど――神様は意地悪で、そんな些細なお願いすら聞き届けてくれなかったのである。

＊

「ではここに判子をお願いします」

「はーい……」

もうすっかり顔見知りになってしまった宅配業者さんに会釈して、差し出された伝票に判子を押す。いっそ受取拒否をしてしまおうかと思いながらも、私は段ボールを受け取り、扉を閉めた。

差出人は確認するまでもなく、相良さんである。

重くもなく軽くもなく……大きさから察するに、ロクでもないものである可能性が高い。

部屋に運んでフローリングに下ろし、ガムテープを剥がして中身を取り出せば、梱包材の中に立派な箱が鎮座していた。端には銀の文字でロゴが入っている。

それを親の敵のように睨んで、私は箱を取り出し、両手でゆっくりと蓋を開けた。そして中に入っていたビロードの布袋から中身を取り出す。

そこにあったのは、今月発売の雑誌が軒並み特集していた、某ブランドとスポーツメーカーとのコラボ商品の目玉であるバッグだった。お店のスタッフと、これ可愛いよね、なんて盛り上がったのはつい先日のことである。

新品の革の匂いに打ちのめされた私は、すぐに蓋を閉じて、すくっと立ち上がり、ダイニングテーブルの上に置いていたスマホをひっ掴んだ。

着信履歴から相良さんに電話をかけようとして――さすがに仕事中だとマズいと思い直し、メッセージアプリを立ち上げた。

『記念日でもないのに、こんな高価なもの受け取れません。お花とチョコレート以外、次に会った時にお返しします』

お疲れ様です、と前置くこともせず、だだだっと打ち込む。連日のプレゼント攻撃を終わらせるべく、私はその勢いのまま送信した。

そして返事も見ずに、パーカーのポケットにスマホを突っ込んだのである。

――きっかけは、約束していた映画デートを相良さんからキャンセルしてきたことだった。約束していた前日に、実家のごたごたがまだ片づかず、行けなくなったという電話がかかってきたのだけれど、その時の電話越しの相良さんの声がなんというか……物凄く暗かった。こんな声を聞かされたら、責める気にもなれないほど。

前回に引き続き残念だったけれど、なるべく気にしていないふりをして明るく「分かりました！」と答えたのだ。面倒くさいと思われたくなかったし。

だけど、私は選択肢を間違えたらしい。

痛いほどの沈黙が落ちた後、相良さんがぽそりと聞いてきた。

『……他の人と見にいく？』

「え？　いえ……そんなつもりは」

そんなに見たかった映画だったのだろうか、と首を傾げつつ否定すれば、相良さんはいくらか声を柔らかくして『絶対一緒に行こうね』と念を押してきた。

「うん……？」

よほど見たかったらしい。

勢いに押されるように約束して、電話を切る。おかしな態度に再び首を傾げた次の日――宅配便で送られてきたのは、可愛いフラワーアレンジメントだった。

贈り主はもちろん相良さんで、初夏らしい小振りな向日葵と鮮やかなデイジーの花に思わず笑顔になった。メッセージカードにはデートをキャンセルしたことへのお詫びと、最後にドイツ語っぽいアルファベットの羅列。もちろん訳せるはずがないので、検索サイトにお世話になる。

『あなたのことばかり考えている』

訳を読んで、叫び出したくなった。

いやうん、日本語じゃなくてよかった。花屋さんに見られたら恥ずかしくて死んでしまう。

「……私だって考えてるけど」

ぽそりと呟いてすぐ、一人で何を言ってるんだろう、と余計に恥ずかしくなった。

花籠（はなかご）を持って家中をうろうろして、結局ダイニングテーブルの上に飾った。

男の人に花をもらうなんて、生まれて初めての経験だ。

お礼のメッセージを送ったところ、珍しくタイミングがよかったらしく、相良さんからすぐに折り返しの電話がかかってきて、お花をもらったのは初めてです、と話してお礼を言った。

相良さんも昨日とは打って変わって、落ち着いた声で『よかった』と嬉しそうだった。

今思えば、その時に私がはしゃぎすぎたのかもしれない。

一日置いた次の日にも花束が贈られてきて、その次は美味（おい）しいチョコレートの詰め合わせが届いた。

……まぁここまでは嬉しかったし、よかった。

忙しさを疑っていたわけじゃないけれど、私のことも大事に思ってくれているんだ、と安心したのも確か。だけど、タイミングの悪いことに今週は私の方のシフト調整がうまくいかず、会うことができなかった。

すると、またプレゼントが贈られてきたのである。

その時は靴で昨日は洋服だった。大阪出張で服を揃えてもらったこともあって、サイズがバレているのもまずかったのかもしれない。

お詫びっていうなら私が贈らなきゃいけない立場ですよ、と電話口で言えば、相良さんは『プレゼントだから』と答えてのけた。――だけどものには限度がある。連日のプレゼントは、もはや攻撃と表現しても差し支えないだろう。

そして今日はとうとうブランドもののバッグ。

ここまでくると、嬉しいというよりも引く。相良さんがお金持ちなのは分かっているけれど、特に理由もないのにもらえる金額のものじゃないし、なんだか虚しくなってくる。

会えないからって別にお詫びなんていらない。そもそも何かしらプレゼントさえあげておけば喜ぶような人間だと思われているようで、複雑な気持ちだ。

それに、未だ私に罪悪感を抱えているからこそのプレゼントなのかもしれないと思うと、一気にもらったすべてが色褪せて見えてくる。やっぱり罪悪感があるんじゃないかとか、お世話になったお母さんの娘だからつき合ってくれているんじゃないか――なんてまた疑いたくなってしまう。

ちらりと段ボールの中を見下ろして首を振る。……確かに可愛いし欲しかったけれど、これを簡単に受け取ってしまうのは違う気がする。

なるべく見ないように蓋をして部屋の隅に置き、時計を見上げる。もう少しで二十二時だ。明日も仕事だし、さっさとお風呂に入ってしまおう。

私はささくれだった気持ちを落ち着かせるべく、お気に入りの入浴剤を湯船に入れる。

そして一旦自分の部屋に戻って、着替えを手にお風呂場に向かった。

ゆっくりと湯船に浸かりお風呂から出た後は、髪の毛をドライヤーで乾かしながら手入れをする。

つけっぱなしのテレビを流し見しつつも、充電器に繋いで座卓の上に置いていたスマホを、ちらちらと気にしてしまう。

お風呂から出た後にメッセージアプリを見たところ、入る前に送ったメッセージに既読がついていた。

だけど、その後、返信はなく着信もない。

「さすがに言いすぎたかな……」

ドライヤーのスイッチを切り、そう呟くと一気に後悔が押し寄せてくる。

勢いのまま送ってしまったので、今読み返しても可愛げの欠片もないメッセージだった。

……怒らせたのかもしれない。

頻度や金額はともかく、私のことを思ってのプレゼントだったのに、返すだなんて言ってしまった。靴も服も私の好みど真ん中だったし、鞄だって人気のあるものをわざわざ調べて選んでくれたのだろう。

次に会った時にでも冗談っぽく、困るからもうやめてくださいね、って言うだけでよかったのに。我ながら感じが悪いというか……本当に可愛げがない。

「私の馬鹿……」

ぽつりと呟いたその時、インターホンの音が部屋に響いた。

「え……」

ドラマが終わったところだから、時間はちょうど二十三時。決して人が訪ねてくるような時間じゃない。

……これは居留守を使った方がいいよね？

どきどきする胸を押さえながらそろりと立ち上がり、一応玄関まで行って外の気配をうかがう――そのタイミングで、羽織(はお)っていたパーカーのポケットに入れていたスマホが鳴り出して、心臓が口から出るかと思うくらいに驚いてしまった。

慌てて画面を見れば、そこには相良さんの名前が表示されていた。すぐにタップして耳に当てる。

「もしもし」

『ごめん、真希ちゃん、今扉の前にいるんだけど……』

……扉……？

抑えた小さな声に私は一瞬首を傾げる。続けてコンコン、と受話器の向こうとすぐ目の前で同時に音が響き――私は慌てて玄関に駆け寄り、扉を開けた。

「どうしたんですか……!?」

深夜と言っても差し支えない時間なので、声を潜めて相良さんに問い質す。

とりあえず部屋に入れて、ダイニングチェアに座ってもらう。改めて彼を見下ろせば、形のいい額に汗が浮いていた。

相良さんは何も言わず、青白い顔は怖ろしいほど無表情だった。そしてじっと私をうかがうように見ている……

「さ、相良さん……？」

「いらないってどうして」

言葉に主語も抑揚もなくて、最初は質問だと分からなかった。強い視線に慌てて頭の中で反芻して、ようやく私が送ったメッセージのことだと思いつく。

「……それを聞くためだけに、わざわざ来たんですか？」

まさかね？　と疑いながらもそう尋ねると、相良さんがこくりと頷いたので、今度こそ驚いた。そして、申し訳ない気分になる。

でも、わざわざ来てくれなくても、電話やメッセージで返事をくれればよかったのに。

そう言うと、相良さんは気まずそうに視線を彷徨わせた。

「真希ちゃんが怒ってるかな、って……」

ぼそりと呟いた内容に耳を疑い、なんだか――堪らなくなってしまった。

ああ、もう。なんでここまで気にしちゃうんだろう……

項垂れた形のいい後頭部を無性に撫でたくなって、手が出てしまった。

相良さんはぴくっと動いたけれど、特に避けることもなくじっとしてくれている。調子に乗って柔らかい髪を撫でていると、少しずつ彼の眉間の皺が緩んでいくのが分かった。

馬鹿だなぁ、なんて相良さんに対して感じたのは初めてだ。

だけど、そこまで私のことを気にしてくれているんだと思えば、やっぱり嬉しくなる。

そんな自分自身にも同じように呆れてしまった。

「……困っただけで、怒ってはいないです」

どんな表情を浮かべていいのか分からなくて、私はそう言うと立ち上がってキッチンに向かった。

真っ赤になってしまった顔を見られないように顔を背けて、手早くカフェオレを作り始める。夜中だしコーヒーよりこっちの方がいいだろう。

ちらりと振り返ったところ相良さんと目が合った。だけどその顔は明らかに疲れていて、顔色もあまりよくない。改めて溜息をつく。

「もう。うちに来る暇があったら寝ましょうよ！」

ほぼ照れ隠しでそんな文句を言いながら、かなり甘めにしたカフェオレをテーブルの上に置いた。

自分の分もその前に置き、最初に相良さんがうちに来た時も同じ場所に座っていたことを思い出す。

私が腰を下ろすと相良さんも同じことを感じたらしい。ちょっと懐かしいね、と控えめに笑ってから、カフェオレの湯気の向こうで、意を決したように真面目な顔で口を開いた。

「ごめん。プレゼント、真希ちゃんが好きそうなものを選んだつもりだったんだけど、気に入らなかった？」

「……」

私が言いたいことは、全く伝わってない。

……そもそもそんな理由で怒らないし、人がくれたものにケチをつけるほど、性格悪くないからね!?

私は特大の溜息をつく。そんな私に、相良さんが叱られるのを待つワンコみたいな顔をしたのが分かった。だから、そういう顔をしないでほしいんだけど……！

私はなるべく分かりやすく、ここ連日のプレゼント攻撃について、誤解のないように自分の気持ちを伝えたのだった。

「違う……、ものを与えていればいいなんて、そんなつもりはなくて、……っごめん！　ああっくそ、そうは思ってないから！　むしろ、だったらどれだけ楽だったか……」

最後は小さくなっていってよく聞き取れなかったけれど、私が不安がっていた類(たぐい)のことは本当に思っていなかったらしくてほっとした。大分気持ちが軽くなって、その後は促(うなが)されるままに、ブランドものに関して自分の持論を語る。

「真希ちゃんらしいね」

ニコニコしてそう言った相良さんに、暖簾(のれん)に腕押し的なものを感じ、ちょっと意地悪な気分になってしまった。部屋の隅に置いていた鞄を勢いよく指さす。

「だからあれはお返しします！」

服や靴はタグを取ってしまったので仕方がない。だけど鞄ならまだ返品はきくんじゃないのだろうか。

相良さんは私の指の先を視線で追って箱に目を止めると、あからさまに肩を落とした。上目遣いに見つめられて、ぐっと言葉に詰まる。

その困り顔にちょっと可愛いな、なんて思ってしまったのも事実で、全然口をつけていなかったカフェオレを誤魔化すみたいに口に含む。

うーん、甘すぎた。

そう思いながら、ちらりと相良さんを見て、私はぽつりと呟いた。

「お詫びじゃなくて『恩返し』ってことなら、今回までは受け取ります」

たいがい私も甘い……。

そう自覚しつつも冗談めかしてそう言えば、相良さんは、ぱあっと顔を輝かせる。

「真希ちゃん！」

「本当に！　今回だけですからね！」

立ち上がった相良さんにぎゅうっと抱きしめられた。ふわりと漂う香水の香りに、微かにたばこの匂いが混じっている。相良さんは普段吸わないから、きっと今日は誰か喫煙者と仕事をしていたのだろう。

久しぶりの抱擁に、反射的に身体が強張ってしまった。

あ、とすぐに後悔したものの、後の祭りだった。相良さんはそっと身体を離す。

「ごめん」

そう言われて返す言葉に詰まる。そして同時に言いようのない寂しさを感じた。

気まずい沈黙が落ちたが、そんな静寂を破ったのは相良さんだった。

「もしよかったら、乃恵さんに手を合わせてもいいかな？」

「え……？　あ、もちろん！　ちょっと待ってくださいね」

立ち上がって急いで和室に入る。畳んだまま放置していた洗濯物を続きの和室へ隠して、仏壇の前に行って引き出しからお線香を出す。

部屋を見回してもう一度チェックしてから、相良さんに「どうぞ」と声をかけた。

立ち上がった相良さんがダイニングから顔を覗かせる。私が頷いてみせると、遠慮がちに部屋へ入ってきた。

「ちゃんと謝りたかったんだ」

そう言って仏壇の前に静かに腰を下ろす。

ああ、そうか。ずっと勘違いしていたんだもんね。

相良さんはきちんと正座をして蝋燭とお線香を立てる。夜中だから遠慮したのか、鐘は鳴らさず、静かに手を合わせた。

きっとお母さんも誤解が解けたことを天国で喜んでいるだろう。もしかしたら相良さんのお母さんと一緒に見守ってくれているかもしれない。

手を合わせている相良さんの横顔は、前の険しいものとは違う。

ふっと気持ちが緩んだ。

泊まっていってもいいですよと、多分あと五分もあったら言っていただろう。

だけど相良さんは私が口を開いたタイミングで、時計を見上げて立ち上がった。

「もう少ししたら落ち着くから。そうしたらゆっくりどこか遠出しよう」

そう言い残して、相良さんは日付が変わる前に帰っていった。

それからしばらく経ったある日。

「……え、今日も？」

思わず非難するような声を出してしまったことに気づいて、慌てて口を閉じた。ごめんね――と、相良さんが申し訳なさそうな声音で謝ってきたので、焦ってフォローする。

「あ、ううん！　仕方ないですもんね。じゃあ、また予定が空いたら連絡ください。無理しないで適度に休んでくださいね」

忙しそうなのでこちらから切る。

……嫌だな。失敗した。今のなかなか嫌味っぽかった……

二人で相良さんのマンションであの美味しいランチプレートを食べてから一か月。実家である相良システムの内紛や遺産問題が片づかないことに加え、本職の方も大きなプロジェクトが動き出したこともあり、これまで以上に相良さんは多忙を極めていた。

声を聞いたのも三日ぶりだというのに、画面に表示された通話時間は一分もない。

……本当に身体を壊さないといいのだけれど。

「真希さん」

「うわぁ！　麻衣ちゃん、びっくりした！」

背中越しに声をかけられて驚く。

電話で話し始めた時のスタッフルームには誰もいなかったのだけど、いつの間にか入ってきていたらしい。

そういえば、そろそろお昼のシフトに入っているスタッフが来る時間だ。

「なんか真希さん、都合のいい女みたいな会話していましたけど、大丈夫ですか？」

彼女にしては珍しく真面目な顔で聞かれて、慌てて答える。

「だ、大丈夫……！」

そう言ったものの、なんか胸の奥に刺さった……！

大丈夫、うん。

……大丈夫だよね？

そう。相良さんは驚くくらい私を大事にしてくれる。

この前の急に家にやって来た一件だってそうだし、毎日かかってくる電話やメッセージからもそれは分かる。

というか、こんなに尽くされているのに、どうして私は『好き』って言ってあげられないのだろう。

前回窓から見送った広い背中を思い出して、未だ相良さんを信用しきれない臆病な自分に溜息が出たその時、扉の向こうで騒がしい物音がした。

「……お店ですよね？」

「うん、そうだと思う……」

驚いて麻衣ちゃんと顔を見合わせて、一緒にスタッフルームを出る。

どうやら、騒いでいたのは足音高くミーティングルームから出て来た店長だったようだ。彼は最近ますますサボる日が増えてしまい、顔を見るのはほぼ一週間ぶりになる。

「おいっ相良はいるか！」

大きな声にお客さんが驚いて商品を取り落とす。その顔に怯えが浮かんだので、急いで駆け寄り店長の腕を掴んだ。

「落ち着いてください！　何があったんですか」

せめて店の奥まで移動してもらおうと引っ張ったけれど、店長は私の手を乱暴に振り払った。そして顔を見るなり、ふんと鼻で笑う。

「知り合いが法務局に行って調べてきてくれたんだ。あいつ、ここの建物どころか店のオーナーでもなんでもなかったんだよ！　権利書の名義は叔母さんの名前のままだ！」

「え……」

思わず漏れた戸惑いの声。同時にスタッフの間にもざわめきが広がる。

――相良さんがオーナーでもなんでもない？　……それってどういうこと？

「弁護士も紹介してくれるっていうから、訴えてやる。相良はどこにいるんだ！」

そう詰め寄られて、はっと我に返る。

「相良さんは、最近こちらには来ていません。今日も来ないと連絡がありました」

すでにお客さんは逃げていってしまったけれど、スタッフが困惑顔で私達のやりとりを見つめている。自分の立場を思い出し、動揺を押し隠して答えた。

「くそっ、来たら連絡しろよ！」

眉を顰めた店長はそう言い捨てて、店の外に出ていった。

「あ、ちょっと待って――」

店の目の前に車を停めていたらしい。追いかけて店から出た時には、店長は車に乗り込み、私の声はエンジン音に掻き消されてしまう。まるで嵐が通り過ぎたように慌ただしくて、理解が追いつかない。

「堤さん、今の……」

店の中に戻ると、不安そうなスタッフが戸惑いがちに尋ねてくる。私は笑顔を作ってしっかりと頷き、スタッフの顔を見回した。

「大丈夫！　一応相良さんに連絡取ってみるけど。多分……店長の勘違いなんじゃないかな」

「……ですよねぇ！　店長、妄想を拗らせちゃったんでしょ、きっと」

取り繕うために咄嗟に放った言葉に、麻衣ちゃんが同意してくれた。さすが麻衣ちゃん、状況を察して合わせてくれたのだろう。

私は深呼吸して、空気を変えるために軽く手を打った。いいタイミングでお客さんが入ってくる。

「ほら、お客さん来たよ」

お客さんに「いらっしゃいませ」と挨拶すれば、いくらか雰囲気が和らぎ、他のスタッフの声が続いた。彼女達には見えない位置まで下がって、麻衣ちゃんに口の動きだけで『ありがとう』と伝える。得意そうに頷いた麻衣ちゃんの頼もしさにほっとすると同時に、少し冷静になった。

そして私は接客を始めたスタッフと麻衣ちゃんにその場を任せて、更衣室へ下がった。

ロッカーから鞄を取り出してスマホを手に取る。

相良さんに聞くのが一番早いよね。スタッフに言った通り、店長が何か勘違いしているだけかもしれないし。

履歴から相良さんの番号を表示させ、発信ボタンをタップしようとして、ふと迷いが生まれた。

……でも、本当に相良さんがこのお店のオーナーじゃないとしたら……

どうしてそんな嘘をつく必要があったのだろう。

——嘘？

その言葉に、落ち着いてきていた心臓がまた鼓動を速めた。だけど、慌てて首を横に振る。

私一人で考え込んだって答えなんて出ない。直接相良さんに聞けばいい。不安に押し潰される前にと、発信ボタンをタップし耳に当てる。

しかし、すぐに留守電になって溜息が零れた。さっき話したばかりだから、タイミングがよければ取ってもらえるかと思ったのだけれど、仕方がない。「折り返し電話ください」とだけメッセージを吹き込んで電話を切る。

「……どういうことなんだろう」

店長の言葉を思い出して、『法務局』『権利書』で検索をかけてみる。

一番分かりやすそうなサイトを開いて、表示された小さな文字を読む。

そこには、法務局に行って正規の手続きを取れば、誰でも土地の登記事項証明書を閲覧できると書かれてあった。

「権利書とどう違うの？」

店長はこれを見たってこと？　誰でもってことは、私でも見られるのかな。

法務局の場所を調べたところ、さほど遠くない。このまま相良さんを捕まえるまで聞けないというなら、直接見に行く方が早い。店長に頼んで見せてもらったとしても、それが本物かどうかなんて見分けられないだろうし。

法務局の場所だけブックマークに追加して、スマホをポケットにしまい込もうとしたその時、マナーモードにしておいたスマホが震えて着信を告げた。

相良さん⁉

ばっとスマホを掴んで画面を見て——脱力した。

「なんだ。叔母さんか……」

思わず大きな溜息をついてしまう。

いや、うん、叔母さんに失礼だった。でもいくらなんでも、タイミングが悪すぎる……！

時計を見上げれば、十三時を少し過ぎたところだったので、ついでにお昼休憩を取ることにする。

そしてスマホを手にしたまま、フロアに向かって「一番入ります！」と叫んだ。

叔母さんの電話は昔から長い。さすがに副店長として仕事中に長電話をするわけにはいかない。

画面をタップしてスマホを耳に当て、私はお店の裏口に向かう。

非常階段の下のスペースは、たばこ休憩をする従業員のために作られたスペースだったのだけれど、今は吸う人がいないので使われておらず、滅多に人が来ないのだ。

私を呼ぶ叔母さんの声が少し遠くて、受話音量を上げた。

「あ、叔母さん、お待たせ。ごめんね」

『ううん、こちらこそごめんね。仕事中だった？』

「大丈夫。お昼休憩にしたから。どうしたの？」

私の言葉に叔母さんは一旦黙り込んで、それからちょっと怒ったみたいに声を大きくした。

『どうしたのじゃないわよ。真希ちゃん。また電話するって言ってから、ちっともかけてこないし。相良さんのこと大丈夫なの？』

呆れたような声に思わず、あ、と声が漏れた。

……忘れていた。そうだ。叔母さんも叔父さんも心配してくれたのに、自分のことで頭がいっぱいですっかり忘れていた。

そうだよね。中途半端に聞くだけ聞いて強引に切ってしまったから、心配になるのも当たり前だ。

『なに？　もしかしてまだ、つきまとわれてるの!?』

反省して黙り込んだことを勘違いしたらしく、叔母さんは声のボリュームを上げて尋ねてくる。

うわっとスマホを遠ざけて、慌てて「大丈夫」と返す。

遠くで『真希は大丈夫なのか!?』と叔父さんの声まで聞こえて、少し驚く。どうやら近くにいるらしい。その剣幕に、二人が本当に心配してくれていたのだと分かった。

私はもう一度はっきりした声で否定して、考え考え言葉を選ぶ。色々あった……けれど、その辺りを話すと休憩が終わってしまうし、心配をかけるだろうから、差し障りのないところだけをかいつまんで話した。

「えっと……、うん、最初は関わるつもりはなかったんだけど、仕事先で偶然再会しちゃってね。仲よくなって話してみたら、お母さんが愛人だっていう誤解は解けたよ。ちゃんと謝ってくれたから心配しないで。私にも、……お母さんにも」

最後だけは嘘じゃない。仏壇に手を合わせて謝ってくれた真面目な顔を思い出して、つけ足す。だけど何度かつっかえてしまったせいか、叔母さんは訝しげな声を出した。

『それ本当……？』

「うん！　本当！　あ、叔母さん達にも謝りたいって言っていたし、予定が合えば、今度連れていくから！」

疑いを晴らすべく強い口調で肯定する。

誤解が解けた日の夜にお店にやってきた相良さんに家まで送ってもらったのだけど、その時に心配をかけてしまった叔母さん達にも、機会があったら謝りたい、と言っていたのだ。

『え？　うちに一緒に来るの!?　それって真希ちゃん、相良さんとおつき合いしてるってことよね!?』

「え？　あ、違う、そういう意味じゃ」

ない、こともない……？

そんな迷いが浮かんでうっかり黙り込んだ。すると叔母さんはその微妙な沈黙で完全に決めつけてしまったらしく、悲鳴のような声を上げた。

『きゃああ！　玉の輿だけど……あ、でもそんなややこしいお家なんて心配だわ！』

そんな明後日な心配をしてきた叔母さんに脱力する。後ろの叔父さんは『まだ結婚なんて早いんじゃないか!?』と怒鳴っていた。

結婚とか考えてないし！　つき合うイコール結婚とか、気が早すぎる……！

「そういうところまでいってないから！　もう、仕事があるし切るね！　今度こそまた近い内に電話するから！　それと心配してくれてありがとう！」

そう言ってやや強引に電話を切った。最後は若干ツンデレ仕様になってしまったことに気づいて恥ずかしくなる。場所を移動しておいてよかった……

「……もう」

スマホの画面を見下ろして、小さく溜息をつく。

いつの間にか、さっきまであった焦燥感みたいなものが消えていた。随分気分が軽い。

叔母さんの声にかなり元気をもらった。……というか、いい感じに力が抜けたことで、胸の鼓動も落ち着いている。

叔母さんに感謝しなきゃ、なんて苦笑して、ついでに通話中に相良さんからメッセージが入っていなかったか確認しておく。

……心配してもらえるってやっぱり幸せなことだ。後ろに支えてくれる人がいるのが分かると、前に踏み出す勇気も出てくる。

期待せず見ていたスマホの画面に、ぴこん、とメッセージが表示された。

相良さん⁉

急いでスマホを操作してそのメールを開ける。

「……え？」

だけど差出人は相良さんではなく、思ってもみなかった人物で――私は目を見張ったのだった。

＊

「……ここだ」

どんとそびえ立つ門構えは記憶に違わず立派で、思わず溜息が漏れる。

店じまいを麻衣ちゃんに任せて早めに上がり、電車を乗り継いでやって来たのは、お店の前オーナーが住んでいる家だった。

そう。あの騒ぎの後に入ってきたメッセージの差出人は、前のオーナーだったのである。

内容は、ずっと電話をもらっていたのに折り返さなかったことへの謝罪。それから大事な話があるから自宅まで来てもらえないか、と丁寧な言葉で書かれていた。

その場で電話をしようかとも思ったけれど、わざわざ自宅でと指定するくらいなのだから、あまり人に聞かれたくない話があるのだろう。

きっと、それはお店のことに違いない。このタイミングで無関係だなんてありえないもの。

実際にオーナーと顔を合わせて話を聞きたいと思ったこともあって、結局電話はせず、『夕方にお伺いします』とだけ返事をして、こうしてやって来たのである。

郊外にあるこの日本家屋には、オーナーがまだ店長をやっていた時に、当時のスタッフと一緒にお年始の挨拶(あいさつ)に来たことがあった。だけど随分久しぶりだったし、駅からちょっと離れていたせいもあって少し迷ってしまったので、もう日が落ちかけている。

「あ」

懐かしいな、とあまり変わっていない周囲を見回していると、玄関に横づけしてある車に気づいた。

……これ店長の車じゃないかな。見覚えのある白い車体と分かりやすいエンブレムは、数時間前に見たばかりだ。ナンバーを確認したところ、やっぱり店長の車に間違いない。眉間に皺が寄るのが自分でも分かった。

もしかして店長も呼び出された？

あの後すぐにこちらに向かったのだろうか。電車では大回りしなければならないけれど、車ならお店からここまで一時間もかからないはずだ。

同じタイミングでメッセージが来ていたのなら、また「遅い！」とか言われてしまいそう。

店で騒いでいた店長の様子を思い出すと、もう溜息しか出てこない。

……ちょっとくらい落ち着いていたらいいのだけど。

深呼吸して覚悟を決め、私はインターホンに指を伸ばした。

『はい。少々お待ちくださいね』

オーナーより少し若い女の人の声で返事があって、勝手口が開く。顔を出したのは、なんとなく見覚えのあるお手伝いさんだった。

「堤真希と申します」

「はい、うかがっております。ご案内いたしますね」

中に入れてもらって、お手伝いさんの後ろについて石畳の上を進む。広い玄関に到着し、勧められたスリッパを履いて案内されるまま長い廊下を歩いていく。片側の長く取られた窓から石灯篭と植木が並ぶ日本庭園を臨むことができるのも変わらない。

前に来た時はまだアルバイト時代で、先輩達と『素敵！』と盛り上がったのを思い出した。そして、もうあの頃のスタッフは誰も残っていないことに気づき、時間が経ったんだなぁ、と改めて感じてちょっと寂しくなる。

長い廊下の先にある別棟に入り、案内された部屋は以前通してもらった応接室ではなく、オーナーの私室らしい。

「堤様がお見えになられました」

さりげない漉き模様が綺麗な襖の前でお手伝いさんが立ち止まり、中に向かって呼びかける。すぐに懐かしい声で返事があり、お手伝いさんがすっと襖を引いた。

促されるまま中に入ると、二間続きの部屋の奥にオーナーがいた。リクライニング機能のついた低めのベッドがあり、その上に上半身を起こした状態でこちらを見ている。

病気なのかと驚く私と目が合うと、オーナーは照れたように微笑む。

「いらっしゃい。遠いところまでごめんなさいね」

手招きしてくれたオーナーの笑顔は以前と変わりない。そのことに多少ほっとした私はオーナーの側まで歩み寄った。

化粧気はないけれど顔色は悪くない。ただ、少し前まで横になっていたのだろう。

浴衣に生成り色のカーディガンを羽織っていて、見るからに療養中という雰囲気だった。

「真希ちゃん、久しぶり」

「オーナー！　お久しぶりです。……あの、お加減が悪いんですか？」

だからわざわざ家まで呼び出したのかもしれない。

この様子ではあまり調子はよくないのだろう。オーナーはいつも綺麗にしていたから、知り合い相手とはいえ、他人にこういう姿は見せたくないんじゃないかな。

それなのに私を呼んだってことは、よほど大事な話なのだ。

私の問いかけにオーナーは頷き、ベッドの横にある椅子を勧めてくれた。

元の位置からちょっとだけオーナーの方に椅子を寄せて、腰を下ろす。

「ええ。少し病気をしてしまってね。でも手術が成功して、一昨日ようやく退院できたところなのよ。今は自宅療養中なの」

「手術って……あの、旅行に行ったって店長から聞いていたのですけど」

オーナーが相良さんに代わったって聞かされた時に、そう話していた。確か行き先はお友達の家があるヨーロッパで……と具体的だったので、旅行に関しては疑うことすらしなかったのだ。

「ふふ、嘘よ。あの子に病院へ押しかけられるのはさすがに嫌だったの」

茶目っ気たっぷりに微笑んだオーナーは、そう言って細い肩を竦めた。

確かに病床の自分を見られたくない人は多い。お母さんがそうだったから、オーナーの気持ちはよく分かる。それに店長の普段の騒がしさを考えれば尚更だ。

ああ、そういえば店長の姿が見えない。別の部屋で待っているのだろうか。もしくはすでに今回の顛末をオーナーから聞き終えて、別室にいるのかもしれない。

そんなことを考えていると、オーナーは再び私の名前を呼んだ。その口調も表情も少し固い。戸惑う私に、オーナーはベッドの上で居住まいを正し、深く頭を下げた。

「真希ちゃん、ごめんなさい」

「え？　やだ、顔を上げてください！」

なおも頭を下げ続けるオーナーを止めようと、椅子から腰を浮かし、肩に触れた。

慌てる私が面白かったのか、俯いていたオーナーがくすりと笑って、ゆっくりと顔を上げてくれたのでほっとする。

「急にオーナーが代わって驚いたでしょう」

呆気なく核心に触れてきたので、一瞬言葉を失う。だけどすぐに我に返って、迷いつつも正直に頷いた。

「それは……あ、でも……店長が実は代わっていなかったって、今日……」

「嫌だわ、きっとあの子のことだから、大騒ぎしたのでしょうね」

……否定はできない。さりげなく視線を逸らした私に、オーナーは「真希ちゃんは正直ね」と肩を竦めた。

「そう、本当は代わってなんていないの。私が療養している間、相良さんにオーナーのふりをしてくれるようにお願いしただけ」

「え？」

じゃあ店長が言っていたのは本当だったってこと？　だけど、どうして相良さんがわざわざオーナーのふりなんて……

「なんでそんなこと」

思わず問い返した私に、オーナーは重い溜息をついた。膝の上で重ねた手に視線を落とし、どこか苦しそうに眉を寄せる。

「私が店長を辞めた二年くらい前から、明らかに売り上げの数字がおかしくなっていたの」

「……え？」

「それでね、ちょうど不動産の方で営業に来てくれていた、コンサルタント会社の人に相談してみたの。明らかに売り上げを誤魔化している、って書類を見せただけで言われちゃったわ」

衝撃の言葉にまたも言葉を失う。だって、つまりそれは横領ってことで、――しかも自分が働いているお店のことなのだ。そして売り上げを管理してオーナーに報告しているのは店長である。悪い予感がして、膝の上で組んだ手が震えてしまう。

「誰が犯人かなんて分かってたわ。……だけど、どうしようもない子とはいえ、可愛い甥っ子だから、最後にチャンスを与えたいと思ったの」

ああ、やっぱり店長なんだ……

驚いたのはもちろんだけど、それ以上にがっかりした。店長をいい人だと感じたことは一度もないけれど、それでも最低限の信頼はあったのだ。私ですらそうなのだから、叔母であり、いつも店長のことを気にかけていたオーナーには、尚更ショックだったに違いない。

疲れたのだろうか、オーナーの声がだんだん掠れて最後には咳き込んでしまう。続きはもちろん気になるけれど、「お茶を持ってきてもらいましょうか」と尋ねると、オーナーはほんの少しだけ表情を緩めて首を横に振った。

「お水ならそこにあるから大丈夫よ」

「あ、入れますね」

水が入った入れ物を見つけて、お盆の上に置いてあったガラスコップに注ぎ、オーナーに差し出す。

「悪いわね。ありがとう、真希ちゃん」

それを受け取ったオーナーは軽く口をつけて唇を湿らせ、膝の上に下ろして軽く両手で握り込んだ。そして、小さく咳払いをしてから話を続ける。

「どこまで話したかしら……。そうそう、コンサルタント会社の担当だった相良さんに無理を言ってお願いしたの。視察と監査のついでに、オーナーになったふりをしてくれませんか、って」

どうして相良さんにそんなこと頼んだのだろう。それが店長へのチャンスと、どう繋(つな)がるの？

疑問がそのまま顔に出てしまったらしい。オーナーは肩からずれたカーディガンをそっと引き上げると自嘲(じちょう)気味に笑った。

「相良さんには随分無理を言ってしまったわ。私ね、さすがにオーナーが代わればあの子の甘えもなくなって真面目に働くかもしれない、って思ったのよ。なのに、残念ながらあの子は何も変わらなかった」

確かに店長の傍若無人(ぼうじゃくぶじん)ぶりは、自分の叔母(おば)がオーナーだからという安心感からくるものが大きかっただろう。

溜息をついて背中を丸めるオーナーに、以前の若々しさはどこにもない。

こんなに大事にしてもらっているのに、なんで店長は……

呆れを通り越して腹立たしくなり、ついついそんなことを思ってしまう。

でもようやく分かった。だから相良さんはオーナーのふりをしていたんだ。

相良さんが私に言わなかったのは——最初は復讐のために、ってことだったのだろうけど……全ての誤解が解けた後なら、言ってくれてもよかったんじゃない？

……守秘義務、とかいうものなのかな。仕事だから仕方がないのだけど……言ってほしかったと思うのは私の我儘だろうか。

芽生えた不信感が私の心を弱くする。そもそも本当に私のことが好きなのかな、なんて散々確かめたことまで引っ張り出して、また不安になる。

「ねぇ真希ちゃん。相良さんを恨まないであげてね」

突然の言葉に、まさか不満を口に出してしまっていたのかと、ぎょっとして顔を上げた。だけどそうではないようで、オーナーは視線を手元のコップに落としたままだった。

ほっとして、とりあえず自分の気持ちは横に置き、オーナーの話に耳を傾ける。

「相良さんは私の我儘を聞いてくれただけなの。真希ちゃんくらいには説明しておこうかと迷ったのだけど……。やっぱり叔母馬鹿なのよね。更生した時のことを考えて、あの子がこれからも働いていくのに、気まずくなったら可哀想、なんて思っちゃったのよ」

「……あ、そうですね」

確かに私も二か月前に同じことを考えて、謹慎中だった店長について、スタッフには『入院』だと説明していた。

「今までのことも大阪での展示会のことも、全て相良さんから聞いたわ。本当に真希ちゃんには悪いことをしてしまったわね。ごめんなさい」

オーナーからの謝罪に、驚くよりも恥ずかしくなる。

……展示会の一件を聞かれたのか。店長が悪かったのはその通りだけど、私がもっと上手く立ち回っていたら、あそこまで騒ぎになることはなかった気がするので首を横に振る。

「今ね、弁護士さんからあの子に伝えているの。店長は辞めてもらうつもり」

ああ、だから店長の車があったんだ。

とりあえず今日は顔を合わせずに済みそうでほっとする。店長は恐らく納得しないだろうし、認めないかもしれない。そんな場面に私がいたら八つ当たりされそうだ。

それにしても店長が横領なんて……やっぱり身内の店だから、境界線が甘くなってしまったのだろうか。車やスーツやら、いやに羽振りがいいとは感じていたけれど、この通り叔母(おば)であるオーナーが資産家だから、それほど不思議には思っていなかった。

「もう少ししたら相良さんも来てくれるのよ。詳しいことは私が話すより、彼に聞いた方が早いかもしれないわね」

「相良さんが来るんですか！」

勢いよく顔を上げて確認する。

相良さんが来るなら、彼の口から直接事情が聞けるかもしれない。連絡がつかないいま、もやもやしているなんて耐えられそうになかったから、ほっとした。

自然と表情が緩(ゆる)んでいたのだろう。オーナーは頷いて優しく微笑んだ。

「ええ、改めてお礼をしなければね。よかったら真希ちゃんも一緒にいてくれる？　あと――」

その時、けたたましい足音がオーナーの言葉を掻(か)き消した。

だんだん近づいてくる足音に戸惑い、オーナーと顔を見合わせる。そして襖(ふすま)が外れそうなくらいの勢いで開かれた。

「ババア！　どういうことだよ！」

姿を現したのは店長だった。部屋の調度品がびりびり震えるほどの怒鳴り声に驚いて、思わず椅子から立ち上がる。

顔を真っ赤にした店長は、私を見るなり目を丸くした。どうやら私が来ていることは知らなかったらしい。

「あの」

何か言わなきゃ、と思うものの言葉が出ない。大きく見開かれていた店長の目が、再び細くなりきつく吊り上がった。

「お前……！」

唸(うな)るようにそう呟いた直後、荒々しく足音を立てながら一直線に私に迫ってくる。

その勢いに驚いて固まってしまった私の代わりに声を上げたのは、オーナーだった。

「何してるの！　落ち着きなさい！」

「お前か！　相良とグルになってババアに告げ口していたんだろう！　余計なこと言いやがって！」

「ちが……っ」

ぐいっと手首を掴まれて、畳の上に思い切り引き倒された。

受け身なんて取る暇もなかった。くら、と眩暈(めまい)がしたかと思うと、甲高いオーナーの悲鳴が上がり、「やめなさい！」という怒鳴り声が聞こえた。

それからすぐに胸倉を掴まれ、上半身を乱暴に持ち上げられて息が苦しくなる。

その腕にオーナーがしがみついて止めようとしてくれたけれど、ただでさえ小柄なオーナーは一振りで薙(な)ぎ払われて、畳の上へ投げ出された。

「オーナー……っ！」

そう叫ぶと、ますます胸元を締め上げられる。

庇(かば)った腕の隙間から今にも振り下ろされようとする店長の拳(こぶし)が見えて、思わず目を閉じたその時――

「真希ちゃん！」

霞んできた意識の中で、聞き慣れた声がした。

すぐに首の圧迫感がなくなって、その場に蹲る。

急に空気が肺に入ってきたせいで、咳と共に生理的な涙が溢れて畳に零れ落ちた。

「真希ちゃん、大丈夫……っ？」

甘くて爽やかな香りに身体が包まれて、丸まった背中に大きな手が触れる。落ち着かせるように背中を何度も往復する手に助けられて、ようやく咳が治まった。

口元を手で押さえながら顔を上げれば、膝をついて下から私を覗き込んでいた相良さんの顔がすぐ近くにあった。彼はこちらが驚いてしまうほど、ひどく強張った白い顔をしていて――慌てて口を開く。

「……っは、……、だ、……い」

大丈夫です、と言おうとしたら咽せて、また咳が止まらなくなってしまった。

けれど言いたいことは伝わったらしい。

きつく寄せられていた眉がほんの少しだけ緩んで、壊れ物に触れるような手つきで優しく抱きしめられた。

「返事をしてくれなくていいから、ゆっくり息をして」

忙しなかった背中を撫でる手の動きが、規則正しいものへと変わっていく。

嗅ぎ慣れた香水の香りに包まれて、すっかり身体から力が抜けかけた時――

「っお前……っ！」

吠えるような店長の声が部屋に響いて、思わず相良さんの腕に縋(すが)りついた。

店長は畳の上に座り込んで、相良さんを凄い顔で睨(にら)んでいる。

相良さんが私から店長を引き剥(は)がしてくれた時に、その勢いのままひっくり返ったのだろう。

……店長は勘違いしてるんだよね。さっきは相良さんとグルになって騙(だま)した、って言ってとびかかってきたんだし。

私も知らなかった、と誤解を解こうと思ったけれど、そう言ったら店長の怒りは、全て相良さんに向けられてしまうんじゃないだろうか。

無意識に強く握った腕に気づいた相良さんが、「大丈夫」と頷いて私の頭を軽く撫(な)でた。そしてやんわりと腕を解(ほど)いて立ち上がると、畳に座り込んだままの店長を見下ろす。

「何か誤解をしているようですが、彼女は全く事情を知りませんでした。ここにいるのは、お店の今後について話すために呼び出されたからです」

「相良さん……！」

名前を呼んだものの、相良さんはこちらを見ず、店長へ冷たい眼差しを向けたままだ。

店長は片腕を押さえているので、どこかにぶつけたのかもしれない——そう思ってはっとする。

「オーナーは……っ」

先程オーナーが、私を助けようとして店長に突き飛ばされていた。

ただでさえ病み上がりなのに……！

「大丈夫よ。真希ちゃん」

すぐに、斜め後ろから細い声が返ってくる。

慌てて振り向けば、見知らぬスーツの男の人がオーナーの腰を支えていた。

「怪我はないわ。私よりも真希ちゃんよ。……先生もありがとう」

私に頷いてそう言ってくれたオーナーは、隣に立つ男の人に頭を下げる。襟元のバッジで、さっき話していた弁護士さんなのだと気づいた。

座り込んだままほっと胸を撫で下ろすと、歩み寄ってきたオーナーが私の側にしゃがみ込んだ。そして背中に手を添えて支えようとしたので、慌てて自分の力で立ち上がろうとしたけれど――腰が抜けてしまっている。

そうしている間に騒ぎに気づいたのだろう、先程この部屋まで案内してくれたお手伝いさんや、男の人が数人部屋を覗き込んで、目を丸くした。

「奥様、一体何が……」

「ああ、ちょうどよかったわ。――警察を呼んでちょうだい」

店長と相良さんを遠巻きにしつつ近づいてきたお手伝いさんに、オーナーが私の背に手を添えたまま静かに告げた。

その言葉に、思わず間近にあるオーナーの顔を見つめる。オーナーの表情は硬く、決意が籠った強い目をしていた。

警察、なんて。

私より驚いているのは、この騒ぎの中心人物である店長だ。

「ババア！　い、いや、叔母さん、何言ってるんだよ……」

言葉の途中でオーナーの本気に気づいたのか、途端に顔色をうかがうような声音になった。

そんな店長に、オーナーはこめかみを指で押さえて言葉を続けた。

「もう貴方にはほとほと呆れたわ。何てことをしたの。貴方がやったのは立派な傷害よ。横領の件も含めて自分のしたことを反省してきなさい。——真希ちゃん、大丈夫？　頭を打っていたし救急車も呼びましょう」

寝台から立ち上がったオーナーは、もう店長と目を合わせることもなかった。

その態度に、一瞬前の殊勝な口調とは打って変わり、店長は再び大きな声で怒鳴り始める。

そして、ゆらりと立ち上がりオーナーを睨みつけると、勢いをつけて飛びかかってきた。

「きゃあっ」

私とオーナーの悲鳴が重なり、咄嗟にオーナーの身体を庇おうと抱き締めたその時――どん、っと鈍い音が部屋に響いた。

「あ……？」

戸惑ったような驚いたような、掠れた声が店長から漏れる。

いつの間にか相良さんが私とオーナーの前に立ち、重心の低い体勢をとっていた。スローモーションみたいな動きで店長の背中が丸くなり、一呼吸置いて前かがみになる。よくよく見れば相良さんの拳が、店長のお腹にめり込んでいた。

「さ、相良さん……」

もしかしてさっきの音って、店長を殴った音……？

人が殴られる音なんて生まれて初めて聞いたから、ピンとこなかった。テレビで聞いたのとは全く違う、恐ろしく重い音。そして、相良さんが崩れ落ちる店長の耳元に囁いた。

「――いい加減、僕も腹に据えかねてるよ」

怒りを煮詰めたような声に、ただただ驚く。相良さんのマンションで、お母さんの話をした時よりも低くて聞き取り辛い声だった。だからこそ本気で怒っているのだと分かる。

「再三君には忠告したはずだ。どれだけ周囲にフォローしてもらっていたと思ってる」

「っが、っ……っ」

一瞬間があって、店長はさっきの私より激しく咳(せ)き込んだ。そしてお腹を押さえて、畳の上に大きな音を立てて倒れ込む。

相良さんはすぐに店長の腕を捻(ひね)り上げ、膝で背中を押さえつけた。呻(うめ)き声を上げたので意識はあるらしいけれど、相良さんの手つきには躊躇(ちゅうちょ)も遠慮もない。

……凄い、相良さん、意外と武闘派……

爽(さわ)やかな王子様フェイスとのギャップが激しくて、なんだか現実味がなく、そんな不謹慎(きんしん)なことを思ってしまった。

「何か縛(しば)るものを」

相良さんがそう言うと、部屋の外で戸惑っていた男の人が「はい！」と返事をして廊下を走る。ふと顔を上げた相良さんが私を見て「もう大丈夫だから」と言った後、すっと視線を横へ流した。

「先生、これ正当防衛ですよね？」

相良さんがそう尋ねた相手は、私と同様にフリーズしていた弁護士さんだった。相良さんの綺麗だけど笑っていない微笑みに気圧(けお)されたように、無言のままびくっと肩を震わせる。

「え、……あー……」

言葉を濁した弁護士さん。法の天秤にかければ、きっと過剰防衛になるのだろう。

そんな弁護士さんの代わりに返事をしたのは、オーナーだった。

「ええ。私が証人よ。……相良さん、助けてくれてありがとう」

あれだけ心配していた甥だから、もしかして庇うかも思ったけれど、相良さんの肩を持ってくれるらしい。

先程の言葉は、そういうものも全部含めての覚悟だったのだろう。

オーナーがそう言ってくれたおかげで、少しだけど部屋の空気が和らいだ。

それからすぐに戻ってきた男の人に渡された紐で、相良さんは店長の手を後ろ手に縛る。

殴られた衝撃から徐々に復活した店長は、そんな体勢にもかかわらず、また口汚くオーナーを罵り始めた。もちろんそれには相良さんと私への罵倒も含まれている。

あまりのうるささに顔を歪めた弁護士さんが、オーナーの許可を取って店長を別室へ連れていく。

相良さんは店長を弁護士さんに任せると、ぼうっとその一幕を見つめていた私の前に戻ってきた。

「真希ちゃん。本当に大丈夫？　もう少し早くこられたら、こんな目には遭わせずに済んだのに……ごめんね。遅くなって」

「ううん！　大丈夫、……あの、助けてくれてありがとう……」

慌てて首を振って思い出す。

そういえば身を挺して助けてもらったのに、ちゃんとお礼を言っていなかった。

色々と聞きたいことはあるけれど、——整理する時間が欲しい。自分の身に何が起こったのか、未だに理解できていないのだ。

しかも床に身体を打ちつけた時に下敷きになった腕が、今になってじんじん痛み出してきた。

「真希ちゃん、頭をぶつけていたわ。大丈夫？」

「あ、少しくらくらするくらいで、大丈夫です」

オーナーの気遣う言葉に、相良さんはまるで自分が殴られたかのような顔をした。そういえば胸倉を掴まれたところで助けに入ってくれたから、その前に引き倒されたのは見ていなかったらしい。

心配そうに再び私の顔を覗き込んできた相良さんを安心させるために、「大丈夫です」と繰り返す。

彼はきゅっと顔を歪めて、今度は少し強めに私の身体を抱きしめた。

「本当にごめんね。色々黙っていてごめん……」

懇願めいた謝罪に、私は溜息をつく。

……こんな声で謝られたら、理由も聞かずに「いいよ」って許してしまいそうになるじゃない。

返事代わりに背中に手を回せば、いっそう抱擁がきつくなった。

――そして三十分後。

通報を受けてやってきた警察に、店長は私とオーナーへの暴行容疑で連行されていった。

それまで暴れていた店長もさすがに観念したのか、魂が抜けたようになり、警察官に促されるまま、パトカーの後部座席に乗り込んだ。

それを見送ったオーナーの表情は固く、顔色も悪い。今にも倒れてしまいそうなその背中を支えようと、腰を上げかけたところ、相良さんに「真希ちゃんは動かないで」と注意されてしまった。

私達のやりとりに気づいたらしい弁護士さんが、オーナーの手を取り、日陰となる軒先へ連れていってくれたので、とりあえずほっとする。

少し遅れて救急車がやってきて、私は相良さんとオーナーの強い勧めでそれに乗せられてしまった。

退院したばかりだったのに、この騒ぎで血圧が上がったオーナーも一緒に救急搬送されたので、私はつき添いという感じだった。

病院での検査の結果、頭に異常はなし。右腕は軽い打撲で、それ以上の異常はなかった。オーナーも一日だけ入院し、検査で引っかからなければ明日にも家に戻れるそうだ。

そして今更ながら、オーナーに相良さんとの関係を問われた。それに慌てていたら、相良さんがさらっと「恋人です」と答えたので赤面してしまう。

いや間違ってはいないけど……！　なんでこの人には照れとか躊躇とかないんだろう⁉

そして病院を出た時には日がすっかり暮れていて、ずっとつき添ってくれていた相良さんにタクシーで送ってもらう――はずだったのに、連れていかれたのは彼のマンションだった。

＊

「どうして、本当はオーナーじゃないって、言ってくれなかったんですか」

二人でソファに並んで座り、相良さんが淹れてくれたカフェオレを一口飲んで落ち着いたところで、私は改めて彼に詰め寄った。

　下から覗き込むようにじとりと睨む。助けてくれたことに関しては感謝しているけれど、それとこれとは別というか……私はわりと本気で憤っている。

　こうなったら、もう洗いざらい全部話してもらう。

　私の勢いに、相良さんは申し訳なさそうに目を伏せた。

「ごめん。オーナーの意向で……」

　予想していた答えに、やっぱりと溜息をつく。それでも言ってほしかった——なんて、仕事なのだから思ってはいけないのだろう。

　オーナーだって、自分が黙っているように頼んだって言っていたし、私の怒りは見当違いなものなのだ。でも、なんだか私ばかり振り回されて——もしかして、相良さんに信頼されてないのかな、と考えてしまう。

　もやっとしていたら、相良さんは微かに表情を曇らせて、私の顔を覗き込んできた。淡い色の瞳にあからさまに不機嫌な私の顔が映る。

「ごめんね」

　仕事なのだから何度も謝る必要ないのに。そんな可愛くないことを思っていたら、相良さんが手にしていたカップをテーブルに戻した。そして改めて私に向き直る。

「確かにただの言い訳だった」

「え？」

どういう意味だろうと目を瞬(しばたた)くと、相良さんは小さく深呼吸して、先を続けた。

「……今回の報告を上げて色々終わったら、オーナーに頼んで本当に店の権利を買おうと思ってたんだ。結果的に時期が少し後になるだけなら言わなくてもいいだろう、って考えて真希ちゃんにも黙ってた」

わざわざお店の権利を買う？

「どうして？」

復讐なんてする必要はなくなったのだから、買い上げる意味なんかない。

それとも……以前説明してくれた通り、本来の仕事の一環としてオーナーになるということ？

考えてみるけれど、どっちもピンとこない。

「分からない？」

戸惑いつつも素直に頷く。すると、相良さんはすっと視線を逸らして続けた。

「真希ちゃんがお店を大事に思っているのが分かっていたから。僕がオーナーである限り、側にいられるかなって」

そのまま顔を伏せてしまい、相良さんの表情は見えない。

「相良さん……」

名前を呼ぶことしかできない私に、相良さんはちょっと頭を傾け自嘲(じちょう)して頷いた。

「分かってる。こんな囲い込むみたいな真似するべきじゃない」

囲い込む……確かに見ようによってはそうなるのかもしれない。

「幻滅した？」

そう聞かれて首を横に振る。

だって、そんなことをするっていうことは――

「相良さん、本当に私のこと好きなんですねぇ……」

そう呟くと、相良さんがぱっと顔を上げて目を丸くした。

今更何を、とでも言わんばかりに、淡い色の瞳を戸惑いに揺らす。

誤解が解けてからは少しずつ色々な表情を見せてくれたけれど、こんな鳩が豆鉄砲をくらったような表情は初めて見た。

その表情に胸の奥がくすぐったくなって――何故か笑いが込み上げてきた。

――私のことを好きだからこそ、そうやって囲い込んで繋ぎ止めておこうとしたのだろう。そんなことで愛情を確信するなんて私は相当歪んでいる。相良さんのことを責められない。

……ああ、どうしてあんなに相良さんのことを信用できなかったんだろう。

笑いを引っ込めて相良さんの頬を両手で包む。まだ呆気に取られているのか、彼はされるがまま上を向き、その薄茶色の瞳に私を映す。

「好きです」

気づけばすっと声に出ていた。

やっぱりちょっと笑ってしまったので、今度は真面目に告白する。

「私、相良さんのこと好きです」

やや間が空いて、相良さんの目がますます見開かれる。そして彼は強引に私の手から抜け出し、口元を手で覆う。明後日の方向に向いた横顔が……かなり赤い。

「相良さん……!?」

「突然だから……少し、びっくり……して」

腕まで使って顔を隠すけれど、その耳は赤く、途切れ途切れの言葉からも動揺がうかがえる。

なんとなくからかいたくなってにやにやしていたら、こほんと咳払いした相良さんが、まだ赤みの残った顔のまま、改めて私に向き直った。そして――

「僕も好きだ。違う――愛してる」

幸せそうに笑み零れたその表情が本当に綺麗で、私は照れることも忘れて、見惚れてしまったのだった。

「はぁ……っ」

絡み合う舌と這い回る手に思考を奪われる。

お互いの服を脱がし合ってシーツに潜り込む。まだ電気を消していないので、相良さんの表情がくっきり見えるのだけど……

「あの……なんで、そんなにじっと見てるんですか……」

そう、さっきから相良さんは不埒に胸を揉みながら、じっと私の顔を見つめている。しかも、表情を綻ばせて。

戸惑う……というよりは、恥ずかしさを隠すために尋ねた私に、相良さんはちゅっと額にキスをして、ぎゅっと抱き締めてきた。

つい条件反射のように、大好きな香りが漂う胸元に頬を擦りつける。

「前は真希ちゃんに惹かれている自分が許せなくて、これ以上夢中にならないように、あまり見ないようにしていたんだ。……結局無駄な努力で、最後にはキスしちゃったけれどね」

確かに初めて抱かれた時のことを思い返せば、ほんの少し意地悪で……気持ちはよかったけれど――終始後ろから突き上げられた、ような……

不意に思い出してしまい、顔が熱くなる。

ごめんね、と呟いて目を伏せる相良さんを見て、私は慌てて首を横に振った。

「気にしてません、よ……」

それは本当。むしろあの時、私は微妙な違和感を覚えていたにもかかわらず、おおむね幸せな気持ちだった。

「真希ちゃんは優しいね」

自嘲気味に笑い、相良さんはやや身体を起こした。

「だから今日はお願い。顔を隠さないで、よく見せて？」

そう言って胸に触れていた手を離して、私の頬を両手で包み込む。

鼻先にキスをして蕩けるように甘く微笑む彼の表情に、恥ずかしさと共に胸が痛くなるほどの愛しさが込み上げてきた。

堪えるみたいに目を閉じるものの、じっと見られているのは分かる。

「やだ」

絶対変な顔になっているから、顔を隠したい——そう思って、離してもらおうと相良さんの手首を掴むけれどぴくりとも動かない。

「可愛いのに、顔を隠すの？」

そう言われて今度こそ顔が火照る。さっきから可愛いとか言いすぎだ。

だけど気持ちが通じたのか、もう一度瞼にキスしてから名残惜しそうに手を離してくれた。

彼からの責めるような視線に、何故か私の方がいたたまれなくなって、目を逸らしてしまう。

途端、横を向いたことで晒された耳朶を、しゃぶられた。

「ひゃ……っ」

「耳も好きだよね？」

熱い吐息と共に濡れた舌まで耳の中に侵入する。直接聞こえる水音のいやらしさに、頭の中が犯されているみたいだ。

そのまま胸に戻ってきた手が膨らみを鷲掴みにして、長い指の間で胸の先端をぐにぐにと挟む。

「っんん、つ、ふぁ…っ」

「真希ちゃん、おっぱいも好きだよね。……前もね、もっとたくさん可愛がりたかったんだ。きっとこんなに敏感なら、ココだけで気持ちよくなれるよ」

「可愛がり…っ？」

与えられる熱にぼうっとしていたせいで、相良さんの言葉をそのまま反芻してしまう。

い、いま、なんかものスゴイことを言われたような……!?

「んんっ」

彼の口の端が意味深に上がっていくことに悪い予感を覚えていると、相良さんは頬にかかっていた私の髪を耳の後ろへかけた。

「詳しく聞きたいの？」

その指と共に顔を伏せて、また耳朶を甘く噛む。

「ん、っ……！」

思わず漏らした声に、相良さんが吐息だけで笑うのが分かった。

「……ちゃんと真希ちゃんをドロドロに蕩けさせて喘がせて」

それが『もっとたくさん』の詳細だと気づいたのは、そんな囁きと共に舌が耳の中に入った時だった。言葉のいやらしさに、つい想像してしまい、お腹の奥がぞわりとする。

「もう何も考えられなくなって、自分からおねだりするくらい、グズグズに溶かして気持ちよくしてあげたかった」

両手で柔らかく胸を捏ねられる。彼は胸を下から持ち上げたかと思うと、大きく口を開いて淡く色づいたその周囲ごとじゅっと音を立てて吸った。

「んッ」

あまりの刺激に腰が浮く。

自然と腰を押しつけることになって、その時になって相良さんのものも大きく、熱くなっていることに気づいた。

あ、……反応して、くれてる……

「こっちは後でゆっくりとね」

一度口を離した彼にそれを、ぐり、と薄い下着越しに腰に押しつけられて、思わず背中を反らしたら、相良さんがまた緩く腰を動かした。

でも言葉通り、まだそちらにはちゃんと触れてくれないらしい。物足りなさに揺れた腰に気づいているだろうに、相良さんは再び胸への悪戯を再開させた。

口の中で先端を転がされてしゃぶられて、反対側の胸の先端は親指で押し込まれるように虐められる。

私と目を合わせ胸の先端を咥えたまま口の端を吊り上げるその笑顔は、いつかも見たものだ。一旦顔を上げて、赤い舌で唇を舐める彼の仕草に肌が粟立つ。

「美味しいよ。もうこんなに硬くなって、凄く……食べやすい」

「も、……ヘンなこと言わないで……っ」

小刻みに震える身体を持て余して、潤んだ視界の中、非難の意味を込めて相良さんの柔らかい髪を掻き回す。

だけどそんな抵抗なんてものともせず、相良さんは言葉通り、すっかり硬くなっていやらしく形を変えた胸の先端をちゅくちゅくと交互に吸う。

立ち上がった先端を押し込んでから、ぐりぐりと動かされて我慢しきれず、自分でも恥ずかしくなるくらい甘ったるい声を上げた。

「真希ちゃんは舐められるより、押し込まれて、こうやって虐められるのが好きなんだ？」

「ちが……っ」

虐められるのが好きとか……！　そんな趣味はないんだけど……！

熱に浮かされた彼の瞳にゾクゾクする。

お腹の奥がもどかしくてまた浮いた腰を、相良さんが宥めるように撫でる。その手つきにも、敏感になった身体が反応してしまう。

「や、もう、胸はいいから……っ」

「ん……もうちょっと」

両手で膨らみをまとめられて、弄られすぎて赤くなっているだろう先端に、じゅっと吸い付かれた。

凄い音にびっくりしたのと同時に切なくなってきて、太腿同士を擦りつける……そうなると、間に差し入れられた相良さんも刺激、してしまうわけで。

「……だめ、大人しくして」

焦ったような上擦った声が可愛くて頬を緩めると、相良さんはぐっと眉を寄せた。

そして今度は胸の先端ではなく淡く色づいた周囲だけを、ぐるぐると舌で撫で始める。

もう片方には優しく手を添えるだけで、その焦れったさに、相良さんの頭に縋りつく。

確実にさっきの仕返しだ。また堪らなくなって腰を動かしたところ、今度はがっちりと押さえられてしまった。

「も、やだ……っちゃんと触って……！」

身体の中で膨らんでいく焦れったさと出口が見えない快感に、ぎゅうっと頭を抱いて懇願すれば、相良さんは吐息だけで笑った。

「おねだり、してくれるの？」

図らずも、相良さんの言葉通りになってしまったらしい。彼は喜びが滲み出ているような、だけど欲望を抑えているような、熱の籠った声で尋ねてきた。その間も指は優しく胸を撫でるだけで、声にならなくて、ただぶんぶんと頷く。

すると、何故か相良さんの方が苦しそうな息を吐いて、胸に触れていた手へ力を入れる。

「んんっ」

きゅっと先端を摘まれて、きつく吸い上げられ、片方をぐりぐりと親指で押し潰された途端、身体の中で燻っていた熱が爆発する。

「っふ……っあッあ、あっ」

声と身体が震えるのを抑えられなくなって、お尻ごと身体を浮かせるように思いきり仰け反る。悲鳴めいた声と共に目の前でばちばちと火花が散った。

「……胸だけでイッちゃった？　気持ちよかったね」

ああ……なんか、踏み入ってはいけないところにいってしまった気がする……

達したせいで散漫になった意識の中で、ぼんやりとそう思う。

ぼうっとしながら相良さんの顔を見れば、彼は満足げな顔をして私の背中を撫でている。

ちょっと悔しい……

私の息が落ち着いたのを確認してから「続けるよ」と言わんばかりにまたキスをしてくる。

軽くて優しいキスだったのに、びくっと反応してしまった。

だんだんと深く入り込んでくる舌に翻弄されている間に、相良さんの大きな手が太腿を辿る。膝裏に回った手が脚を持ち上げ、その間へと滑り込んできた。

長い指が下着の中に忍び込み、熱くなった秘所に触れれば、それだけでくちゅ、と濡れた音がして顔に熱が集まる。

「……ッ」

「たくさん濡れてるね」

やっぱり相良さんは、こういう時だけ意地悪だ……！

非難の声を上げたいのに、吐息と共にそんな言葉を耳に吹き込まれ、中を探るように指を動かされると、言葉が喘ぎ声に溶けて、もう何も考えられなくなってしまう。

「っあ、っあ……ふ、っ」

すっかりぬかるんだ秘所の上の突起を親指でぐりぐりと攻められて、抑えきれない声が上がる。私の浮いた腰をやんわりと押さえながら、相良さんの身体が下にずれていくのが分かった。

その腕は力強くてびくともしない。太腿の内側の薄い皮膚(ひふ)に彼の柔らかい髪が当たってくすぐったかった。そして、弄(いじ)られてはしたなく蜜を溢(あふ)れさせているソコに温かい息がかかって、びくん、と身体が跳ねた。

「だめ、……っ」

「この前は聞いてあげたから、今日は我慢して、ね」

あやすような優しい声だけど、笑顔で押し切られる。せめて閉じようとした太腿をがっちりと押さえられ、逆に大きく開かされた。

「ひゃ、あっ……んん、んっ」

ぬちゃ、ねちゃと信じられない水音を立てて、舌と唇で突起を嬲(なぶ)られる。

その間も中を抉(えぐ)る指がスイッチみたいに、どんどん気持ちよさを引き出していく。やめてほしいのに、両手は相良さんの柔らかい髪を掻(か)き回すことしかできない。

「は……っひ、やっ……も、いいから……ぁっ」

「だ、め」

そう言う相良さんの声は蕩けそうなほど意地悪で甘くて、やっぱり楽しそうだ。

増やされた指で上の方を強く擦られて、身体に溜まっていた熱が一気に押し上げられる。

そして舌で剥かれた突起に吸い付かれた瞬間、頭の中が真っ白になって、抑えきれなかった嬌声が悲鳴のように部屋に響いた。

「は……っ……」

幾度となく指で、舌でイカされて、強すぎる快感に全身が痙攣している。

もう抵抗する力もなくなった頃、ようやく相良さんがソコから顔を上げた。

「真希ちゃん、イイ顔してる……」

そう言って吐息まじりに甘く笑うと、一旦身体を起こして開きっぱなしだった私の唇をぺろりと舐める。

そしてゴムを手早く装着した彼は、私を優しく抱き込む。

汗ばんだ肌と荒い息で、相良さんも興奮しているのが分かって、自分だけではないのだと少し安心した私はその背中に手を伸ばした。

「痛かったら、言ってね」

こんなにドロドロなのに痛いわけがない。

恥じらいも忘れてそう思う。ぼんやりと相良さんの顔を見上げれば、目が合った彼が苦しそうな吐息を零した。

散々指で嬲られ広げられたその場所にくちゅ、と熱いものが宛がわれる。

その感触だけでも、ぴくりと身体が震えた。ずず、っと這うようにゆっくりと身体の中に大きなものが入ってくる。

「は、……あ、あぁ、ッ――ッ」

「ん……いっぱいイッたから、中きゅんきゅんして吸いつくね」

胸の先端をきゅっと摘まれ、様子を見るみたいに優しく揺さぶられる。

「や、……っあ、っは、あー……あ、あ」

「奥まで急に入れると痛いかもしれないから、先に浅いところで気持ちよくなろうか。真希が好きなココもちゃんと、擦ってあげるから」

「ひゃ、あっ……も、いたくても、いいっ」

呂律が回らない。気持ちいいのに、辛い、そんな感覚から逃げたくて訴えると、相良さんは少し間を置いて、かりっと強く胸の先端を噛んだ。

「やッ」

「……だめ、そんなこと言っちゃうと奥、突きたくなっちゃうよ。今日は絶対痛くしないって決めてる……ッ」

「んん、ん、ぁっ」

相良さんが浅いところを掻き回す。その上の突起を二本の指で挟んで上下に動かされて、腰が勝手に動く。

ぎゅっと強く抱き締められ、中に入っている彼の存在を一際強く感じた。

「あっあ、……っあ」

どうやらまた軽くイってしまったらしい。腰が砕けるかもしれない。

声も嗄れてきて、荒い息しか出なかった。

相良さんの腕の拘束が緩まり、繋がったままの腰を撫でる。それだけの動きにも堪えきれず「んんっ」と変な声が出た。

「あー……ちょっと駄目かと思った。……ん、落ち着いた……？」

もう、無理。

肩で息をしていたら、汗ばんだ額に唇が落とされる。至近距離で眇められた目に思わず名前を呼べば、相良さんは私の目尻に溜まっていた涙を唇で掬い取った。

「ねぇ、真希ちゃん。そろそろ名前で呼んで？　大貴って」

少し困ったような声音で囁き、あやすみたいに耳朶を柔らかく噛んで、胸も下から優しく揉まれる。

「大貴、さ、ん……？」

ぼんやりしながら声に出して反芻すると、相良さんは、「うん」と嬉しそうに笑った。

ぴく、っと身体が震えたのは、まだ中にいる彼が動いたせいだ。

「ま、だ、……ダメっ、動かない、ッで」

そう言ったのに、相良さんはずん、と奥を突いてきた。まだ快感の狭間にいた身体が痙攣して涙が浮かぶ。

「ひゃ、だめ、だめ、……ッやっあ、あっ」

「可愛い。好きだよ。……は、ぁ……いっぱい中が震えてて、僕もすぐ出そう、……真希」

ちゅっとキスをして、腰が引かれる。続く大きなスライドに身体ごともっていかれそうになった。

「気持ちいい？」

「う……っ、あ、きも、ち……い」

「うん、僕ので気持ちよく……っなって……？」

きゅうん、と奥が反応する。身体の奥が溶けてしまいそうに熱い。

「真希……っ好き」

「私も好き、大好き……っ」

揺さぶられながら答えた声はどうやら届いたらしい。相良さんは目尻をきゅうっと下げて、私をぎゅっと抱き込んだ。至近距離で覗かれたその目にちゃんと私が映っていることに、嬉しくなる。

動きはいっそう激しくなり、水音と腰がぶつかる音とお互いの荒い息が交じり合って、頭の中まで乱される。

両手を絡めてキスし合って。

——結局、相良さんは夜明け近くまで私を離そうとしなかった。

*

それから数日が過ぎ、私の腕の痛みもすっかり取れた頃。

店長に登記事項証明書の写しを見せ、弁護士を斡旋するなんて言ったのは、相良さんのお父さんの告別式に現れた例の愛人さんだったことが分かった。

彼女は、若い内に家を出て縁を切られている相良さんにはきっと何か後ろ暗いことがあるだろうと考え、情報収集のために店長に近づいたそうだ。そして店長から——結果的に彼の思い込みだったのだけれど、店を騙し取られたという話を聞き、遺産相続を有利に進める取引材料にしようという思惑だったらしい。

そして驚くことに、私はその愛人さんを知っていた。正確には見ただけなのだけれど、あの大阪の展示会に来て、店長と話していた全身ハイブランド服の女の人だったのだ。

ただの偶然だったのかもしれないが、知り合いに頼んでわざわざ店長に会いに来たのだとしたら、そこまでしてしまう愛人さんも凄い。

恐らくそこで店長と知り合い、ひと騒ぎ起こそうと彼をけしかけたのだろう。

あの後、私に襲いかかるという事件を起こした店長をたきつけた共犯として警察に訴えると言ったところ、愛人さんは拒否していた娘のＤＮＡ鑑定に渋々ながら頷いた。

その結果、相良さんの父親と娘さんとの血縁関係は認められず、ようやく事態は収束したのである。

店長については――私が被害届を出さなかったこともあり、三日後には釈放された。オーナーもこのままでは更生は不可能だと判断し、店長を遠縁の寺に預けることにしたそうだ。

その流れで、お店は私が店長として引き継ぐことになった。オーナーがあの日私を呼び出したのは、その話をするためだったらしい。

仕事内容は、実は副店長の時とさして変わらない。……だけど有能な麻衣ちゃんが副店長になってくれたので、私の負担はかなり減った。だからイベント以外でも休み返上で働かなければならないなんてことはなくなり、念願の週休二日を謳歌(おうか)している。

だから今日も――

「これ、味どう？」

差し出されたスプーンに載っているのはアボカドと卵のコブサラダ。ぱくっと口に含むと、刻まれたぷりぷりのエビと絡んだ卵のまろやかな甘さが絶妙で、ほっぺたが落ちた。

「美味しすぎる……！」

「よかった」

そう言って笑うと、相良さん――大貴さんは私の頭にちゅっとキスをしてキッチンへ戻っていく。

ちなみにお手伝いは断られてしまったので、ありがたくソファで仕事半分趣味半分に雑誌を読んでいるのだ。

「はい」

ホットココアの入ったマグカップがテーブルに置かれる。まさにいたれりつくせりなのだけど、昨日も一昨日もその前の休みもそうだったということに気づいて、ちょっとぞっとする。甘やかされすぎて駄目人間になってしまいそう……

「もう終わったんですか？」

「あとはオーブンに任せて、真希のこと構いにきた」

「私はワンコじゃありませんが」

じとりと見上げれば、大貴さんは目元を柔らかくしてくすりと笑う。

「じゃあ可愛い真希の毛繕いしてあげる」

「わっ」

ひょいっと持ち上げて膝の上に乗せられる。薄茶色の瞳が悪戯っぽく細まって、大きな手がマッサージをするように背中を這った。

ここのところ大貴さんはすっかり料理に嵌っていて、休みの日にはこうして手料理を振る舞ってくれることが多い。それがまた美味しくて、私の胃袋は完全に彼に掴まれてしまった。

顔中に降り注ぐキスの合間に、なんとなく前から気になっていたことを聞いてみる。

「……大貴さん、もう私のこと甘やかしてくれなくても、これ以上ないってくらい大貴さんのこと好きですから、大丈夫ですよ？」

お母さんのことや私を騙していたことに負い目を感じているにしても、最近の彼はちょっとやりすぎだ。

いつかのようなプレゼント攻撃はないものの、私が何かしようとすればなんでも先回りしてやってくれるし、喉が渇いたと思った瞬間に、飲み物を差し出される。一緒にお風呂――は、恥ずかしくて断り続けているけれど、その後は甲斐甲斐しく、ヘアオイルまでつけてドライヤーで丁寧に乾かしてくれるのだ。

……このままでは駄目人間まっしぐらだと、危機感を覚えるほど。

「いや、意外に甘やかすの楽しくて……でも恋人に対する態度としても、普通じゃない？」

そう言いながらも、大貴さんは今もふにふにと手のひらをマッサージしてくれている。もう反論の言葉ごと心地よさに蕩けてしまいそう。

「そうかなぁ」

世の中の彼氏全員がこんなに溺愛してくれたら、誰も別れる気なんて起こさないだろう。

首を傾げて悩んでいると、皺が寄っていたのか眉間にチュッと軽いキスが落ちる。

「納得したのなら、もっと甘やかしていい？」

再び合わさった唇は、ひどく濃厚で――

「や、……っもうすぐご飯……！」

抵抗した私だけど、やんわりと押さえられてソファへ押し倒される。

「少しだけだから、ね？」

私の上でにっこりと微笑んだ相良さんは、また一つ甘い嘘をつく。

そして私はそれを分かっていながら騙されて……これからもこうして長い時間を二人で過ごしていきたい。

柔らかな大貴さんの髪を撫でて、私は心からそう思った——のだけれど。

「す、すこし、って言った……！」

リビングだというのにあっという間に下着以外脱がされて、必死で逃げようと大貴さんの下から這い出す……が、背中を向けた途端、彼が覆い被さってきて、素早くブラジャーのホックを外された。

「きゃ……っ！」

胸の拘束が緩み、その下から滑り込んだ彼の手が胸を鷲掴みにした。そのまま形を変えるようにぐにぐにと揉みしだかれて、上半身が崩れてしまう。

「やっ……っん」

「ほらイイコだから大人しくして」

片手で腰を掬うみたいに持ち上げられて、物凄い格好になっていることに気づく。

「や」

ぐっと、お尻に押しつけられた熱いものの正体に、私はきっと耳まで赤くなっているだろう。

少しって、全然少しじゃない！

「セクシーな格好だね」

「ちがぁう……からっ！」

お尻にちゅっと音を立ててキスされ、抗議しながら必死に背中を反らして大貴さんを振り返る。

唇の端を吊り上げて、にっと笑うその表情は、こういう時によく見せるもので――

逃げられない予感におののく。

「だめ……？　真希の中に入りたいな」

胸に触れていた手がお腹を撫でて、下着の中に滑り込んだ指が優しく突起を摘まんだ。

「んっん、んん……っ」

優しく……ともすれば焦れったいほど弱く指で挟まれ、押し潰される。

「ふぁ……んっ」

自分の喉から出た声の甘さは、まるでもっとと強請っているようで、恥ずかしさにソファの座面に顔を押しつけるけれど、声が抑えられない。

潤んで滑りがよくなったソコに、指が差し込まれる。くちゅ、と水音が上がって、ぞわっと全身が震えた。

規則正しい指の動きに合わせて、声が上がる。

「きゅうきゅう締めつけてくる」

気持ちよさに思わず腰を揺らすと、大貴さんが艶っぽく耳元で囁いた。

熱い吐息に肌が粟立って、お腹に溜まっていた熱が一気に背筋を駆け上がる。

近くにあったクッションを手繰り寄せてしがみつこうとすれば、上から伸びてきた手が、ぽいっとそれをフローリングに投げ捨てた。

なんで、と上擦った声で非難すると、大貴さんは私のソコから指を引き抜いて、するりと下着を脱がせてきた。

「ひゃうっ」

「しがみつくのはこっち」

そのまま身体を起こされて、ソファに腰を下ろした大貴さんの膝の上に乗せられる。

不安定な体勢が怖くて首に縋りつけば、もう一度持ち上げられて、ぬかるんだ入り口に熱いものが押し入ってきた。

「ああ……っ」

落とされるみたいに突き入れられて、耳を塞ぎたいくらいにいやらしい音がする。

「あ、……あ、あ」

そのまま慣らすように小刻みに揺らされて、蕩けそうなほど気持ちよくなってしまう。

思わずぎゅっと頭を抱え込むと、大貴さんは荒い息を吐いて、一度動きを止めた。

「痛くない……？」

　こちらを覗き込む淡い色の瞳には濃い熱情が浮かんでいるけれど、少し不安げにも見える。大貴さんはいつも優しい。だけど、それが辛い時だってあるのだ。

「だ、いじょう、ぶ……っ」

　ああ、もう、するつもりなんてなかったのに……！

　最初の抵抗はなんだったんだ、と自分に突っ込みたい意思の弱さ。

「……だから……っ動いてぇ……っ」

　中に入っていたものが、ぐ、と大きくなったのが分かって、また上擦った声が出た。

「なんて顔するの」

　全く私は悪くないのに、何故か責められて、かぷっと鼻先を囓られる。

「も、やだ……ぁっ」

「こっちのセリフだって……あぁ、もう真希が可愛くてツラい……、ちょっと強くするからね」

　そう言った彼に、何度も気持ちいいところを突き上げられる。

　あっという間に上り詰めて……その後くたくたになった私が美味しいご飯にありついたのは、それから二時間も後のことだった。

「も、もう……っ信じられない、まっ昼間から、あんなっ……」

場所を移し、そこでも色々とイタした後、正気に戻った私は明るい部屋でのあれやこれやを思い出してしまい、言葉の途中でシーツを奪い、大貴さんに背中を向けた。

そんな私を上から覗き込んでくる彼から逃れるように、頭からシーツを被って繭状態になる。籠城するには心もとない装備だけど、部屋から出ていこうにも、腰が未だにじんわりと痺れて立てないのである。

「まーき。真希ちゃん、ごめんね。つい可愛くて」

あとソレ！　これまでの人生で可愛げがないと言われ続けたせいか、私が可愛いって言ってもらうのに弱いことを知ってて乱発してると思うの！

宥めるみたいに、シーツごと優しく撫でられる。よいしょっと抱えられて、頭のてっぺんにキスされたのが分かった。

「ごめんね。次は最初からベッドでするから、ね？　明るかったおかげで真希の顔がよく見えて、嬉しかったんだ。だけど次はちゃんと我慢して、真希の言うことだけ聞くから、機嫌直して？」

申し訳なさそうな声に、シーツからちょっとだけ抜け出して、大貴さんを見る。声音通り困った顔をした彼に微妙に罪悪感をくすぐられるのだけど……

「……それ、次は焦らそうとか思ってません？」

中途半端な状態で、私から言うまで先に進まないとか、言葉にしないと分からないとか……ここ最近の彼の行動パターンから、ありえそうな可能性を問いかける。

訝し気な私の視線に大貴さんは目を見開いて、それからふふっと笑った。

「あ、残念。バレちゃった」

やっぱりか！

だけど、にこにこ笑う彼の顔に毒気を抜かれて、うっかり絆されそうになってしまう。

ああもう、この顔に私は弱い。気を抜けば一瞬で緩みそうな顔を一生懸命引き締めつつ、頬を膨らませた。

「うそつき」

――だけど、その私の言葉は、自分でも分かるほど掠れて甘ったるかった。

策士、策に溺れる

——思い返せば彼女は、最初から何もかも違っていて『特別』だった。

相良システムの会長である父親が病魔に冒(おか)されたことで、兄が今後のため、興信所へ調査を依頼した。その報告書が上がってきたのは、いよいよ危ないと医師に宣告された翌日だった。

遺産の類(たぐい)を放棄すると宣言し、親の会社とは畑違いの仕事を選んで数年。無関係を貫(つらぬ)いていたものの、母親違いの兄との仲は良好で、時々会って飲みに行くこともあった。

最初こそ自分には関係がないと雑務処理のあれこれを突っぱねたものの、日を追うごとに会社と実家のいざこざで窶(やつ)れていく兄を見ていられず、そして兄一人に押しつけた負い目もあり、結果的に、表に顔を出さなくて済む父親の身辺整理の手伝いを引き受けた。

興信所が寄越した分厚い封筒に入っていたのは、女性に関する呆れるほど大量の書類。

数十枚に及ぶそれらは、定期的に父親と会っていたという女性の調査書だ。幼い頃から散々見てきたので、もう怒りの感情は湧かない。テーブルに広げたそれを機械的に捌いていた時、ふと手が止まった。

『堤乃恵』

取り上げた報告書には、病死の文字。浮かんだ感情は想像していた憎悪ではなく、言葉にできない複雑なものだった。

彼女は自分が幼い頃、母親の世話と自分のシッターを務めていた人物で、当時の僕は明るく優しい彼女が大好きでよく懐いていた。そして母親はそれ以上に、彼女を姉のように慕い心から信頼していた。

僕の母親は、親の仕事の繋がりで日本に嫁いできたものの、もともと病弱で床に伏せることが多かった人だ。その上、日本には知り合いもおらず、使用人に英語を話せる人間もいなかった。唯一流暢な英語を話せた父親は、母の産後の肥立ちが悪く、妻としての務めが果たせないと医者から聞いた途端、会いにくることもなくなったらしい。

そんな中ただ一人、年齢も近く、物怖じせずに片言の英語で明るくコミュニケーションを取ろうとする乃恵に母親が依存していったのは、無理もないことだったのかもしれない。

当時、僕は乃恵が父親の部屋に行くのを何度も見ていた。幼心におかしいと思いながらも、それでも信じていたのに、彼女は結局自分を裏切り、母を絶望に追いやった。
堤乃恵の調査書を捲(めく)ったところ、もう一枚は幼い頃に数回会ったことがあった娘の調査書だった。

愛人だった時期を考えれば、恐らく父との血の繋がりはない。添付(てんぷ)されていた写真は明らかに盗撮されたもので、記憶の中の乃恵と少しだけ似た面差しに目を眇(すが)めて、兄の目を盗み、その一枚を抜き取った。

――供養の代わりに仏前で恨(うら)み言でも聞かせれば、この鬱々(うつうつ)とした気持ちは収まるのだろうか。

そんなことを思いながらスケジュールを調整し、その週末には乃恵が住んでいたマンションを訪ねた。調査書によると、今は娘が一人暮らしをしているらしい。

突然の訪問という胡散臭(うさんくさ)さがあるとしても、自分しか知らない昔話をして微笑んでやれば、丸め込める自信はあった。

地元でもその美しさで有名だったという母譲りのこの顔が、年頃の異性にどう見えるかなんて、面倒になるほど理解しているし、仕事上それを利用することも多々あった。

一目ぼれなんて強烈なものでなくてもいい。第一印象さえよければ、あとは話術と意外性と――その人の言動を分析すれば、瞬(またた)く間に理想の相手になれる自信があった。まれに警戒心を持たれることもあったので、好意を持たれるよう親しみやすい笑みを常に顔に張りつけている。おかげで、もう自分でも元の顔なんて分からないほどだ。

けれど意外なことに、実家の会社名や、今の会社の役職名を伝えても、乃恵の娘——真希ちゃんは感心するだけだった。むしろ、こちらとは一定の距離を保とうとしていることが見て取れた。

一人暮らしなのだからそれくらい警戒するのは当たり前だったのだけれど、自分にはそれが新鮮に見えて、いつの間にか、好きではなかったはずの自分の顔にずいぶん傲っていたことに気づいた。

美しかった母の最期を一番近くで見つめ続け、皮一枚の美しさなんて儚いものだと知っていたのに。

声や仕草が加わるせいか真希ちゃんは写真で見た時よりも、乃恵によく似ている。けれど複雑な気持ちより、懐かしい気持ちが先に立ったことを意外に思った。

幼い頃に数えるほどしか会わなかったけれど、あやしたこともある可愛い女の子の面影を思い出し、その顔に浮かぶ素直な感情に、変わらないな、と懐かしく感じてしまった。しかし。

『笑顔で「幸せだった」って言っていました』

そう言われて、油断していたところに母の死に顔を思い出した。

美しかった顔は落ち窪んで黒ずみ、乾いた皮膚に生前の面影はなくなってしまった母。

自分とよく似ていたからこそ、その姿が恐ろしく、瞼の裏に焼きついていた。

『ずるい』

そう言ったのは、きっと思い出の中の幼い自分だ。

――きっと、可愛かったこの子も、乃恵のように優しく笑いながら誰かを裏切るのだろう。

そう思えば、目の前の彼女が乃恵と重なり、どうしようもない怒りや悲しみが蘇った。

そして、それに引きずられ、子供じみた復讐を思いついた。

――彼女に近づいて信頼させて、最後には裏切る。

その時は、それが母親へのただ一つの手向けのような気がした。

調査を進める上で彼女の勤め先は調べていたし、都合のいいことに彼女の勤め先のオーナーは資産家だった。入り込みやすい規模の事業展開をしており、本業でいくつかの案件を受けたついでに、個人的に面白い頼まれごともされていたのだ。

まるでお膳立てされたように状況が揃っていたことも、僕の背中を押した。

そうして勤め先のオーナーという地位を利用し、僕は彼女との距離を詰めていった。

けれど、真希ちゃんは甘い言葉やもので釣ろうとしても一向に靡く様子はなく、それどころかますます警戒を強めていく。

どうすれば好きになってもらえるのか、どこからゲーム感覚を脱していったのか、未

『あー、真希さん、そういえば料理のできる男の人がいいって言ってましたよ』

お店のスタッフにそんな噂話を聞いて、真面目に調理器具を揃えて料理本を読み込む。そしてわざと車のスペアキーを落として誘い出し、ようやく一緒に食事を取ることに成功した。

でも、いくらか雰囲気は柔らかくなったものの、思い通りの展開にはならない。むしろ自分が作った料理を美味しそうに頬張る彼女の姿を見て迷いが生まれた。一方で、それを消したのも彼女だった。

『母にもよく言われたなぁ、って』

——その言葉で、彼女は乃恵の娘だと思い出した。結局何の進展もしていない状況に焦り、少しでも意識してもらい、関係を進めようと不意打ちで口づける。

エレベーターの扉が閉まるまでの一瞬しか見えなかったが、彼女は驚いた表情をしただけだった。そして柔らかかった唇に、逆に自分の心がざわついた。

——うまくいかない。

そうして仕事が忙しくなってきて、追いかけてくるような焦燥感に苛立ちを感じ始めた時、真希ちゃんがインフルエンザに倒れ、一気に距離を詰めることができた。

ただ同時に、彼女の痛々しいほどの真面目さと一生懸命な姿に、見目を利用して要領よくのらりくらりと生きてきた自分とは真逆の眩しさを感じてしまった。自分でも意外に思うほど世話を焼き、小さな頭が自分の胸へ無意識に擦りよせられた時には——ひどく満足した。

　元気になってから自分の仕事を語る真希ちゃんは、やっぱり自分とは百八十度違う。一緒に時間を過ごせば過ごすほど可愛くて、笑ってもらいたくて、急速に惹かれていく自分を止めることはできなかった。

　浅はかな復讐心など持ってしまったことを後悔しても遅い。抱いてしまえばいっそう想いが募り、時折見せる彼女の不安げな瞳に懺悔したくなる。もう母への想いに蓋をして、全てなかったことにしてしまおう——そう決めた直後、思ってもみなかったところから『そのこと』が彼女の耳に入り、その時はやってきた。

　それからは、台本のセリフを言うように勝手に口から言葉が紡がれた。彼女が否定するのは当たり前だろう。自分の母親がよその男の愛人をしていたなんて、信じることなどできなくて当然だ。

　母への手向けというよりは、強い呪いのような気さえした。

　真希ちゃんと笑い合う度にちらついた母親の死に顔は、その日を限りに浮かばなくなった。代わりに浮かぶのは真希ちゃんの泣き顔で——結局、自分がやったことはなんだったのだろう、と自問自答する日々。

そうして胸に穴が空いたような喪失感と引き替えに、復讐は成されたのである。

——けれど。

「やだ。まだそんなの信じていたの？　あんな地味な女があの人の愛人のはずないじゃない」

社長室のソファにふんぞり返り、そう笑った女の言葉が信じられず、思考と共に息すら止まった。

義理だけで出席した社葬の後に面会を希望してきたのは、葬儀の場には似つかわしくないほど派手な女だった。

女が親しげに呼んだあの人とは、つまり自分の父親で、その酷薄な赤い口紅には、確かに見覚えがあった。

「——急にそう言われましてもね」

「然るべき検査を受けていただき——」

「どうして可愛い娘に、そんな辱めを受けさせなきゃいけないの。写真なら何枚もあるのよ。動画も音声だって」

「しかし」

「いいのよ。週刊誌に持ち込んだって」

俯いた僕の上で交わされる弁護士と女との会話なんて、耳に入るはずもない。

「おい大丈夫か、大貴」

一緒に面会していた兄が黙りこくってしまった僕の腕を小さく引く。

どうしたんだ、と言わんばかりのその表情に、はっと我に返り首を振った。

愛人だと名乗る目の前の女は、恐らく僕が自分の存在にショックを受けていると思ったのだろう。僕を見て片方の眉を器用に吊り上げ、何故か勝ち誇ったような顔をしていた。その醜悪さに吐きそうになる。

……父親に愛人がいたことなんて、今更驚くことではない。今回の社葬を行うにあたって世間に公表すれば、こういう手合いが出てくるはずだと予想していた。

それなのにこの女の話を聞いたくらいで様子がおかしくなった弟を兄は不思議に思ったのだろう。

今更幻滅なんてする必要もないほど、自分も兄もあの男には嫌悪感しか持ち合わせていない。

父親は女癖以外にも色々と悪癖があり、会社を継いだ兄は、自分以上にその尻拭いに奔走していたのである。

「悪いな。少しだけ席を外す」

弁護士にそう言って立ち上がった兄に腕を引かれて、部屋を出る。

部屋を出るなり眉を顰めて顔色の悪さを指摘されて、反射的に頬を撫でたものの、顔色なんかどうでもいい。兄の腕を掴んで、咄嗟に頼み込んだ。

「ごめん、抜けてもいいかな」

「え？　ああ。なんならもう家に帰っても構わないぞ。こっちは弁護士がうまくやるだろう。今日はつき合ってくれてありがとうな。ゆっくり休めよ」

そう言ってくれた兄に感謝して、すぐに地下の駐車場に向かう。その途中でスマホを取り出して、消すことができなかった真希ちゃんの電話番号を表示し、タップした。

「……出て……っ」

だけど、吐き出すように低く絞り出した言葉は、彼女には届かない。留守電になり、もう一度かけ直すけれどやはり彼女は出なかった。またかけると留守電に吹き込んで、車に乗り込む。

……まだ電車だろうか、それとも家に戻っているだろうか。

ジャケットを乱暴に助手席に放って、腕時計を見下ろして逆算する。

彼女と別れたのは一時間ほど前だ。

少し考えて店に電話をする。電話に出たスタッフが言うには、真希ちゃんは一日休みになっているとのことだった。

エンジンをかけて、急かされるように彼女が住んでいるマンションへ車を走らせる。

マンションの路肩に車を停めて、再び電話をする。しかしずっと通話中の音がするばかりで、誰と話しているのかと彼女の部屋の窓を見上げた。

終わるまで待つべきかと、そのまま車の中で息を潜めて待つ。そしてきっかり一時間経ってもまだ同じ状態で……着信拒否されていることに気づいた。

……自分がしたことを思えば当然の仕打ちだったのに、目の前が真っ暗になった。

「……っくそ」

みっともなく震える指で電話を切り、ハンドルに突っ伏す。

あそこに彼女がいるのは分かっているのに、拒絶が怖くて足を踏み出せない。

どうして分からなかったのか。いいや、何かがおかしいのは気づいていた。けれど独りよがりな『復讐』を完遂することが母への手向けになると思い込んだ。その結果、罪もない彼女にひどい仕打ちをした。後悔なんて、どこからすればいいのか分からない。

得体の知れない真っ暗な泥沼に呑み込まれたように、息が苦しい。

──彼女に、会って、……会ったら、謝って……

それで、どうしたら赦される？

分からない。……分からない……！

そのまま何時間か経った頃、彼女の部屋に明かりが灯ったのが、滲んだ視界に映った。

彼女は確実にあそこにいる。

分かっているのに、足が一歩も動かない。

今更どんな顔で彼女と会えるんだ。未練を断ち切るために殊更ひどい言い方をして彼女を遠ざけたのに。

あの時の絶望に歪む彼女の表情が、自分を責め立てる。

祈るようにハンドルに額をつけて、どうすればいいのか考える。答えなんて、どこにもないのに。

「真希ちゃん、……真希……」

結局、訪ねることはおろか車から降りることも、玄関から目を逸らすこともできなくて、ただただじっと見つめていた。

ストーカーか不審者か、自分がやっていることに反吐が出る。

マンションがよく見える路肩に駐車したまま、まんじりともせず一晩過ごした。

空が白んでしばらく経って、ふっと気づいて充電の切れかけたスマホで、彼女のシフトを確認する。

今日は朝から出勤となっていたので、もうすぐ彼女はここを通るはずだ。

――あるいはもう辞めてしまったかもしれない。

でも、真面目な彼女のことだから、どれだけ傷ついても仕事を放り出したりはしないだろう。彼女の責任感だけが、希望だった。

彼女の姿を見ることができたなら、根が生えたように動かないこの足も、なんとか動かすことができるはず。

そして——時計の針が八時を過ぎ、螺旋階段から下りてきたのは、空を切り取ったような明るい青色のスプリングコートを着た真希ちゃんだった。

遠くて表情は見えないけれど、あの部屋から出てきたのだから間違いない。

「真希ちゃん！」

僕は転がるように車から飛び出し、彼女のもとへと駆け出した。

そのあとは、真希ちゃんの気持ちの整理がついていないのを承知で、ほぼ一方的に謝罪の言葉を捲し立てた。冷静になって切り捨てられるのが怖くて、彼女の優しさに縋って側にいたいと懇願した。

触れる度に身体を固くする彼女に自分の罪深さを思い知らされて死にたくなる。だけどやっぱり側にいたくて、声が聞きたくて——

かねてより考えていた店の買取りの話をするべく、オーナーの家に向かったのはそんな時だった。忙しさと真希ちゃんに対する焦燥感で頭が働いていない自覚はあったけれど、会社にスマホを忘れたことに気づいた時は、いよいよどうしようもないな、と自嘲した。

玄関に入るなり大きな物音がして、驚いてそちらに向かえば、顔見知りの弁護士が渡り廊下を走っていた。

悪い予感を覚えてそのまま駆け出し、胸倉を掴まれた真希ちゃんの顔が青白くなっているのを見て、一瞬意識が飛んだ。

そしてひと騒動、ずっと我慢してきた男への制裁も済ませ、彼女に今度こそ全てを告白した。もう目の前から消えてしまうかもしれない。そんな危惧さえ覚えて彼女の言葉を待っていたら、意外な言葉が返ってきた。

『相良さん、本当に私のこと好きなんですね……』

『私、相良さんのこと好きです』

こんな情けない自分の告白の、どこが彼女の心に引っかかったのか、今でも理解できない。彼女に対する執着心は、あまり綺麗なものではない自覚はある。だけど彼女は楽しそうに笑ってそんなことを言ってくれたから、嬉しくて、どんな顔をしていいのか分からなくなった。

こちらを覗き込んできた真希ちゃんは、ここしばらく見ることのできなかった、凄く可愛い顔をしていて、堪らなくなる。

「僕も好きだ。違う——愛してる」

彼女は再び受け入れてくれて、僕はその日、世界で一番幸せな男になった。

ようやく実家のいざこざも、真希ちゃん——真希のお店も落ち着き、全てが収まるところへ収まった……というにはまだ不足があるけれど、それなりに事態は収束した。

そして今でも僕の側にいてくれる奇跡みたいな彼女の存在に、もう感謝しかない。

傷つけた分、優しくして甘やかしたいと思うのに、なかなかそうさせてはくれないのが悩みだけれど、そういうところが彼女らしくて、いっそう愛しさが募る。

仕事を終えてマンションに戻ってきた僕は、てっきり先に来ていると思っていた真希の姿がないことに気づく。ソファの上に仕事鞄を置いて、時計を見下ろした。

「……まだお店にいるのかな」

彼女のお店からここまでは五分ほどで、店舗も多く夜も明るくて賑やかなので、それほど危ない道ではない。

軽い夕食でも作って待っていようかと思ったものの、今日はなんとなく迎えにいくことにした。彼女が食卓に並んだ料理を見て、顔を綻ばせて歓声を上げる様子を見るのは何よりの楽しみだし、少し照れたように『ただいま』と言ってくれる彼女の顔も可愛いけれど、今日は月が綺麗だし、二人で短い夜の散歩をするのもいい。マンションまでは一本道だし、すれ違うこともないだろう。

僕は財布とスマホだけ持って、スーツのまま家を出る。

駅へ向かう人の流れに逆らうようにお店へ向かえば、ショーウインドウの向こうから少しだけ灯りが漏れていた。

　半年前までは、ほぼ毎日通ってきたお店の入り口の取っ手を回すと、鍵が開いていた。真希の危機感のなさに自然と眉が寄る。彼女はしっかりしているのに、こういうところは物凄く無防備だ。以前も指摘したら、『売り上げ金は業者が持っていってくれてるし』と明後日な反論をしてきたので、真希自身への危険性を説いた。……あれで分かってくれたと思っていたのに、お仕置きがてら、少し強く言う必要があるかもしれない。もっともらしい主張に即物的な感情を含ませてそう思うあたり、もう自分は色々駄目なのかもしれない。そんな反省をしながら、お店の中に入る。

　フロアの真ん中のマネキンの前で、首を傾げている真希を見つけてそっと声をかけた。

「うわっ、びっくりした！　もう大貴さん、足音くらい立ててください！」

　ぱっと振り返った真希の顔は引き攣っている。本気で驚いてしまったらしい彼女に、ごめん、と謝った。いつも強気な真希だけど、意外に恐がりなところがあって、今も声を上げてしまった自分が恥ずかしいらしく、耳が赤くなっている。

　……可愛いなあ。

　お店の中にはもう誰もいない。半分灯りの落ちた店内には僕と真希の二人だけなので、遠慮なく話すことができる。

真希は僕とつき合っていることを、お店のスタッフにはひた隠しにしている。最近になって真希が信頼している高木さんに言った、というかバレたらしいが、『水臭い！』と、物凄く怒られたと言っていた。凹んでいたけれど、逆に僕は慕われているんだな、と感心してしまった。だって『水臭い』というのは『言ってほしかった』ということだと思うし、それを証明するように、高木さんも真希の意向を汲んで内緒にしてくれているそうだ。

……最近男のスタッフも入ってきたから、僕としては全員に言って回ってほしいくらいなんだけど。

「……あ！　すみません、こんな時間でしたね。わざわざ迎えに来てくれたんですか？」

真希はお店の時計を見上げて慌てて立ち上がる。僕は真希の側へ近づいて、手元を覗き込んだ。

「いいよ。マネキンに着せる服を選んでるの？」

真希は一度目を瞬いて、噴き出した。

「マネキンって久しぶりに聞いたなぁ。うちのお店ボディしか置いてないから。でも、うーん。一体くらいあってもいいかも。いやでも、それならメンズも入れてお揃いコーデとか」

「真希」

「あっ、すみません！　つい」

もう終業時刻はとっくに過ぎているというのに、再び仕事モードに入る真希を、大袈裟(おおげさ)にじとりと睨(にら)む。

「もうすぐ終わります！　あの、本当は一度閉めたんですけど、前のお店のショーウインドウと丸被りで、さすがにまずいな、って替えてたんです」

「そんなことあるんだね」

「まぁ流行もあるし、被るのはしょうがないですね。あとコレを着せたら終わりなんで、もう少しだけ待っててください」

申し訳なさそうに謝りながらも、マネキン……じゃなかったボディに選んだ服を着せていく真希は楽しそうだ。最初に着せ替えるのを見た時、腕やら脚やら色んなパーツが地面に置かれていて、ぎょっとしたことを懐かしく思い出す。

本当に仕事が好きなんだなぁ、と少し羨(うらや)ましく思う。自分には、恐らく仕事をしている時にこんな表情をする日などこないだろう。一方、真希は接客している時も楽しそうで、眩(まぶ)しいくらいきらきらしている。仕事と自分とどっちが大事なの、なんて馬鹿なことを聞くつもりはないけど……いや逆に怖くて聞けない、なんて考える自分は愚か者なのかもしれない。

彼女がパンプスと小物を並べるために膝をつく。こちらに向けられた、ロングタイトスカートの形のいいお尻に、ちょっと不埒な欲情が擡げて手が伸びるけど、ここで……とか、真面目な真希はきっと怒るだろう。快感に流されて、その時にイイ思いをしたとしても、もしかしたらしばらく口をきいてくれなくなるかも、と想像するとぞっとして、少し冷静になった。

「よし、完成！　お待たせしました」

完成したのは、あまり女性のファッションには興味がない自分でも素敵だなと思えるコーディネートだった。きっと真希にも似合う、いわゆるかっこ可愛い感じのモード服。

「可愛いね」

「そうでしょう！　どうしてもこのスカートが重いから、白を組み合わせたくなっちゃうんですけど、レモンイエローにしてみました！　靴と鞄でバランスが取れてイイ感じ」

嬉しそうに振り向いてニコニコ笑う。そんな真希も可愛くて、カウンターに置いてあった彼女の鞄を手に取った。

「たまには外でご飯にしようか」

「珍しいですね」

小首を傾げる真希に肩を竦める。

彼女が美味しそうに食べてくれるのが嬉しくて、ここ最近の夕食は大抵僕が作っていたから、確かに外食は珍しい。

「んー……ぱぱっと食べて早く帰ろう」

戸締まりを済ませて、二人で店の外に出る。

「明日早いんですか？」

「そうじゃなくて」

今日はたっぷり時間をかけて、真希を可愛がりたい。

そんな希望を囁けば、真希は顔を赤くして立ち止まり、ぽかぽかと背中を叩いてきた。

「ごめんごめん」

「もう！　往来で変なこと言わないでください！」

彼女の手を取ってそのまま自分のポケットに入れてしまう。真希は頬を膨らませつつも、特に抵抗はせずに大人しくついてきてくれた。

ああ幸せだな、と思う。

そして言葉通り手早く夕食を済ませて、二人でマンションに戻った後は、やや濃厚に食後のデザートを楽しんだ。宣言通りたっぷりと時間をかけて――

書き下ろし番外編

償(つぐな)いはご褒美(ほうび)に。

「真希ちゃん！　不肖の弟が、大変申し訳ないことをした……！」

上品なスーツを着こなした男盛りの紳士が膝に手を置き、がばりと頭を下げる。

紳士の正体は、お互いの忙しさ故にまだ数度しか会えていないにもかかわらず、お義姉さんと共に家族ぐるみで仲良くしてくれている、大貴さんのお兄さんである。

そんなお義兄さん家族が住む高級住宅街のど真ん中にある高台の一戸建ての広々としたリビングに通された私はお土産の紙袋を手にしたまま、ただただ困惑して、立ち尽くしていた。

お義兄さんが座るソファ近くの絨毯の上で正座していた大貴さんは、全くその通りです、とでもいうように項垂れていて、私を見ると申し訳なさそうに眉尻を下げた。

いやいや、そんな捨てられたワンコみたいな顔してないで、説明して……!?

「長期の休みに家に帰るだけの私にも、乃恵さんはとても良くしてくれて素晴らしい女性だった。……っなのにこの馬鹿が！」

すぱんっと良い音をさせて、お義兄さんは手のひらで大貴さんの頭を張る。

タイミングよく紅茶を運んできてくれたお義姉さんに助けを求めるものの、彼女はにっこりと笑って、私にソファに座るように勧めてくれた。戸惑いつつも素直に頷き、お義兄さんの正面のソファに腰を下ろせば、お義姉さんは大理石のテーブルにカップを三脚並べた。そう三脚だけ。明らかに一つ足りないのは、彼女も大貴さんについて思うところがあるのだろう。

「人より綺麗なお顔を使って、頑張ってる女の子の弱味につけ込んで籠絡してこっぴどく捨てようなんて、まさに義理の弟とも思いたくない鬼畜の所業よね」

口元に手をやり、ふふふ、と小さな笑みを溢すお義姉さんの目は明らかに笑っておらず、相当怒りが深いことが窺えた。美人が怒ると怖いのは大貴さんで学習済みだけど、なんだか年季が違う。ひたひたと背中から静かに近づいてくるような恐ろしさがある。

だけど、私はお義姉さんの言葉で、ようやく状況を把握することができた。

……うわぁ……なんで、大貴さん言っちゃったの……

昨日大貴さんもお義兄さんも休みだったこともあって、前日入りして兄弟で飲むのだと聞いていた。この様子だと、飲んだ勢いかそれとも酔ってしまったのか、私達の馴れそめである、アレやコレを、真っ正直に話してしまったようだ。

内容はお義姉さんがほぼ言ってくれた通りなので、敢えて繰り返さないけれど、つまりそういうわけで……

まぁ、大貴さんには大貴さんなりの事情があり、父親の愛人による画策と、幼かったゆえの思い込みだと気づいてくれて、精一杯謝罪してくれた。結果、私も許し、今に至るというわけなんだけど……

第三者が一方的に聞けば、大貴さんが酷い男であることは間違いない。

「昔からコイツはそうなんだ。こんな涼しい顔して猪突猛進というか、思い込みが激しいというか、初恋拗らせすぎたかトラウマだか知らないけど、もうちょっと頭使うか俺に相談しろよ馬鹿！」

「……」

大貴さんがはっとしたようにお義兄さんを見て、「ごめん」と小さく謝罪する。

とどのつまりお義兄さんは最後の一言が言いたかったのだろう。年齢が離れていたせいもあって幼い頃はあまり交流がなかった二人。最近はうまくやっていると聞いていたけれど、お義兄さんは年長者として、やっぱり思うところがあったに違いない。

兄弟っていいなぁ、なんて一人っ子の自分はちょっと羨ましく思ってしまう。

しかしほんのり緩んだ雰囲気を許さなかったのは、さっきから能面のように笑顔が動かないお義姉さんである。

「真希さん。あなた、大貴さんとの婚約は考え直した方がいいんじゃないかしら。真希さんなら、こんな顔だけの勘違い男よりいい人がいるわ。ちょうど私の甥っ子がとってもいい子でね。将来有望だし、なにより素直で男気もあるのよ。どうかし……」

「ちょ、義姉さんの甥っ子ってまだ大学生じゃ……」

「大貴さん、少し黙っていらして？　私は真希さんとお話してるのよ」

そう言うとお義姉さんはちらりとお義兄さんに流し目を送る。途端、キリッと真面目な表情を作ったお義兄さんは、ソファから立ち上がると、大貴さんの脇に腕を回して固定し、反対側の手でがしっと口を塞いだ。

「……!?」

　意外な肉体派だったお義兄さんにびっくりしたものの、大貴さんも同様だったらしい。目を白黒させてしばらくされるがままの無抵抗だったけれど、途中でハッとしたようにモゴモゴ言いながら、腕を外そうと脚をバタバタさせた。しかし次は両脚を交差して押さえ込まれ、一向に抜け出せる様子がない。

「だ、大丈夫……」

　無意識に助けに入ろうと立ち上がりかけた私に、お義姉さんは身体をずらして、大貴さん達が見えないよう視界を遮った。

「あ、あの……？」

「確かにまだ大学生だけど、もう公認会計士の資格も持っていてね。将来有望なのよ」

後ろでドタバタしてる音なんて聞こえませんとでもいうように、華やかな笑みで話を進めてくる。

……これは彼女を納得させないと、大貴さんの身が危険なような気がする。そして私もなんだか流されてしまいそうだ。

私は意を決してお義姉さんに立ち向かうべく、テーブルの下でぎゅっと拳を握った。

「あ、あの！　私二十五ですし、さすがに甥っ子さんが可哀想ですよ」

「あら？　本当にいい子だし、ちょっと素直過ぎるところがあるから、真希さんみたいに仕事に誇りを持ってるまっすぐな、しっかりした人とパートナーになるのがいいと思うのよ。それにあの子も年上の女性の方が話が合うって言っていたし……なにより、私と真希さんがちゃあんと親戚になれるのが素敵だわ」

最後、ハートマークが飛び出しそうなくらい甘い声に、彼女の本気を知る。そう、お義姉さんは最初に会った時から、何故か私を気に入ってくれていて、お互いそれなりに忙しいにもかかわらず、ちょうどいいタイミングで私をお茶やランチに誘ってくれるのである。なんならお義兄さんよりはるかに多く顔を合わせていた。

……この発言だって、本当に私のためを思ってのものだろう。だって大貴さんにお灸をすえるだけというには、あまりに目が本気だ。

これは中途半端な誤魔化しはきかない。私もようやく腹を括り、あの時以来触れてなかった話をすべく重い口を開いた。

「……あの、私も悪かったんですよ。一度拒絶されたくらいで誤解を解こうともしなくて。大貴さんの復讐心が折れたら立ち直れなくなるかも、なんて勝手に分かったふりして自己完結しちゃったんです。大貴さんがコレで満足するならいいかなって。それに優しい人だから、これ以上傷つけたくないな、なんて烏滸がましくも思っちゃって」

「……真希ちゃん、優しすぎるわよ。私ならどれだけ傷つけようが、『馬鹿な誤解してんじゃないわよ！』って、会社まで張り倒しに行くわね。——で、一生許さないわ」

「あはは、手厳しい……」

思わず笑ってしまったけれど、大貴さんは顔を引き攣らせているし、お義兄さんは、

「ウチの嫁かっこいい……」と、頬を染めて惚れ惚れしている。お義兄さんは大企業相良システムの次期社長なのに、その奥さんらしく堂々として自信に溢れたお義姉さんは見習いたいくらい強い。

ただこのままでは、正座に慣れていない大貴さんの脚が死んでしまいそうだ。

ここはお義兄さんもよりもお義姉さんを納得させた方が話は早いだろう。

どう言ったら分かってくれるかな、と頭の中で言葉を組み立てつつ、お義姉さんをしっかりと見つめた。

「結局、似たもの同士なのかなって思ってるんです。それに今も大貴さんは、そのこと

をとても気にしていて……困ってるくらいなんです。十二分に謝罪は受けましたし、今は凄く私のこと大事にしてくれてますから、安心してください。……あの、お二人とも私のために怒ってくれてありがとうございます」

背後にぺこりと頭を下げると、しばらくしてからお義姉さんが大きな溜息をついた。

「……嫌ね。私、大貴さんのせいで意地悪してるみたいじゃない。可愛い義妹ができるの楽しみにしてたのに」

肩を竦めて拗ねたように唇を尖らせるお義姉さんは、先程とは打って変わって可愛らしい。

「これからも仲良くしてもらえると嬉しいです」と、お願いすると、お義姉さんはぐっと前のめりになって「もちろんよ！」と頷いてくれた。

完全にご機嫌が直ったのを確認してから、私はそろりと大貴さんを見た。

項垂れているので視線は合わないけれど、しょんぼりした大型犬みたいだ。こほん、と咳払いして私は再び口を開いた。

「……そろそろ、大貴さんに隣に座ってもらってもいいですか？ やっぱり初めての恋人の実家はちょっと緊張しますし」

「真希！」

ぱっと顔を上げた大貴さんの顔が輝く。可愛いな、なんて思っていると、ふぅ、と溜息をついたお義姉さんが頬杖をついて口を開いた。

「真希ちゃんが言うなら仕方ないわね。大貴さん、ソファにどうぞ？」

お義兄さんから解放された大貴さんは、私の側に駆け寄ろうとしたけれど、いつから正座をしていたのか、足が痺れて感覚がなくなってしまったらしい。

さすがの運動神経で転ぶことこそなかったけれど、いつものスマートさとはかけ離れた歩き方で私の隣までやってきて、倒れ込むように腰を落とした。その衝撃にも

「ぐ……っ」と初めて聞くような呻き声を上げた。

「……っ真希、ごめん……いろいろ、本当に……」

と、苦しげな顔で謝罪を繰り返し、私は苦笑して慎重に背中を擦ると、大貴さんの目が潤んだ。少しずつ身体の強張りが抜けていくところを見ると、痺れが取れてきたらしい。

「大丈夫、もうちょっと擦る？」

「……うん」

綺麗な顔をへにょりとさせて首を振る。

結局、その日はことあるごとに大貴さんに嫌味を言い続けるお義姉さんに、私の胃が悲鳴を上げ、早々に高級住宅街を後にしたのだった。

＊

「足、死ぬかと思った……」

珍しくマンションに戻るなり、上着も脱がずにソファに飛び込んだ大貴さんに私は苦笑した。

上着が皺（しわ）にならない内に脱がしてしまうのは、もう職業病だろう。

自分のロングカーディガンもハンガーにかけ、落ち着いたところで大貴さんの足元近くに腰を下ろした。

もう痺（しび）れてはいないだろう足をツンツンしながら、口を開く。

「っていうか、言わなきゃよかったのに」

そう、大貴さんが少し酔っ払ったくらいで、ベラベラとプライベートを話してしまうことはない。つまりは敢えてお義兄（にい）さんに話したに違いないのだ。

じとっと大貴さんを見つめると、綺麗なアーモンドアイが宙を彷徨（さまよ）う。無言で見つめ続けていると、耐えきれなくなったのか、「だって」と、彼らしからぬ幼い前置きの言葉が飛び出した。

「……あんまり真希が責めないから、こんなに簡単に許されていいのかなってずっと思ってたんだ。事情を話せるのが兄さんくらいしかいないし。……義姉さんが参戦してくるとは思わなかったけど、同じ女性だし、むしろそうだよなって胸に刺さる話ばっかりで……改めて僕って最低だな、って」

……本人がいいって言ってるのになぁ……

分かってはいたけれど、大貴さんの罪の意識は未だに拭えていないらしい。

だけど、臆病さからさっさと諦めてしまった私の馬鹿さ加減も同時に露呈されるわけで……。個人的にお義兄さん達に知られてしまったこともちょっと恥ずかしい。

「もう散々お義姉さんにお灸を据えられたみたいだし、禊は済んだってことで、この話は終わりにしよう！」

私はさっさと話題を変えたくて明るく話を締めようとしたけれど、大貴さんはむくりとソファから起き上がり、私の手を引いた。ソファに腰を下ろすと後ろから抱きしめられる。頭のてっぺんに頬をすり寄せる大貴さんに、私は「んーと……」と言葉を探した。

「ねぇ、なんでも言って？　真希が言うことならなんでも聞くし叶える、から」

どうしても大貴さんは償いたいらしい。もしやお酒も残っているのだろうか。いつもよりもなんだかすっかり気弱モードである。

どうしようかなぁ、と思って私は軽く冗談めかして大貴さんの方へ顔を傾けた。

「……じゃあお義姉さんが言った通り、償うために一生側にいてくれます？」

「……あ、……あー……なんか重くなりましたね……はは」

思いついたまま口に出したものの、とてつもなく重たい女になってしまった。発言を撤回しようとすれば、きゅっと強く抱きしめられた。

「それじゃただのご褒美だ」

掠れた囁きが耳に落ちる。

……まぁ、すでにプロポーズを受けている身であり、私の左手薬指には大きなダイヤモンドがついた指輪も嵌まっている。

今更な発言だっただろうけど、やっぱりこうして、私を大事に想ってくれていることを言葉にしてもらえると、すごく嬉しくなってしまう。

肩に顎を置かれて、くすぐったさに身を捩る。うなじに舌を這わされて、「ん」と声が出た。

「……今日の服セクシーだね」

「え？　ワンピースに同色のノーカラージャケットだよ。むしろ露出してなくない？　スカートも膝丈だし」

なんといっても麻衣ちゃんお薦めの『彼氏のおうちに挨拶に行く時の好感度ばっちりコーデ』なのだ。

「いや、見えないからこそソソられる。兄さんが真希に見惚れないか心配だった」

「馬鹿。さすがにそれは図々しいわ」

むしろその理屈なら、三百六十度文句なく美しいお義姉さんに、私がヤキモチを焼かなくてはならない。

「そんなことないのに」

……どうやら婚約者の新たな性癖の扉を開いてしまったかもしれない。

大きく筋張った手が、ストッキング越しに太腿を撫でてスカートをたくし上げる。そこまでくれば、今から何が始まるのか分からないわけはなく……

「……破ったら怒る」

「知ってる」

リフトアップ効果抜群のお高いデザインストッキングである。そう簡単に破かせるわけにはいかないのだ。

大貴さんは一度私の腰を抱え上げると、するするとストッキングを剥いでしまう。灯りは簡易照明と窓から見える夜景だけなので、そこまで恥ずかしくはないけれど、心もとなさに身体を返して、大貴さんに抱きついてしまった。

するとしっかり硬くなっていた大貴さん自身が存在を主張していて、身体がそわっと落ち着かなくなってくる。

赤くなってしまっただろう顔にどうやら気づかれたらしく、ゆるりと腰を動かされ、「んっ」と、思わず声を上げてしまった。

「ん……可愛い声。明日休みだったよね？　ちょっとだけ、いい？」

「……ソレ、ちょっとで終わらないヤツ」

それに明日、大貴さんは仕事である。このままお互いお風呂に行ってベッドに入るのが正解だと思うけれど、もうすでに私の身体にも抗いがたい熱が生まれていた。

「んんっん……」

「はぁ……もう少し、ああ、ほら見て。全部入った。奥まで自分で挿れられて真希は偉いね……」

ワンピースも下着もとっくに脱がされて、ソファにもたれかかった大貴さんが、私の腰に手を置く。それまで散々嬲られ弄られた蜜壺に自分から迎え入れると、待ち構えていた感覚に喜ぶようにきゅうっと大貴さん自身を締めつけた。

「歓迎してくれるの？　は……気持ち、いい……」

ゆさゆさと揺らされ、すっかり知られている中の気持ちいいところに切っ先が当たる。

バランスを崩して大貴さんの首に手を回せば、ぐっと奥を突かれて、「ひゃぁんっ」と悲鳴のような声が出てしまった。

「……可愛い声。もっと聞かせて」

腰を持ち上げられ、規則的に奥を突かれ、ひっきりなしに声が上がる。どうにか抑えようと、唇に噛みつくように触れれば、意図を察したらしい大貴さんも何度も角度を変えて合わせてきた。それは貪る、という言葉に相応しいくらい深く激しいもので、その淫靡な水音に頭の中が真っ白になってしまう。

その間にも腰の動きは速くなって、背中に必死でしがみつく。

「ん……っだめ……っイっちゃ……」

「うん、……僕も、もう真希が可愛いから、こう、さん……っ」

一際強く奥を突かれて、ばちゅんとすごい水音が上がる。

はぁッと耳に零れた吐息が甘くて色っぽくて、きゅうっと身体に力が入る。

「は……っ出る……っ」

「あ、あああっ……んんんっ」

息を弾ませ、大貴さんが私の名前を何度も呼ぶ。

一番深いところで、薄い膜越しに熱い飛沫が弾けるのを感じ、私の視界も一瞬にして白く弾けた。

そして――疲れきった身体を寄せ合って、幸せな気持ちで眠りについた私達だけど。

これから長年に渡って、お義姉(ねえ)さんと大貴さんの攻防が続くことになるなんて、夢にも思わなかったのである。

恋愛小説「エタニティブックス」の人気作を漫画化!
EC
Eternity COMICS
わけあって極道の妻になりました
［漫画］水口舞子
［原作］ととりとわ
は…っ
あっ
九条さん…
私──
気持ちいいか?
は
は
水口舞子
ととりとわ
ケダモノ
甘あま
生真面目な小学校教師・いちかは、逃げた花嫁の身代わりとして極道の組長と祝言を挙げることに…!? 怖がるいちかの前に現れた新郎は、強面ながらも超美形な極道・龍臣だった！ 無理やり連れてこられた自分を気遣い敵対する極道からも守ってくれた龍臣。そんな彼に惹かれてゆくいちかだが住む世界が違うと、自分の気持ちに蓋をする。でも、ある夜、彼から情熱的に求愛されて──…
B6判　定価：704円（10%税込）　ISBN 978-4-434-30551-1

ワーカーホリックな御曹司・昂也。彼の補佐役として働く比奈も超多忙で仕事のしすぎだと彼氏にフラれてしまう。このままでは婚期を逃がす…！焦った比奈は、昂也を結婚させ家庭第一の男性にしようと動き出す。上司が仕事をセーブすれば部下の自分もプライベートが確保できると考えたのだ。比奈は、さっそく超美人令嬢とのお見合いをセッティングするが、彼がロックオンしたのは、なぜか比奈!?　甘く迫ってくる昂也に比奈は……

B6判　定価：704円（10%税込）　ISBN 978-4-434-30444-6

本書は、2018年7月当社より単行本として刊行されたものに、書き下ろしを加えて文庫化したものです。


この作品に対する皆様のご意見・ご感想をお待ちしております。

おハガキ・お手紙は以下の宛先にお送りください。

【宛先】

〒150-6008 東京都渋谷区恵比寿4-20-3 恵比寿ｶﾞｰﾃﾞﾝﾌﾟﾚｲｽﾀﾜｰ8F
(株) アルファポリス　書籍感想係

メールフォームでのご意見・ご感想は右のＱＲコードから、
あるいは以下のワードで検索をかけてください。

ご感想はこちらから

エタニティ文庫

この溺愛(できあい)は極上(ごくじょう)の罠(わな)

日向(ひなた)そら

2022年8月15日初版発行

文庫編集－熊澤菜々子
編集長－倉持真理
発行者－梶本雄介
発行所－株式会社アルファポリス
〒150-6008 東京都渋谷区恵比寿4-20-3 恵比寿ｶﾞｰﾃﾞﾝﾌﾟﾚｲｽﾀﾜｰ8F
TEL 03-6277-1601（営業） 03-6277-1602（編集）
URL https://www.alphapolis.co.jp/
発売元－株式会社星雲社（共同出版社・流通責任出版社）
〒112-0005 東京都文京区水道1-3-30
TEL 03-3868-3275
装丁イラスト－真嶋しま
装丁デザイン－ansyyqdesign
印刷－中央精版印刷株式会社

価格はカバーに表示されてあります。

落丁乱丁の場合はアルファポリスまでご連絡ください。

送料は小社負担でお取り替えします。


ISBN978-4-434-30719-5 C0193